FLORESTA ESCURA

NICOLE KRAUSS

Floresta escura
Romance

Tradução
Sara Grünhagen

Copyright © 2017 by Nicole Krauss

Grafia atualizada segundo o Acordo Ortográfico da Língua Portuguesa de 1990, que entrou em vigor no Brasil em 2009.

O trecho de Franz Kafka citado na epígrafe foi extraído de *Essencial*, tradução de Modesto Carone (São Paulo: Penguin Classics Companhia das Letras, 2011). O trecho de Dante Alighieri citado na nota da autora foi extraído de *A divina comédia*, tradução de Italo Eugenio Mauro (São Paulo: Editora 34, 1998).

Título original
Forest Dark: A Novel

Capa
Carlos di Celio

Foto de capa
Michael Jacobs/ Alamy/ Fotoarena

Foto de abertura
Galit Julia Aloni

Preparação
Officina de Criação

Revisão
Thaís Totino Richter
Márcia Moura

Os personagens e as situações desta obra são reais apenas no universo da ficção; não se referem a pessoas e fatos concretos, e não emitem opinião sobre eles

Dados Internacionais de Catalogação na Publicação (CIP)
(Câmara Brasileira do Livro, SP, Brasil)

Krauss, Nicole
    Floresta escura : romance / Nicole Krauss ; tradução Sara Grünhagen. — 1ª ed. — São Paulo : Companhia das Letras, 2018.

    Título original: Forest Dark : A Novel.
    ISBN 978-85-359-2389-6

    1. Ficção norte-americana I. Título.

17-11114   CDD-813

Índice para catálogo sistemático:
1. Ficção : Literatura norte-americana 813

[2018]
Todos os direitos desta edição reservados à
EDITORA SCHWARCZ S.A.
Rua Bandeira Paulista, 702, cj. 32
04532-002 — São Paulo — SP
Telefone: (11) 3707-3500
www.companhiadasletras.com.br
www.blogdacompanhia.com.br
facebook.com/companhiadasletras
instagram.com/companhiadasletras
twitter.com/cialetras

Para o meu pai

ולגבייא

A expulsão do paraíso, no seu principal aspecto, é eterna. É verdade também que essa expulsão é definitiva e que a vida no mundo, inevitável, mas, apesar disso, a eternidade do processo torna possível não só que continuemos continuamente no paraíso, como também que, na realidade, estamos lá de forma duradoura, não importa se aqui temos ou não conhecimento disso.

Kafka

Sumário

I
Ayeka, 13
No nada, 47
Todas as vidas são estranhas, 102
Fazendo as malas para Canaã, 123
Ser e não ser, 149
Kadish para Kafka, 172

II
Gilgul, 189
Florestas de Israel, 210
Algo para carregar, 229
O último rei, 239
Para o deserto, 256
Lech Lechá, 279
Já presente, 288

Nota da autora, 297

I.

Ayeka

Na época em que desapareceu, Epstein já morava em Tel Aviv havia três meses. Ninguém tinha visto seu apartamento. Uma das filhas, Lucie, fora visitá-lo com os filhos, mas Epstein os instalara no Hilton, onde os encontrou para um farto café da manhã em que só bebericou chá. Quando Lucie sugeriu passar no apartamento, ele se esquivou, desculpando-se e explicando que o lugar era pequeno e simples, impróprio para receber visitas. Ainda se recuperando do divórcio tardio dos pais, ela lhe lançou um olhar desconfiado — nada em relação a Epstein jamais fora pequeno ou simples —, mas acabou tendo de aceitar, junto com todas as outras mudanças que ocorreram com ele. No fim, foram os investigadores da polícia que introduziram Lucie, Jonah e Maya no apartamento do pai, em um prédio caindo aos pedaços perto do antigo porto de Jafa. A pintura estava descascando, e o chuveiro ficava em cima do vaso sanitário. Uma barata passou bem à vontade pelo piso frio. Só depois que o policial a esmagou com o sapato foi que ocorreu a Maya, a filha mais nova e mais inteligente de Epstein, que talvez o inseto tivesse sido a última criatura a ver seu pai. Se é que ele chegara mesmo a morar ali — as únicas coisas que sugeriam sua passagem pelo lugar eram alguns livros deformados pelo ar úmido que entrava por uma janela aberta e um frasco de comprimidos Coumadin, que Epstein tomava desde o diagnóstico de fibrilação atrial, cinco anos antes. Não que o lugar fosse sórdido, mas tinha mais em comum com as favelas de Calcutá do que com os quartos em que pai e filhos tinham ficado na costa de Amalfi e no cabo de Antibes — embora, como naqueles quartos, o de Tel Aviv também tivesse vista para o mar.

Nos últimos meses, tornara-se difícil entrar em contato com Epstein. Suas respostas não chegavam mais de supetão, não importava a hora do dia ou da noite. Ele sempre tivera a última palavra porque nunca deixava de responder. Mas, aos poucos, suas mensagens foram se tornando cada vez mais escassas. O tempo se expandia entre elas porque havia se expandido nele: as vinte e quatro horas que Epstein antes preenchia com tudo o que havia debaixo do sol foram substituídas por uma escala de milhares de anos. A família e os amigos se acostumaram com seus silêncios irregulares; por isso, na primeira semana de fevereiro, quando ele deixou de dar sinal de vida, ninguém se alarmou de imediato. No fim das contas, foi Maya quem acordou à noite sentindo um tremor na linha invisível que ainda a ligava ao pai, e pediu ao primo dele que fosse vê-lo. Moti, que já tinha se beneficiado com muitos milhares de dólares de Epstein, acariciou o traseiro da amante que dormia em sua cama, acendeu um cigarro e enfiou os pés nus nos sapatos. Embora estivessem no meio da noite, ele ficou feliz por ter um pretexto para falar com Epstein sobre um novo investimento. Mas quando chegou ao endereço de Jafa, rabiscado na palma da mão, logo ligou para Maya. Devia haver um engano, disse. Era impossível que o pai dela morasse numa espelunca daquelas. Maya telefonou para o advogado de Epstein, Schloss, o único que ainda sabia de alguma coisa, e ele confirmou que o endereço estava certo. Quando Moti finalmente acordou a jovem inquilina do segundo andar, de tanto apertar a campainha com seu dedo grosso, ela confirmou que Epstein estivera morando no andar de cima nos últimos meses, mas que fazia vários dias que não o via, nem mesmo o ouvia andando de um lado para outro durante a noite, ruído a que já se habituara. Embora não pudesse adivinhar naquele momento, em que, postada na porta, sonolenta, falava com o primo calvo do vizinho de cima, a moça acabaria se acostumando, no rápido desenrolar de acontecimentos que se seguiram, ao som de muitas pessoas indo e vindo sobre sua cabeça, traçando e retraçando os passos de um homem que ela mal conhecia e de quem, no entanto, passara a se sentir estranhamente próxima.

A polícia só ficou à frente do caso durante meio período, antes de o Shin Bet, serviço de segurança de Israel, assumi-lo. O presidente Shimon Peres ligou pessoalmente para a família, dizendo que moveriam montanhas para resolver o caso. O taxista que conduzira Epstein seis dias antes foi localizado e levado para interrogatório. Apavorado, sorriu o tempo todo, revelando um dente de ouro. Mais tarde levou os detetives do Shin Bet até a estrada junto do mar Morto e, após certa confusão causada pelo nervosismo, conseguiu localizar o ponto onde havia deixado o passageiro, uma intersecção perto das colinas estéreis, a meio caminho entre as cavernas de Qumran e o En-Gedi. As equipes de busca se espalharam pelo deserto, mas só encontraram uma pasta vazia com as iniciais de Epstein, o que, segundo Maya, só tornava mais verossímil a possibilidade de ele ter sido transubstanciado.

Durante aqueles dias e noites, reunidos no Hilton, seus filhos oscilaram entre esperança e tristeza. Havia sempre um telefone tocando — Schloss tinha três —, e cada vez que isso acontecia eles se agarravam à última informação que chegava. Jonah, Lucie e Maya ficaram sabendo coisas sobre o pai de que não tinham conhecimento. Mas, no fim, não conseguiram descobrir nem o que ele tinha pretendido com aquilo tudo, nem o que lhe acontecera. Com o passar dos dias, as ligações foram diminuindo, sem trazer milagres. Aos poucos, os filhos foram se ajustando a uma nova realidade, em que o pai, tão firme e decidido na vida, os deixara com um ato final totalmente ambíguo.

Um rabino foi chamado e explicou a eles em um inglês com forte sotaque que a lei judaica exigia certeza absoluta sobre a morte para que os rituais de luto pudessem ser realizados. Nos casos em que não havia um cadáver, considerava-se suficiente uma testemunha da morte. E mesmo quando não havia cadáver ou testemunha, a notícia de que a pessoa fora assassinada por ladrões, ou se afogado, ou arrastada por um animal selvagem bastava. Mas naquele caso não havia nem cadáver, nem testemunha, nem notícia alguma. Nem ladrões, nem animais selvagens, até onde se sabia. Apenas uma ausência incompreensível onde outrora tinha estado o pai deles.

Ninguém poderia ter imaginado, mas até que acabou parecendo um fim apropriado. A morte era pequena demais para Epstein. Olhando para trás, não era nem mesmo uma possibilidade real. Em vida, ele ocupava todo o ambiente. Não era grande, apenas irreprimível. Havia um excesso dele; Epstein constantemente transbordava. Tudo saía aos borbotões: a paixão, a raiva, o entusiasmo, o desprezo pelas pessoas e o amor pela humanidade. Fora criado em meio a discussões e precisava delas para se sentir vivo. Desentendera-se com a maioria das pessoas com as quais simpatizara; os que sobreviviam se tornavam perfeitos, alvos do amor eterno de Epstein. Conhecê-lo era ou ser esmagado por ele ou colocado num pedestal absurdo. Dificilmente alguém se reconhecia nas descrições feitas por Epstein, que tinha uma longa linhagem de protegidos. Impondo-se, deixava-os inchados, cada vez maiores do que eram, como fazia com todos que escolhia amar. No fim, as pessoas se sentiam como um balão de desfile do Dia de Ação de Graças. Até que em algum momento esbarravam nos galhos dos altos padrões morais de Epstein e estouravam. Dali em diante, seus nomes tornavam-se anátemas. Em seus hábitos inflacionários, Epstein era bem americano, mas não em sua falta de respeito pelos limites e em seu tribalismo. Era alguma outra coisa, e essa outra coisa levava a contínuos mal-entendidos.

E, no entanto, ele tinha um jeito de atrair as pessoas, de trazê-las para o seu lado, sob o amplo guarda-chuva de suas regras. Algo dentro de Epstein brilhava com força, e ele irradiava essa luz de maneira descuidada, como alguém que não precisa se preocupar em economizar. Com ele, não havia tédio. Empolgava-se, desanimava e se entusiasmava de novo, seus ânimos se exaltavam, não perdoava nada, mas nunca era nada menos do que absolutamente envolvente. Tinha uma curiosidade infinita, e quando se interessava por algo ou por alguém, fazia investigações exaustivas. E tinha certeza de que o resto do mundo estaria tão interessado no assunto quanto ele. Mas poucos conseguiam acompanhá-lo. No final, eram sempre os outros que insistiam em se retirar primeiro num jantar, e Epstein ainda os seguia para fora do restaurante, brandindo o dedo no ar, ávido por esclarecer seu ponto de vista.

Sempre fora o primeiro em tudo. Onde lhe faltavam habilidades naturais, ele superava seus próprios limites por pura força de vontade. Quando jovem, não fora um orador nato; a língua presa o atrapalhava. Tampouco era naturalmente atlético. Mas com o tempo destacou-se de modo especial nessas coisas. A língua presa foi superada — apenas escutando com uma atenção microscópica alguém poderia detectar um levíssimo ceceio ali onde a operação necessária fora realizada —, e, depois de passar muitas horas na academia e afiar um instinto sagaz e implacável, ele se tornou um campeão do peso leve. Onde encontrava um muro, Epstein se atirava contra ele de novo e de novo, levantando-se incansavelmente até o dia em que conseguia atravessá-lo. Essa pressão e esse empenho enormes eram perceptíveis em tudo o que fazia, mas se em qualquer outra pessoa o esforço poderia parecer algo penoso, nele era uma forma de graça. Mesmo quando criança, suas aspirações eram gigantescas. No quarteirão onde cresceu em Long Beach, Long Island, Epstein cobrara de dez casas uma mensalidade para ficar disponível vinte e quatro horas por dia e realizar até dez horas de serviços por mês, definidos numa oferta sempre crescente que ele enviava com a fatura (cortar grama, levar o cachorro para passear, lavar carro e até desentupir privadas, pois ele não tinha em si aquele botão desligar que os outros pareciam ter). Teria dinheiro a perder de vista, porque esse era o seu destino; muito antes do casamento abastado, já sabia exatamente o que fazer com ele. Aos treze anos, comprou com suas economias uma echarpe de seda azul, que usava tão casualmente quanto seus amigos usavam seus tênis esportivos. Quantas pessoas sabem gastar seu dinheiro? A esposa, Lianne, sempre fora alérgica à fortuna da família; a riqueza a endurecia e a retraía. Ela passou seus primeiros anos tentando apagar seu rastro de ambientes luxuosos. Mas Epstein a ensinou a usá-la. Comprou um Rubens, um Sargent, uma tapeçaria Mortlake. Pendurou um pequeno Matisse no closet. Sob uma bailarina de Degas, ficava sentado só de cueca. Não era uma questão de mau gosto ou de falta de bom senso. Não, Epstein era muito elegante. Não era refinado — não tinha nenhuma ambição de perder suas impurezas —, mas se polira com esmero. Em se tratando de prazer, não via por que se envergonhar; seu prazer era grande e autêntico, de modo que ele era capaz de se sentir em casa mesmo rodeado das coisas mais sofisticadas. Todo verão, alugava o mesmo castelo "surrado" em Granada, onde podia jogar o jornal no chão e pôr os pés para cima. Escolheu um ponto na parede de gesso para marcar a lápis o crescimento das crianças. Anos depois, ficava comovido à menção do lugar — errara tanto, arruinara aquilo, e, no entanto, ali, onde seus filhos tinham brincado livremente sob as laranjeiras, havia acertado.

Mas no fim houve uma espécie de deriva. Mais tarde, quando seus filhos olhavam para trás e tentavam entender o que acontecera, podiam localizar o início da transformação do pai em sua perda de interesse pelo prazer. Algo se abriu entre Epstein e seu enorme apetite — este recuou para além do horizonte que um homem carrega dentro de si. Vivia então separado da beleza requintada que adquirira. Faltava-lhe o que permitiria harmonizar tudo, ou ele apenas se cansara da ambição de fazê-lo. Por um tempo, as pinturas continuaram penduradas nas paredes, mas Epstein não tinha mais muito a ver com elas. As telas seguiram com suas vidas, sonhando nas molduras. Algo mudara. Não se sentia mais o vento forte que saía dele. Uma grande quietude anormal se instalou, como acontece antes de fenômenos meteorológicos radicais. O vento então mudou de direção e voltou-se para dentro.

Foi aí que Epstein começou a doar suas coisas. Primeiro deu uma pequena maquete de Henry Moore para o médico, que a havia admirado durante uma visita domiciliar. Da cama, derrubado pela gripe, Epstein explicou ao dr. Silverblatt em qual armário encontrar o plástico bolha. Alguns dias depois, tirou o anel de sinete do mindinho e o pôs na palma da mão de seu surpreso porteiro, Haaroon, no lugar de uma gorjeta; flexionando o punho nu na luz do outono, sorriu para si mesmo. Pouco tempo depois, deu seu Patek Philippe. "Gostei do seu relógio, tio Jules", o sobrinho havia dito, e Epstein abriu a pulseira de crocodilo e entregou-o a ele. "Gosto da sua Mercedes também", falou o sobrinho, ao que Epstein apenas sorriu e deu um tapinha na bochecha do menino. Mas rapidamente redobrou seus esforços. Dando mais, dando mais rápido, começou a se desfazer das coisas com a mesma ferocidade com que outrora as havia adquirido. As pinturas se foram uma a uma para museus; ele tinha o serviço de transporte na discagem automática, e sabia qual dos homens gostava de sanduíche de peru e qual de mortadela, de modo que o pedido da entrega em domicílio já os esperava quando eles chegavam. Quando seu filho Jonah, tentando não parecer movido por interesse próprio, tentou dissuadi-lo de continuar com a filantropia, Epstein lhe disse que estava liberando espaço para pensar. Se Jonah tivesse respondido que o pai fora um pensador rigoroso a vida toda, Epstein poderia ter explicado que agora se tratava de um pensamento de natureza totalmente diferente: um pensamento que ainda não sabia aonde queria chegar. Um pensamento que não esperava alcançar algo. Mas Jonah — cujos rancores eram tão antigos que certa tarde, em uma visita privada às novas galerias gregas e romanas do Met, Epstein pensou ter visto seu primogênito em um busto do século II — limitou-se a responder com um silêncio ressentido. Como acontecia com tudo que Epstein fazia, Jonah tomou a deliberada dilapidação de ativos do pai como uma afronta e como mais uma razão para se sentir ofendido.

Se não por isso, Epstein não fez nenhum esforço para se explicar a ninguém, exceto uma vez para Maya. Tendo nascido treze anos depois de Jonah e dez depois de Lucie, em uma época menos turbulenta e agitada da vida de Epstein, Maya via o pai sob outra luz. Eles se davam naturalmente bem. Caminhando na ponta norte do Central Park, onde pingentes de gelo pendiam dos grandes afloramentos de xisto, ele disse à filha mais nova que começava a se sentir sufocado por todas as coisas que o rodeavam. Que sentia uma ânsia irresistível por leveza — era uma qualidade, ele só percebia agora, que lhe fora estranha a vida toda. Pararam no lago norte, coberto com uma fina camada de gelo esverdeado. Quando um floco de neve caiu nos cílios pretos de Maya, Epstein gentilmente o afastou com o polegar, e ela teve uma imagem do pai de luvas sem dedos, empurrando um carrinho de compras vazio no norte da Broadway.

Ele enviou filhos de amigos para a faculdade, mandou entregar geladeiras novas, pagou o quadril novo da esposa do zelador de longa data de seu escritório de advocacia. Bancou até o valor da entrada de uma casa para a filha de um velho amigo; não uma casa qualquer, mas uma em estilo renascentista, com árvores antigas e tanto gramado que a nova proprietária, surpresa, não sabia bem o que fazer com ele. Seu advogado, Schloss — executor testamentário e velho confidente —, não pôde interferir. Schloss já tivera outro cliente com a doença da caridade radical, um bilionário que doou suas casas uma por uma, seguidas do chão sob seus pés. Era um tipo de vício, explicou a Epstein, e mais tarde poderia advir o arrependimento. Afinal, ele não tinha nem setenta anos; ainda poderia viver mais trinta. Mas Epstein mal pareceu ouvir, assim como não havia escutado quando o advogado argumentou vigorosamente contra deixar Lianne ir embora com toda a sua fortuna, e tampouco deu ouvidos alguns meses depois, quando Schloss em mais uma ocasião tentou dissuadi-lo, daquela vez de sair da empresa da qual fora sócio durante vinte e cinco anos. Do outro lado da mesa, Epstein limitou-se a sorrir e mudou de assunto, falando de suas leituras, que recentemente haviam passado por uma virada mística.

Começou com um livro que Maya lhe dera de aniversário, contou ele a Schloss. A filha vivia lhe dando livros estranhos; alguns ele lia, muitos não, uma prática que nunca pareceu incomodá-la — de espírito naturalmente livre, ela era o contrário do irmão, Jonah, e raras vezes se ofendia com algo. Epstein abrira o livro uma noite, sem intenção de ler, mas o texto o atraiu com uma força quase magnética. Era de um poeta israelense, polonês de nascença, que havia morrido aos sessenta e seis, dois anos mais novo que a idade que Epstein recém-completara. Mas o pequeno livro autobiográfico, o testamento de um homem sozinho diante de Deus, fora escrito quando o poeta tinha apenas vinte e sete anos. Aquilo o abalara, Epstein disse a Schloss. Aos vinte e sete, ele próprio estivera cego por sua ambição e seu apetite — por sucesso, dinheiro, sexo, beleza, amor, pelas magnitudes, mas também pelo âmago das coisas, por tudo o que era visível, cheirável, palpável. Como teria sido sua vida se ele tivesse se dedicado à esfera espiritual com a mesma intensidade? Por que se fechara tão completamente a isso?

Enquanto ele falava, Schloss o avaliou: os olhos fugidios, o cabelo prateado caindo até o colarinho, o que chamava a atenção, visto quão meticuloso ele sempre fora com a aparência. "O que você tem a dizer sobre o filé versus seus concorrentes?", Epstein costumava perguntar ao garçom. Mas agora o linguado continuava intacto, contrariando seu apetite usual. Epstein olhou para o prato e lembrou da comida apenas quando o garçom veio perguntar se havia algum problema, mas tudo o que fez então foi revirá-la com o garfo. Schloss sentia que o que acontecera com Epstein — o divórcio, a aposentadoria, tudo se desfazendo, se desintegrando — tinha começado não com um livro, e sim com a morte de seus pais. Mas depois, quando o advogado o acomodou no banco de trás do sedã preto esperando do lado de fora do restaurante, parou por um momento, com a mão no capô do carro. Olhando para o estranhamente vago Epstein no interior escuro do veículo, perguntou-se por um momento se não havia algo mais grave acontecendo com seu cliente de longa data — um tipo de perturbação neurológica, talvez, que poderia se agravar ao extremo antes de ser diagnosticada. Na época, Schloss descartou o pensamento, mas mais tarde aquilo lhe voltou como um presságio.

E afinal, de fato, depois de quase um ano dilapidando os acúmulos de quase uma vida, Epstein chegou à camada mais profunda. Ali, bateu na memória de seus pais, que foram dar à costa da Palestina depois da guerra e o conceberam sob uma lâmpada queimada que não tinham dinheiro para trocar. Aos sessenta e oito anos, tendo liberado espaço para pensar, ele se viu consumido por aquela escuridão, profundamente tocado por ela. Seus pais levaram-no, o único filho, para os Estados Unidos, e depois de aprender inglês, retomaram a competição de gritos que haviam começado em outras línguas. Mais tarde veio sua irmã Joanie; criança sonhadora e indiferente, ela se recusou a morder a isca das discussões, e a batalha permaneceu triangular. Seus pais gritavam um com o outro, gritavam com ele, e ele gritava de volta para os dois, juntos e separadamente. Sua esposa, Lianne, jamais conseguiu se acostumar com um amor tão violento, embora no início esse calor a tivesse atraído, ela, vinda de uma família que reprimia até os espirros. No começo do namoro, Epstein disse-lhe que, com a brutalidade e a ternura do pai, aprendera ser impossível rotular as pessoas, uma lição que o guiou durante toda a vida, e por muito tempo Lianne pensou nisso — na complexidade do próprio Epstein, em sua resistência à categorização fácil — como algo a ser amado. Mas no fim aquilo a exauriu, como aconteceu com tantos outros, embora jamais com seus pais, que permaneceram seus parceiros incansáveis de luta e que, Epstein às vezes sentia, tinham vivido tanto e com tal tenacidade só para atormentá-lo. Ele cuidou dos dois até o fim, numa cobertura em Miami comprada para ambos, com tapetes felpudos que chegavam até os tornozelos. Mas jamais ficou em paz com eles, e somente depois da morte dos dois — a mãe após o pai, num intervalo de três meses —, e depois de já ter doado praticamente tudo, foi que Epstein sentiu a pontada afiada do remorso. A lâmpada nua piscava com estalo atrás de suas pálpebras inflamadas quando ele tentava dormir. Era incapaz de dormir. Será que tinha se desfeito acidentalmente do sono, junto com todo o resto?

Queria fazer algo em homenagem aos pais. Mas o quê? Sua mãe chegara a propor, um dia, um banco memorial no pequeno parque onde costumava sentar, enquanto no andar de cima seu pai definhava diante de Conchita, a enfermeira domiciliar. Tendo sido sempre uma grande leitora, a mãe levava um livro para o parque. Em seus últimos anos, passara a ler Shakespeare. Epstein a ouvira uma vez sugerindo a Conchita a leitura de *Rei Lear*. "Deve haver uma versão em espanhol", dissera à enfermeira. Toda tarde, quando o sol já tinha baixado um pouco, ela descia de elevador com uma grande edição de uma das peças do Bardo na bolsa Prada falsificada que comprara de um africano na praia — mesmo sob os protestos de Epstein, de que lhe daria uma original. (E para que ela precisava de uma Prada legítima?) O parque estava caindo aos pedaços, os brinquedos melecados de cocô de gaivota, mas, em todo caso, não havia ninguém no bairro com menos de sessenta e cinco anos para escalá-los. Será que sua mãe falara sério sobre o banco ou havia sugerido aquilo com o sarcasmo usual? Epstein não saberia dizer, e então, por via das dúvidas, mandou instalar um banco de ipê capaz de resistir ao clima tropical no sujo parque da Flórida, com uma placa parafusada dizendo: "EM MEMÓRIA DE EDITH 'EDIE' EPSTEIN. 'NÃO TENHO OBRIGAÇÃO DE AGRADAR COM MINHAS RESPOSTAS', WILLIAM SHAKESPEARE". Pagou duzentos dólares ao porteiro colombiano do prédio de seus pais para dar um brilho nela duas vezes por mês, quando polisse o bronze do saguão. Mas quando o porteiro lhe mandou uma foto, por mensagem, do banco impecável, pareceu a Epstein pior do que se o homem não tivesse feito nada. Lembrou-se do modo como sua mãe costumava telefonar quando ele ficava muito tempo sem dar notícias: com a voz rouca de quem fumava havia trinta anos, ela citava Deus chamando o Adão caído: "Ayeka?". *Onde estás?* Mas Deus sabia onde Adão estava.

Na véspera do primeiro aniversário da morte dos pais, Epstein decidiu duas coisas: obter um crédito de dois milhões dando seu apartamento na Fifth Avenue como garantia e fazer uma viagem para Israel. O empréstimo era algo novo, mas a Israel ele retornara várias vezes ao longo dos anos, atraído por um emaranhado de lealdades. Instalando-se ritualmente no salão executivo do quinquagésimo andar do Hilton, costumava receber visitas de uma série de amigos, familiares e parceiros de negócios, envolvendo-se em tudo, distribuindo dinheiro, opiniões, conselhos, resolvendo velhos conflitos e começando novos. Mas dessa vez sua assistente foi instruída a não encher a agenda. Em lugar disso, ele lhe pediu que marcasse encontros com os escritórios de desenvolvimento do Hadassah, do Instituto Weizmann e da Universidade Ben-Gurion, para explorar as possibilidades de uma doação em nome dos pais. O tempo restante deveria ficar livre. Talvez Epstein finalmente alugasse um carro para viajar a partes do país que não visitava há muitos anos, como vivia dizendo que ia fazer mas não fazia por passar muito tempo ocupado em discussões, envolvido demais nas coisas e não parando por um instante. Queria ver o Kinneret de novo, o Neguebe, as colinas rochosas da Judeia. O azul mineral do mar Morto.

Enquanto ele falava, sua assistente, Sharon, ergueu os olhos, e no rosto familiar de seu empregador viu algo que não reconheceu. Se aquilo a preocupou um pouco, foi só porque saber o que Epstein queria, e como exatamente gostava das coisas, era o que a tornava boa em seu trabalho, e para Sharon era importante ser boa nele. Tendo sobrevivido às explosões do patrão, ela tomou consciência da generosidade que coexistia com o temperamento de Epstein, e ao longo dos anos isso a levou a oferecer-lhe lealdade.

Um dia antes de partir para Israel, Epstein participou de um pequeno evento com Mahmoud Abbas, promovido no Plaza Hotel pelo Centro para a Paz no Oriente Médio. Cerca de cinquenta pessoas representando a liderança judaica norte-americana tinham sido convidadas para o encontro com o presidente da Autoridade Palestina, que estava na cidade para fazer um discurso no Conselho de Segurança das Nações Unidas e tinha concordado em dissipar os medos judaicos durante uma refeição completa. Em outros tempos Epstein teria aceitado o convite sem pensar duas vezes. Teria entrado de cabeça e feito valer sua influência. Mas o que conseguiria com isso agora? O que o homem de rosto quadrado de Safed poderia lhe dizer que ele já não soubesse? Estava cansado daquilo tudo — cansado dos discursos pomposos e das declarações só da boca para fora, as suas e as dos outros. Também queria paz. Mas no último minuto mudou de ideia e mandou uma mensagem para Sharon, que teve de lutar para recuperar o lugar dele em uma delegação do Departamento de Estado incluída tardiamente. Epstein já abrira mão de muita coisa, mas ainda não tinha perdido a curiosidade. De toda maneira, estaria no prédio da esquina um pouco antes, assinando os documentos do empréstimo — apesar dos protestos de Schloss — no escritório dos advogados do banco.

E, no entanto, assim que se acomodou na longa mesa, lado

a lado com os porta-vozes de seu povo, ocupados em passar manteiga em seus pãezinhos enquanto o palestino de fala mansa discursava sobre o fim do conflito e o fim das reivindicações, ele se arrependeu de ter mudado de ideia. A sala era minúscula; não havia saída. No passado, teria se mandado. Em um jantar diplomático em honra a Shimon Peres na Casa Branca, no ano anterior, levantou-se para ir mijar bem no meio da apresentação do "Tempo di minuetto", de Itzhak Perlman — quantas horas da sua vida tinha passado escutando Perlman? Uma semana inteira? O serviço secreto se atirou na direção dele; depois que o presidente se sentava, ninguém tinha permissão para deixar a sala. Mas quando a natureza chama, todos os homens são iguais. "É uma emergência, cavalheiros", dissera Epstein, abrindo caminho por entre os ternos pretos. Algo cedeu, como sempre acontecia diante dele, que saiu escoltado até o banheiro, passando pelos militares cheios de insígnias. Mas agora Epstein tinha perdido a necessidade de se afirmar.

A salada Caesar foi servida, veio a sessão de perguntas, ouviu-se a voz sonora de Dershowitz — "Meu velho amigo, Abu Mazen". À direita de Epstein, o embaixador da Arábia Saudita mexia no microfone sem fio, tentando descobrir como funcionava. Do outro lado da mesa, Madeleine Albright estava sentada com as pálpebras semicerradas, feito um lagarto no sol, irradiando uma inteligência interna; ela também não se encontrava realmente ali, tendo voltado sua atenção para assuntos de natureza metafísica, ou pelo menos era essa a impressão de Epstein, tomado por um desejo de puxá-la de lado para discutir essas preocupações mais profundas. Enfiou a mão no bolso interno do paletó, procurando o livrinho encadernado com um tecido verde desgastado que Maya lhe dera de aniversário e que vinha carregando consigo por toda parte no último mês. Mas o livro não estava ali; devia tê-lo deixado no sobretudo.

Foi então que, tirando a mão do bolso, pela primeira vez

reparou, com o canto do olho, no homem alto e barbudo de terno escuro e grande quipá preto parado na ponta do grupo, não importante o bastante para ganhar um lugar à mesa. O pequeno sorriso em seus lábios acentuava as rugas em torno dos olhos, e ele tinha os braços cruzados no peito como se estivesse reprimindo uma energia inquieta. Mas Epstein sentiu que não se tratava de um autocontrole a serviço da humildade, mas de alguma outra coisa.

A liderança judaica americana continuou elaborando suas perguntas sem interrogações; as saladas foram tiradas pelos garçons indianos e substituídas por salmão cozido. Por fim chegou a vez de Epstein falar. Ele inclinou-se para a frente e ligou o botão do microfone. Houve um estalo alto de estática que fez o embaixador da Arábia Saudita dar um pulo. No silêncio que se seguiu, Epstein olhou ao redor, para os rostos expectantes voltados para ele. Não havia pensado no que queria dizer, e agora sua mente, sempre mirando o alvo como um míssil, vagava sem pressa. Lançou um olhar demorado para a mesa. O rosto dos outros, sem saber como responder a seu silêncio, subitamente o fascinou. O desconforto deles o fascinou. Será que antes estivera imune ao desconforto dos outros? Não, imune era uma palavra forte demais. Mas ele não tinha prestado muita atenção. Agora os via baixando os olhos para os pratos e mudando de posição no assento, pouco à vontade, até que finalmente a moderadora interveio: "Se Jules... sr. Epstein... não tem nada a acrescentar, vamos passar para...". Mas bem nessa hora a moderadora foi obrigada a se virar, interrompida por uma voz vinda de trás dela: "Se ele não quer a sua vez, eu falo".

Procurando de onde tinha vindo a intervenção, Epstein deparou com os olhos sagazes do homem grande com o quipá de crochê preto. Estava prestes a responder quando o homem falou de novo.

"Presidente Abbas, obrigado por ter vindo hoje. Perdoe-me: como meus colegas, não tenho uma pergunta; apenas algo a dizer."

Uma onda de risadas aliviadas tomou a sala. A voz do orador era facilmente ouvida, fazendo o uso do microfone parecer exagerado.

"Sou o rabino Menachem Klausner. Moro em Israel há vinte e cinco anos. Fundei o Gilgul, um programa que leva norte-americanos a Safed para estudar o misticismo judaico. Convido todos vocês a visitar nosso site, talvez até a se juntar a nós em um de nossos retiros — temos até quinze por ano, e esse número continua aumentando. Presidente Abbas, seria uma honra recebê-lo, embora, é claro, o senhor conheça as altitudes de Safed melhor que a maioria de nós."

O rabino fez uma pausa e coçou a barba brilhante.

"Enquanto ouvia meus amigos, uma história me veio à mente. Uma lição, na verdade, que o rabino nos ensinou na escola. Um verdadeiro *tzadik*, um dos melhores professores que já tive — não fosse por ele, minha vida teria sido diferente. Costumava ler a Torá em voz alta. Naquele dia era o Gênesis, e quando ele leu o versículo 'No sétimo dia Deus terminou a sua obra', parou e olhou para nós. Por acaso tínhamos reparado em algo estranho?, perguntou. Coçamos a cabeça. Todo mundo sabia que o sétimo dia era o Sabá; então, qual o mistério?

"'Ahá!', exclamou o rabino, levantando-se de um salto do banco, como fazia sempre que se empolgava. 'Mas aqui não está dizendo que Deus descansou no sétimo dia! Diz que ele *terminou a sua obra*. Quantos dias Deus levou para criar os céus e a terra?' 'Seis', respondemos. 'Então por que o texto não diz que Deus terminou *naquele momento*? Que terminou no *sexto* dia e no sétimo descansou?'"

Epstein olhou em volta, intrigado com aonde aquilo ia levar.

"Bem, o rabino nos disse que, quando os antigos sábios se reuniram para resolver o problema, concluíram que deveria ter havido algum ato de criação no sétimo dia também. Mas qual? O mar e a terra já existiam. O sol e a lua. Plantas e árvores, animais e aves. Até mesmo o homem. O que será que ainda faltava no universo?, os antigos sábios perguntaram. Por fim um velho mestre grisalho, sentado sozinho no canto da sala, abriu a boca. 'Menucha', falou. 'Quê?', perguntaram os outros. 'Fale mais alto, não estamos ouvindo.' 'Com o Sabá, Deus criou a *menucha*', disse o velho mestre, 'e então o mundo ficou completo'."

Madeleine Albright empurrou a cadeira para trás e levantou-se para sair da sala, o tecido da calça comprida fazendo um suave ruge-ruge. O orador pareceu imperturbável. Por um momento Epstein pensou que o homem poderia até pegar a cadeira vazia dela, assim como tinha confiscado sua vez de falar. Mas ele permaneceu de pé, para dominar melhor a sala. Os que estavam perto tinham se afastado um pouco para abrir espaço em volta dele.

"'Então qual é o significado de *menucha*?', o rabino nos perguntou. Um bando de crianças inquietas olhando pela janela, cujo único interesse no mundo era estar lá fora jogando bola. Ninguém respondeu. O rabino esperou, e quando ficou claro que não daria a resposta, um garoto no fundo da sala, o único com sapatos engraxados, que sempre voltava direto para casa, para a mãe, a prole separada por muitas gerações do velho mestre grisalho que carregava consigo a sabedoria centenária de quem sentava nos cantos, abriu a boca. 'O descanso', respondeu. 'O descanso!', exclamou o rabino, gotas de saliva saindo da boca, como acontecia quando ele se empolgava. 'Mas não só! Porque *menucha* não significa apenas uma pausa no trabalho. Uma folga do esforço. Não é simplesmente o contrário da labuta e da lide. Se era preciso um ato de criação especial para aquilo, sem dúvida devia ser algo extraordinário. Não o negativo de algo que já existia, mas um positivo único, sem o qual o universo estaria incompleto. Não, não apenas descanso', continuou o rabino. 'Mas tranquilidade! Serenidade! Repouso! *Paz*. Um estado em que não há conflito, nem luta. Nem medo nem receio. *Menucha*. O estado em que o homem está sereno.'

"Abu Mazen, se me permite" — Klausner baixou a voz e ajeitou o quipá, que tinha escorregado para trás da cabeça — "naquela turma de crianças de doze anos, nenhuma entendeu o que o rabino queria dizer. Mas eu lhe pergunto: será que algum de nós, nesta sala, realmente entende? Entende esse ato de criação que se diferencia dos outros, o único que não estabeleceu algo eterno? No sétimo dia Deus criou a *menucha*. Mas a fez de modo frágil. Incapaz de durar. Por quê? Por quê, quando tudo o mais que ele criou é imune ao tempo?"

Klausner fez uma pausa, varrendo a sala com os olhos. Sua enorme testa brilhava de suor, embora, senão por isso, ele não desse nenhum sinal de esforço. Epstein inclinou-se para a frente, esperando.

"Para que coubesse ao homem recriá-la de novo e de novo", disse Klausner por fim. "Para que ele soubesse, recriando a *menucha*, que não é um espectador do universo, mas um participante. Que sem suas ações, o universo que Deus planejou para nós permanecerá incompleto."

Um único aplauso preguiçoso soou nos confins da sala. Quando, desacompanhado, mergulhou no silêncio, o líder dos palestinos começou a falar, pausando para que seu tradutor transmitisse a mensagem sobre seus oito netos que haviam participado do acampamento da Seeds of Peace, sobre viver lado a lado, encorajar o diálogo, construir relacionamentos. Seus comentários foram seguidos por algumas últimas falas e então o evento terminou, com todo mundo se levantando e Abbas cumprimentando em série uma fila de mãos estendidas enquanto passava pela mesa e saía da sala, seguido de sua comitiva.

Epstein, ansioso para ir embora, dirigiu-se ao guarda-volumes. Enquanto aguardava na fila, sentiu um tapinha no ombro. Quando se virou, viu-se frente a frente com o rabino que dera o sermão no tempo roubado. Um palmo e meio mais alto que Epstein, ele irradiava a força rija e curtida de sol de alguém que morava há muito tempo no Levante. De perto, seus olhos azuis brilhavam de luz solar acumulada. "Menachem Klausner", repetiu, para o caso de Epstein não ter escutado antes. "Espero não ter passado por cima de você."

"Não", disse Epstein, largando a ficha do guarda-volumes na mesa. "Você falou bem. Eu mesmo não poderia ter feito melhor." Ele falava sério, mas não estava a fim de discutir isso agora. A mulher cuidando do guarda-volumes mancava, e Epstein ficou observando enquanto ela se afastava para cumprir sua tarefa.

"Obrigado, mas não posso levar muito crédito. A maior parte é de Heschel."

"Achei que você disse que era de seu antigo rabino."

"Assim a história fica mais cativante", respondeu Klausner, erguendo as sobrancelhas. Acima delas, o padrão de linhas profundas em sua testa se alterava a cada expressão exagerada.

Epstein nunca tinha lido Heschel, e de todo modo o que mais queria era estar fora daquela sala quente, refrescado pelo frio. Mas quando a atendente voltou da arara giratória, o sobretudo que ela trazia pendurado no braço era de outra pessoa.

"Não é o meu", disse Epstein, empurrando o sobretudo de volta sobre a mesa.

A mulher olhou-o com desprezo. Mas, quando ele devolveu o olhar duro com outro mais duro, a atendente rendeu-se e mancou de volta até a arara. Uma perna era mais curta que a outra, mas só um santo não teria se irritado com ela.

"Na verdade, já nos encontramos antes", disse Menachem Klausner atrás dele.

"É mesmo?", devolveu Epstein, mal se virando.

"Em Jerusalém, no casamento da filha dos Schulman."

Epstein assentiu com um gesto de cabeça, mas não conseguia se lembrar do encontro.

"Eu nunca esqueço um Epstein."

"Ah, é? Por quê?"

"Um Epstein, um Abravanel, um Dayan, ninguém cuja linhagem possa ser traçada até a dinastia de Davi."

"Epstein? A menos que esteja se referindo à realeza de alguma *shtetl* no fim do mundo, você se engana sobre os Epstein."

"Ah, você é um de nós, com certeza."

Epstein riu.

"Nós?"

"Naturalmente; Klausner é um nome grande na genealogia davídica. Mas não tão importante quanto Epstein. A não ser que um de seus ancestrais tenha tirado o nome do nada, o que parece improvável, a cadeia de gerações que veio dar em você remonta ao rei de Israel."

Epstein sentiu impulsos contraditórios, o de tirar uma nota de cinquenta do bolso para se livrar de Klausner e o de lhe perguntar mais. Havia algo de envolvente no rabino, ou haveria se estivessem em outro momento.

A atendente continuava girando a arara preguiçosamente, parando-a de vez em quando para conferir o número nos cabides. Pegou um casaco cáqui. "Não é esse", avisou Epstein antes que ela pudesse tentar pegá-lo. A mulher lhe lançou um olhar de reprovação e voltou a girar os casacos.

Não conseguindo mais aguentar, Epstein foi para o outro lado da mesa. A atendente deu um passo para trás, com uma surpresa exagerada, como se imaginasse que ele fosse acertá-la na cabeça com uma clava. Mas sua expressão foi substituída por outra mais afetada quando o próprio Epstein começou a procurar entre os casacos, sem sucesso. Quando ela, mancando, foi pegar a ficha de Menachem Klausner, o pregador com uma linhagem de três mil anos protestou:

"Não, não. Não me importo em esperar. Como é o casaco, Jules?"

"É azul-marinho", resmungou Epstein, enquanto empurrava as mangas de tweed e lã. Mas seu sobretudo, que ele não saberia dizer se era muito diferente daquele que se encontrava em cima da mesa, apenas bem mais macio e mais caro, não estava em lugar algum. "Que absurdo!", soltou ele. "Alguém deve ter pegado."

Epstein poderia jurar que ouviu a atendente rir. Mas quando se voltou para olhá-la, suas costas quadradas e curvadas estavam viradas e ela já atendia a pessoa atrás de Klausner na fila. Epstein sentiu o rosto ficar quente e a garganta apertar. Uma coisa era doar milhões de livre e espontânea vontade, e outra bem diferente era levarem seu sobretudo sem mais nem menos. Só o que ele queria era estar longe dali, caminhando sozinho pelo parque em seu próprio casaco.

A campainha do elevador soou enquanto as portas se abriam. Sem dizer uma palavra, Epstein apanhou o sobretudo sobre a mesa e saiu correndo na direção dele. Klausner o chamou, mas as portas se fecharam bem naquele instante e o elevador transportou Epstein sozinho até o térreo.

Na saída lateral do hotel, os assessores de Abu Mazen se amontoavam na limusine. Epstein avistou seu sobretudo no último homem a entrar no veículo. "Ei!", gritou, acenando com a peça grosseira que carregava. "Ei! Você está usando o meu casaco!" Mas o homem não ouviu ou preferiu não ouvir, fechou a porta atrás de si e a limusine arrancou pela Fifty-Eighth Street.

Epstein ficou olhando, sem acreditar. O porteiro do hotel fitou-o, nervoso, preocupado, talvez, que ele fosse fazer um escândalo. Olhando irritado para o casaco que tinha nas mãos, Epstein suspirou. Enfiou um braço e depois o outro nas mangas, ajeitando-as com os ombros. Os punhos chegavam até os nós de seus dedos. Enquanto atravessava a Central Park South, um vento frio trespassou o fino material, e Epstein enfiou instintivamente as mãos nos bolsos para pegar suas luvas de couro. Mas só o que encontrou foi uma minúscula lata de balas com uma inscrição em árabe. Pôs uma na boca e começou a chupá-la; era tão ardida que fez seus olhos lacrimejarem. Então era assim que eles faziam para ficar com o peito peludo. Desceu a escada e, entrando no parque, seguiu pela trilha que contornava o lago cheio de juncos.

O céu era de um rosa empoeirado agora, alaranjando-se a oeste. Logo as luzes se acenderiam. O vento ficou mais forte, e uma sacola de plástico branca passou voando no alto, lentamente mudando de forma.

A alma é um mar no qual nadamos. Não há costa deste lado, e apenas lá longe, do outro lado, existe uma costa, e ela é Deus.

Era uma frase do livrinho verde que Maya lhe dera de aniversário fazia quase dois meses, trechos que ele lera tantas vezes a ponto de sabê-los de cor. Passando por um banco, deu meia-volta e sentou, enfiando a mão no bolso interno do casacão. Lembrando que estava vazio, deu um pulo, alarmado. O livro! Ele o deixara no sobretudo! Seu sobretudo, que naquele momento se afastava na direção leste, nas costas de um dos capangas de Abbas. Tateou o paletó, procurando o celular, disposto a ligar para sua assistente, Sharon. Mas o telefone também não estava em lugar algum. "Merda!", gritou Epstein. Uma mãe empurrando um carrinho duplo pela trilha lhe lançou um olhar desconfiado e apertou o passo.

"Ei!", gritou Epstein, "espere!" A mulher virou-se para trás, mas continuou andando rápido. Epstein correu atrás dela. "Escute", disse sem ar, alcançando-a, "acabei de perceber que perdi meu celular. Posso pegar o seu emprestado um segundo?"

A mulher deu uma espiada nos filhos — gêmeos, pareciam, empacotados em cobertores de pelo, o nariz úmido e os olhos escuros alertas. Com a mandíbula cerrada, enfiou a mão no bolso e pegou seu celular. Epstein tirou-o da palma da mão dela, deu-lhe as costas e discou seu próprio número. A ligação caiu na caixa de mensagens. Será que ele o tinha desligado no momento de assinar os papéis do empréstimo ou isso fora feito pelo assessor de Abbas? Pensar no palestino recebendo suas chamadas o encheu de ansiedade. Ele discou o número de Sharon, mas também não houve resposta.

"Só uma rápida mensagem", explicou Epstein, escrevendo para Sharon com os dedos dormentes: "Contate o Conselho de Segurança da ONU assim que puder. Troca de casacos no Plaza. Um dos homens de Abbas pegou o meu: Loro Piana, caxemira azul-marinho". Clicou em ENVIAR e depois escreveu mais uma frase: "Telefone e outros objetos de valor no bolso". Mas quando estava prestes a mandar essa mensagem, pensou melhor e a apagou, para não entregar o ouro ao homem de Abbas caso ele ainda ignorasse o que tinha em sua posse. Mas, não: era ridículo. O que ele poderia querer com o celular de um estranho e com um livro obscuro de um poeta israelense morto?

Os gêmeos começaram a espirrar e a fungar, enquanto a mãe mudava, impaciente, de posição. Epstein, que não tinha experiência do lado de quem recebe a caridade, escreveu de novo a mensagem, enviou-a e continuou segurando o telefone, esperando que ele tocasse com a resposta de sua assistente. Mas o objeto permaneceu inerte em suas mãos. Aonde diabos Sharon estava? "Não adianta me ligar, óbvio", escreveu ele. "Logo tento de novo." Voltou-se para a mulher, que agarrou o celular com um resmungo exasperado e seguiu em frente, sem se preocupar em dar adeus.

Epstein deveria encontrar Maura no Avery Fisher Hall dali a 45 minutos. Conheciam-se desde que ambos eram crianças; depois que ele se divorciou, Maura tornou-se sua companheira frequente de concertos. Ele começou a ir na direção noroeste, cortando caminho pelo gramado, elaborando freneticamente mensagens em sua cabeça. Ao passar por um arbusto, viu um bando de pardais marrons sair voando em disparada e se espalhar pelo céu crepuscular. Diante daquela súbita explosão de liberdade, Epstein sentiu uma onda de consolo. Era só um velho livro, não era? Com certeza conseguiria encontrar outra cópia. Pediria para Sharon cuidar disso. Ou, melhor ainda, por que não deixar o livro partir com a mesma tranquilidade com que havia chegado? Já não obtivera dele o que precisava?

Perdido em pensamentos, Epstein entrou num túnel sob uma passarela de pedestres. Enquanto estremecia no ar úmido, um mendigo surgiu da escuridão e se pôs à sua frente. Tinha o cabelo comprido e emaranhado; recendia a urina e a algo podre. Epstein tirou uma nota de vinte dólares da carteira e enfiou-a na mão calejada do homem. Repensando, pegou a lata de balas e ofereceu-a também. Mas foi a decisão errada, pois o homem fez um movimento brusco, e, no escuro, Epstein viu o brilho veloz de uma faca.

"Passa a carteira", grunhiu o mendigo.

Epstein ficou surpreso. Sério mesmo? Seria ainda mais despojado naquela tarde? Será que tinha dado tanto que, fedendo a caridade, o mundo agora se achava no direito de tirar-lhe coisas? Ou, pelo contrário, será que estavam tentando lhe dizer que ele ainda não dera o bastante, que não seria suficiente até que não restasse mais nada? E era mesmo possível que ainda houvesse um assaltante no Central Park?

Surpreso, sim, mas não com medo. Já tinha lidado com lunáticos de sobra na vida. Dava até para dizer que, como advogado, possuía um certo talento para tratar com eles. Avaliou a situação: a faca não era grande. Poderia machucá-lo, mas não matá-lo.

"Certo, então", começou, com calma. "E se eu te der o dinheiro? Deve haver pelo menos uns trezentos dólares aqui, talvez mais. Você leva tudo, e eu fico só com os cartões. Eles não vão te servir para nada. Serão cancelados em dois minutos, e de qualquer forma você provavelmente vai jogá-los no lixo. Assim nós dois saímos felizes." Enquanto falava, Epstein segurava a carteira na frente, afastada do corpo, e lentamente tirou o maço de notas. O homem as arrancou da mão dele. Mas, ao que parecia, o caso ainda não estava encerrado, pois o mendigo pôs-se a berrar alguma outra coisa. Epstein não conseguia entender.

"Quê?"

O homem passou a lâmina rápido pelo peito de Epstein.

"O que tem aí dentro?"

Epstein deu um passo para trás, apertando a mão contra o peito.

"Onde?", respondeu, quase sem voz.

"Aí dentro!"

"Nada", disse ele, baixinho.

"Me mostre", exigiu o mendigo, ou foi o que Epstein achou ter ouvido; era quase impossível entender aquela fala engrolada. A imagem de seu pai, que também tinha ficado com uma dificuldade permanente para falar após um derrame, passou pela mente de Epstein, enquanto o homem continuava a respirar pesadamente, a arma suspensa.

Devagar, ele desabotoou o casaco que não era dele, e então o paletó de flanela cinza, que era. Abriu o bolso forrado de seda onde geralmente carregava o livrinho verde e inclinou-se na ponta dos pés para mostrar ao homem que estava vazio. Era tudo tão absurdo que ele poderia ter rido, não houvesse ali uma faca tão perto de sua garganta. Talvez a lâmina pudesse matá-lo, no fim das contas. Olhando para o chão, Epstein viu-se caído numa poça de sangue, incapaz de pedir socorro. Uma pergunta surgiu em sua mente, uma que vinha se insinuando vagamente já havia algumas semanas, e naquele momento ele a encarou, como se para testar sua força: será que Deus tinha apontado o dedo para ele? Mas por que logo ele? Quando ergueu os olhos de novo, a faca havia sumido, o mendigo tinha se virado e caminhava rápido. Epstein continuou paralisado por um momento, até o homem desaparecer no círculo de luz da outra ponta, deixando-o sozinho no túnel. Só quando ergueu a mão para tocar a garganta foi que ele percebeu que seus dedos tremiam.

Dez minutos depois, chegava em segurança ao saguão do edifício Dakota e tentava tomar emprestado outro telefone.

"Sou amigo dos Rosenblatt", disse ao porteiro. "Acabei de ser roubado. Levaram meu telefone também." O porteiro pegou o interfone para ligar para o 14B. "Não precisa", apressou-se em dizer Epstein. "Vou só fazer uma ligação e já saio." Esticou-se sobre o balcão e discou seu próprio número mais uma vez. Caiu na gravação da caixa de mensagens de novo; uma gravação feita há muito tempo, mas ainda funcionando. Desligou e ligou para Sharon. Ela atendeu, pedindo mil desculpas por não tê-lo feito da última vez. Já tinha telefonado para as Nações Unidas. Abbas falaria dali a quinze minutos, e não fora possível entrar em contato com ninguém da comitiva palestina. Avisou que tomaria um táxi e se certificaria de interceptá-los antes que eles deixassem o prédio. Epstein lhe pediu que ligasse para Maura e a avisasse que não deveria esperá-lo, mas ir ao concerto sem ele.

39

"Diga-lhe que fui assaltado."

"Ok, você foi assaltado", repetiu Sharon.

"Mas é verdade", disse Epstein, com mais brandura do que pretendia, pois de novo se viu caído no chão, o sangue escuro lentamente se espalhando. Olhando para cima, seus olhos cruzaram com os do porteiro, que pela expressão também não acreditava nele.

"É sério?", perguntou a assistente.

Epstein cortou-a:

"Chego em casa daqui a meia hora. Me ligue depois." Virou-se para o porteiro. "Escute, estou sem um tostão. Poderia me emprestar vinte dólares? Vou lembrar de você no Natal. E, até lá, conte com os Rosenblatt."

Depois de lhe entregar as notas, o porteiro chamou um táxi, que ia na direção sul da Central Park West. Não tendo nenhuma gorjeta para lhe dar, nem dinheiro nem anéis, Epstein ofereceu apenas um humilde aceno de cabeça e passou ao taxista o endereço do seu prédio, do outro lado do parque, quinze quarteirões ao norte. O motorista balançou a cabeça, irritado, baixou o vidro e cuspiu com força. Era sempre a mesma coisa: se você os fazia desviar do seu rumo natural e lhes pedia para mudar de direção, eles ficavam contrariados. Era um aspecto quase universal da psicologia dos taxistas de Nova York, como Epstein com frequência explicava para quem quer que estivesse com ele no banco de trás. Uma vez em movimento, depois de terem ficado parados em engarrafamentos e faróis vermelhos, tudo neles ansiava por continuar andando. O fato de ganhar mais dinheiro dando a volta e pegando a direção contrária dificilmente importava quando o passageiro lhes dava o endereço de destino: eles tomavam aquilo como uma derrota e se ressentiam.

A atmosfera no táxi ficou ainda mais pesada quando viram que o trânsito ao norte da Madison estava parado, e as ruas na direção oeste, bloqueadas. Epstein baixou o vidro e chamou um policial, gordo e musculoso feito um jogador de beisebol, que estava encostado num cavalete.

"O que houve?"

"Estão fazendo um filme", respondeu o policial, entediado, perscrutando o céu atrás de bolas rebatidas.

"Tá de brincadeira, né? É a segunda vez este mês! Quem disse ao Bloomberg que ele podia vender a cidade para Hollywood? Alguns de nós ainda moram aqui!"

Deixando o táxi fedido para trás, Epstein seguiu pela Eighty-Fifth Street, que estava tomada dos dois lados por trailers zumbindo, alimentados por um gerador gigante e barulhento. Ao passar pela mesa do bufê, pegou um *donut* sem reduzir o passo e o mordeu, o recheio escorrendo.

Mas quando virou na Fifth Avenue, ele se deteve, pois viu que havia caído neve ali. As árvores, iluminadas por lâmpadas enormes, estavam cobertas por um manto branco, e ao longo da calçada grandes montes de neve brilhavam como mica. Um silêncio envolvia e sedava tudo; até mesmo os cavalos negros presos a uma carruagem funerária permaneciam imóveis e de cabeça baixa, a neve caindo em rodopios à sua volta. Pelas janelas de vidro da carruagem, Epstein viu a forma comprida de um caixão de ébano. Foi tomado por um profundo respeito — não só a admiração reflexiva que se sente diante da passagem da vida, mas algo mais: uma sensação do que o mundo, com seus mistérios insondáveis, era capaz. Mas foi passageiro. No instante seguinte a grua da câmera surgiu rolando pela rua, e a magia se quebrou.

Quando por fim avistou o saguão iluminado e aconchegante de seu prédio, Epstein sentiu uma onda de exaustão atravessá-lo. Só o que queria era estar em casa, onde poderia relaxar na banheira gigante e deixar o dia escorrer ralo abaixo. Mas assim que começou a caminhar na direção da entrada, foi novamente impedido, dessa vez por uma mulher com um jaquetão impermeável brandindo uma prancheta.

"Estão filmando!", sibilou ela. "Você tem que esperar na esquina."

"Eu moro aqui", retrucou Epstein.

"Assim como muitos outros, e estão todos esperando. Tenha um pouco de paciência."

Mas Epstein não tinha mais a menor paciência, e quando a mulher lançou um olhar para trás, para a carruagem começando a se mover com um rangido atrás dos cavalos, ele se esquivou e, com um último impulso de força, foi correndo na direção do prédio. Podia ver Haaroon, o porteiro, espiando o movimento na rua. O homem estava sempre ali, o rosto contra o vidro. Quando não havia nenhuma agitação, gostava de examinar o céu para ver se avistava o falcão de cauda vermelha que tinha feito o ninho numa saliência do quarteirão. No último minuto Haaroon viu Epstein correndo em sua direção e, com um olhar surpreso, abriu a porta segundos antes de o morador da Cobertura b bater de cara nela. Epstein deslizou suavemente para dentro, e o porteiro fechou a porta rápido, virou-se e grudou as costas nela.

"É um filme, Haaroon, não uma revolução", disse Epstein, a respiração pesada.

Sempre impressionado com os costumes novos de seu país adotado, o porteiro assentiu e endireitou a pesada capa verde com botões dourados que era seu uniforme nos meses frios. Mesmo confinado ali dentro, ele se recusava a tirá-la.

"Sabe qual é o problema desta cidade?", indagou Epstein.

"Qual, senhor?", perguntou Haaroon.

Ao ver a expressão sincera do porteiro, os olhos ainda cheios de admiração depois de cinco anos observando a Fifth Avenue, ele pensou melhor e deixou pra lá. O porteiro não tinha nada nas mãos, e Epstein subitamente teve vontade de perguntar o que ele tinha feito com o anel de sinete. Mas, de novo, engoliu as palavras.

Quando o elevador com painéis de madeira abriu para o familiar tapete colorido de Isfahan na entrada do apartamento, Epstein suspirou aliviado. Uma vez dentro, acendeu a luz, pendurou o casaco errado no closet e pôs suas pantufas. Fazia dez meses que morava ali, desde que ele e Lianne tinham se divorciado, e ainda havia noites em que sentia falta do corpo da esposa na cama. Dormira ao lado dela por trinta e seis anos, e o colchão parecia diferente sem seu peso, por mínimo que fosse, e a escuridão não tinha limites sem o ritmo da respiração dela. Havia ocasiões em que ele acordava sentindo frio pela falta de calor que em outros tempos vinha de entre as coxas e de trás dos joelhos dela. Poderia até ter telefonado para Lianne, se fosse capaz de esquecer por um momento que já sabia tudo o que ela poderia lhe dizer. Na verdade, se ainda sentia uma pontada de desejo, não era pelo que havia tido e aberto mão.

O apartamento não era grande, mas dos principais cômodos se viam o Central Park e o Met ao sul, com o Templo de Dendur numa galeria de vidro. Essa proximidade com o mundo antigo tinha um significado para Epstein; embora a cópia romana de um templo egípcio nunca tivesse, por si só, o impressionado muito, ele sentia o pulmão se encher quando às vezes o vislumbrava à noite, como se seu corpo estivesse lembrando o que havia esquecido sobre a vastidão do tempo. O que fora preciso esquecer, para acreditar na grandeza e na singularidade das coisas que acontecem a uma pessoa, e que podiam marcar a vida como uma nova combinação de letras, podia ficar gravado na fita de uma máquina de escrever. Mas ele não era mais jovem. Era feito de matéria mais antiga do que qualquer templo, e ultimamente algo vinha retornando para Epstein. Voltava para dentro dele, como água que regressa ao leito seco de um rio que se formou há muito tempo.

Agora que as paredes do apartamento estavam livres de pinturas, e que a mobília cara já fora doada, Epstein precisava apenas ficar parado no meio da sala de estar vazia, olhando para a copa das árvores se movendo no escuro, e sentir um arrepio nos braços. Por quê? Simplesmente pelo fato de ainda estar ali. De ter vivido o bastante para chegar a um ponto em que o círculo se fechava, em que quase tinha sido tarde demais, em que ele por pouco deixara passar. Mas no último instante havia se tornado ciente daquilo. Ciente do quê? Do tempo na forma de um raio de luz atravessando o piso, e de como na ponta de sua longa cauda estava a luz no assoalho da casa em que fora criança, em Long Beach. Ou do céu sobre sua cabeça, o mesmo céu sob o qual caminhava desde menino. Não, era mais do que isso. Ele raramente erguera a cabeça para além das poderosas correntezas de sua vida, ocupado demais em mergulhar nelas. Mas havia momentos, no presente, em que tinha uma visão total, até o horizonte. E aquilo o enchia ao mesmo tempo de alegria e anseio.

Ainda ali. Desprovido de mobília, de dinheiro, de celular, de seu próprio sobretudo, mas não tendo ainda chegado, afinal, à esfera celeste, Epstein sentiu um ronco no estômago. Mal tinha comido no Plaza, e o *donut* abrira seu apetite. Vasculhando a geladeira, descobriu uma coxa de frango que o chef que cozinhava para ele três vezes por semana havia deixado, e a comeu de pé, na janela. Um tatatatatataraneto de Davi. O menino pastor que atirou uma pedra na cabeça de Golias, sobre quem as mulheres costumavam dizer "Saul matou mil, mas Davi matou dez mil", mas que, para não permanecer um bruto frio e calculista e possuir a doçura judaica, a inteligência judaica, a profundidade judaica, foi tornado mais tarde o autor da mais bela poesia já escrita. Epstein sorriu. O que mais ainda descobriria sobre si? A coxa estava boa, mas antes de chegar ao osso ele jogou o resto no lixo. Quando ia abrir o armário para pegar um copo, pensou melhor, enfiou a cabeça debaixo da torneira e bebeu, ávido.

Na sala de estar, apertou um interruptor, e as luzes, ligadas a um dimmer automático, se acenderam aos poucos, iluminando o ouro polido de dois halos em um pequeno painel que pendia sozinho na parede leste. Embora já tivesse visto esse efeito inúmeras vezes, era incapaz de observá-lo sem sentir um formigamento na nuca. Tratava-se da única obra-prima que ele havia mantido, um painel de um retábulo pintado há quase seiscentos anos em Florença. Não tivera coragem de doá-lo. Queria viver com ele um pouquinho mais.

Epstein dirigiu-se até eles: Maria, curvada e quase incorpórea nas dobras de um rosa pálido que pendiam de seu vestido, e o anjo Gabriel, que podia ser confundido com uma mulher não fossem suas asas coloridas. Pelo banquinho de madeira embaixo de Maria se supunha que ela estava ajoelhada, ou estaria ajoelhada se sob o vestido ainda houvesse algum resquício físico dela — se o que Maria era já não tivesse sido apagado para que o filho de Deus a preenchesse. Sua forma curvada era o eco exato dos arcos brancos no alto: ela já era algo diferente dela própria. Suas mãos de dedos compridos dobravam-se sobre o peito farto, e em seu rosto havia a grave expressão de uma criança madura encarando seu difícil e elevado destino. A poucos centímetros, o anjo Gabriel a olhava amorosamente de cima, a mão sobre o coração, como se ele, também, sentisse ali a dor do futuro necessário reservado a ela. A tinta estava cheia de rachaduras, mas isso só aumentava a sensação de falta de ar, de uma força grande e violenta que se distendia sob a superfície imóvel. Apenas as gordas auréolas douradas na cabeça deles permaneciam estranhamente estáticas. Por que insistiam em pintar halos como aqueles? Por que, quando já tinham descoberto como criar a ilusão de profundidade, eles sempre voltavam, apenas nesse ponto, a um teimoso achatamento? E não um ponto qualquer, mas o próprio símbolo do que, aproximado de Deus, reflete o infinito?

Epstein tirou o quadro da parede e carregou-o debaixo do braço até o quarto. No último mês, um nu de Bonnard fora levado embora, e desde então a parede em frente à sua cama tinha estado vazia. Agora ele sentia o súbito desejo de ver a pequena anunciação pendurada ali: acordar diante dela pela manhã, e vê-la uma última vez enquanto mergulhava no sono. Mas antes de conseguir encaixar o arame no gancho, o telefone tocou, perturbando o silêncio. Epstein foi até a cama, apoiou o quadro contra os travesseiros e atendeu.

"Jules? É Sharon. Lamento, mas aparentemente o cara com seu casaco estava se sentindo mal e voltou para o hotel."

Lá fora, pela extensa escuridão, as luzes do West Side brilhavam. Epstein afundou na cama ao lado da Virgem. Imaginou o palestino com seu casaco, ajoelhando-se em uma privada.

"Deixei uma mensagem, mas ainda não consegui contato", continuou Sharon. "Teria problema se eu esperasse até de manhã para continuar tentando? Seu voo sai às nove da noite, amanhã, o que me dá bastante tempo para correr atrás disso desde cedo. É o aniversário da minha irmã hoje à noite, e vai haver uma festa."

"Vá", suspirou Epstein. "Não se preocupe com isso. Dá pra esperar."

"Tem certeza? Vou continuar tentando por telefone."

Mas Epstein não tinha certeza; o lento desenrolar de autoconhecimento nos últimos meses fora tal que o levou a sentir o bater de asas da clareza passando por cima dele somente no momento em que sua assistente lhe fez a pergunta. Epstein não queria ter certeza. Perdera a confiança nisso.

No nada

Minha ideia de estar em dois lugares ao mesmo tempo já é antiga. Devo dizer que é tão antiga quanto posso me lembrar, pois uma de minhas primeiras lembranças é estar assistindo a um programa infantil na TV e, de repente, me ver na pequena plateia do estúdio. Até hoje posso recordar a sensação do carpete marrom no quarto dos meus pais debaixo das minhas pernas, de esticar o pescoço para ver a TV, que parecia fixada bem acima de mim, e de sentir então o estômago revirar à medida que a empolgação de me ver naquele outro mundo dava lugar à certeza de que eu jamais tinha estado lá. Pode-se dizer que o senso de si ainda é poroso nas crianças pequenas. Que o sentimento oceânico persiste por algum tempo até os andaimes serem finalmente retirados dos muros que lutamos para construir à nossa volta sob o comando de um instinto inato, ainda que tocados pela tristeza que vem em saber que vamos passar o resto da vida procurando uma forma de escapar. E, no entanto, ainda hoje tenho absoluta certeza do que vi naquele dia. A menininha na TV tinha exatamente o meu rosto, usava os meus tênis vermelhos e a minha camiseta listrada, mas mesmo essas coisas poderiam ser consideradas meras coincidências. O que não poderia é o fato de, em seus olhos, durante os poucos segundos que a câmera focou neles, eu ter reconhecido o sentimento do que eu viria a ser.

Talvez essa tenha sido uma das primeiras coisas que meu cérebro guardou, mas, com o passar dos anos, não pensei muito a respeito. Não havia por que fazê-lo; eu nunca mais me encontrei em nenhum outro lugar de novo. Mas, de alguma forma, a surpresa do que eu tinha visto deve ter ficado registrada em mim, e enquanto o meu senso de mundo era construído em cima disso, ela deve ter se transmudado em crença: não de que eu era duas, o que pode causar pesadelos, mas de que, em minha singularidade, eu poderia muito bem estar habitando dois planos separados de existência. Ou talvez fizesse mais sentido olhar para isso do ângulo oposto, e chamar senso de dúvida o que começou a se cristalizar em mim na época — um ceticismo em relação à realidade que me era imposta, como é imposta a todas as crianças, e que aos poucos vai afastando as outras realidades mais maleáveis que naturalmente ocorrem a elas. Em todo caso, a possibilidade de estar ao mesmo tempo *aqui* e *lá* ficou armazenada no substrato, junto com todas as minhas outras noções infantis, até a tarde de outono em que entrei pela porta da casa que dividia com meu marido e nossos dois filhos e senti que eu já estava lá.

Simples assim: eu já estava presente. Deslocando-me pelos quartos do andar de cima, ou dormindo na cama; no fundo não importava onde eu estava ou o que fazia; o que importava era a certeza que eu tinha de já me encontrar em casa. Eu era eu mesma, me sentia absolutamente normal em minha própria pele, mas ao mesmo tempo também tinha a súbita sensação de que não estava mais confinada ao meu corpo, nem às mãos, braços e pernas que tinha visto durante toda a minha vida, e de que essas extremidades, sempre em movimento ou paradas no meu campo de visão, as quais eu tinha observado minuto a minuto durante trinta e nove anos, afinal não eram de fato as minhas extremidades, não eram os limites do meu eu; mas eu existia além e separada delas. E isso tampouco num sentido abstrato. Não como uma alma ou uma frequência. Porém de corpo inteiro, exatamente como eu era no umbral da cozinha, mas, de alguma forma — em outra parte, no andar de cima — *de novo*.

Lá fora, pela janela, as nuvens pareciam passar num ritmo rápido, mas, senão por isso, nada parecia estranho ou fora do lugar. Muito pelo contrário: tudo na casa, cada xícara, mesa, cadeira e vaso parecia estar no seu devido lugar. Ou, diria até, no seu *exato* lugar, de um jeito que raramente acontece, pois a vida tem um modo próprio de se manifestar nas coisas inanimadas, sempre deslocando os objetos um pouquinho para a esquerda ou para a direita. Com o tempo essa movimentação se acumula e se torna visível — o quadro na parede de repente está torto, os livros recuaram para trás na prateleira —, de modo que passamos um bom tanto de nosso tempo movendo essas coisas de maneira apática, talvez até inconsciente, de volta para o seu lugar. Nós, também, gostaríamos de nos manifestar nas coisas inanimadas, sobre as quais queremos acreditar que somos soberanos. Contudo, na verdade, é a força e o *momentum* irrefreáveis da vida que nós queremos controlar, e com os quais estamos presos em uma disputa de vontades que jamais podemos vencer.

Entretanto, naquele dia, foi como se um ímã tivesse sido passado debaixo da casa, puxando cada coisa de volta para a sua posição correta. Tudo estava envolto em quietude, e só as nuvens se moviam depressa, como se o mundo tivesse começado a girar um pouco mais rápido. Parada na soleira da porta da cozinha, esse foi meu primeiro pensamento: de que o tempo tinha se acelerado, e de que de algum modo eu, voltando para casa, tinha ficado para trás.

Sentia a pele das minhas costas formigar enquanto continuava paralisada, com medo de me mexer. Tinha havido algum tipo de erro, neurológico ou metafísico, e ao mesmo tempo que poderia ser algo tão benigno quanto um *déjà-vu*, também poderia não ser. Algo se desalinhara, e eu sentia que, se me mexesse, poderia destruir a chance de aquilo se corrigir naturalmente.

Segundos passaram, e então o telefone tocou na parede. Ato contínuo, virei-me por instinto para olhá-lo. De alguma forma isso quebrou o encanto, pois, quando olhei para trás de novo, as nuvens já não estavam mais se movendo velozes, e a sensação de que eu me encontrava ao mesmo tempo aqui e lá — no andar de cima — tinha passado. A casa estava vazia de novo a não ser por mim, parada ali na cozinha, de volta aos limites familiares de mim mesma.

Fazia semanas que eu vinha dormindo mal. Meu trabalho não andava bem, e isso me deixava numa ansiedade constante. Mas se minha escrita era uma espécie de navio afundando, a paisagem maior — o mar no qual eu tinha começado a sentir que cada barco em que tentasse navegar eventualmente iria a pique — era o meu casamento fracassando. Meu marido e eu tínhamos nos afastado bastante. Éramos tão dedicados aos nossos filhos que nossa crescente distância poderia ser desculpada, depois mascarada, por todo amor e atenção regularmente presentes em nossa casa. Mas, em dado momento, a utilidade de nosso amor compartilhado pelas crianças tinha atingido uma espécie de ápice, e então começado a decair até não trazer mais nenhum proveito para o nosso próprio relacionamento, pois só ressaltava quanto cada um de nós era solitário, e, comparado a nossos filhos, mal-amado. O amor que outrora tínhamos sentido e expressado pelo outro havia secado ou sido reprimido — tudo confuso demais para saber qual era o caso —, e, contudo, dia após dia ambos testemunhávamos e ficávamos tocados pelos poderes espetaculares de amor que o outro sentia, evocados pelas crianças. Era contra a natureza do meu marido falar sobre sentimentos difíceis. Há muito tempo ele tinha aprendido a escondê-los não só de mim, mas de si próprio, e depois de anos tentando, sem sucesso, fazê-lo falar sobre eles, aos poucos eu tinha desistido. Não se admitia conflito entre nós, menos ainda fúria; tudo precisava ficar subentendido, enquanto a superfície permanecia passiva. Com isso, eu me vi voltando para uma solidão sem limites que, embora infeliz, ao menos não me era estranha. "Basicamente sou uma pessoa tranquila", meu marido me disse uma vez, "enquanto você é alguém que pondera tudo." Mas, com o tempo, as condições tanto de dentro como de fora se mostraram excessivas demais para a sua tranquilidade, e ele também afundava em seu próprio mar separado. À sua maneira, cada um de nós acabou por entender que tínhamos perdido a fé no nosso casamento. No entanto, não sabíamos como agir após ter entendido isso, do mesmo modo que não se sabe como agir quando se entende, por exemplo, que não existe vida após a morte.

Era nesse ponto que as coisas estavam na minha vida. E agora eu também não conseguia escrever e, cada vez mais, não conseguia dormir. Poderia ter sido fácil reduzir a estranha sensação que eu tinha experimentado naquela tarde a um lapso de um cérebro estressado e cansado. Contudo, ao contrário, eu não me lembrava de sentir a mente tão clara como durante os momentos em que fiquei parada na cozinha, convencida de que também estava em outro lugar ali perto. Como se minha mente tivesse sido não apenas tocada por uma clareza, mas subido em seu próprio pico, e todos os meus pensamentos e percepções tivessem chegado gravados em vidro. Só que não era o tipo comum de clareza que resulta de uma compreensão. Era como se o primeiro e o segundo plano tivessem mudado de posição, e o que eu fora capaz de ver era tudo o que a mente costuma bloquear: a expansão infinita de incompreensão que cerca a minúscula ilha daquilo que conseguimos apreender.

Dez minutos depois, a campainha tocou. Era o entregador da UPS, e eu assinei para receber a encomenda. O rapaz pegou de volta seu pequeno aparelho eletrônico e me passou a grande caixa. Vi gotas de suor em sua testa, destoando do ar gelado, e senti o cheiro de papelão úmido. Da rua, meu vizinho, um ator idoso, me cumprimentou de longe. Um cão ergueu a perna e se aliviou na roda de um carro. Mas tudo isso não diminuiu em nada a intensidade e a estranheza da sensação que eu tinha acabado de experimentar. Ela não começou a se dissolver, como acontece com um sonho em contato com a vida desperta. Permaneceu incrivelmente vívida enquanto eu ia abrindo os armários e pegando os ingredientes para o jantar. A sensação ainda era tão poderosa que tive de sentar para tentar absorvê-la.

Meia hora depois, quando a babá chegou em casa com as crianças, eu ainda estava sentada no balcão. Meus filhos dançaram ao meu redor, cheios das notícias de seu dia. Depois se soltaram de sua órbita e saíram correndo pela casa. Meu marido entrou logo depois. Dirigiu-se à cozinha ainda com o colete refletor usado para vir de bicicleta. Por um momento, ele brilhou. Senti o súbito impulso de lhe descrever o que havia acontecido, mas quando terminei ele me deu um meio sorriso forçado, lançou um olhar para os ingredientes do jantar não preparado, pegou a pasta dos folhetos de entrega domiciliar e perguntou se eu estava a fim de comida indiana. Depois saiu atrás das crianças, no andar de cima. De imediato me arrependi de ter contado. O incidente tocava uma fratura entre nós. Meu marido preferia fatos ao impalpável, os quais começara a colecionar e organizar como uma muralha à sua volta. Ficava acordado até tarde, assistindo documentários, e em eventos sociais, quando alguém expressava surpresa por ele saber qual porcentagem das notas impressas nos EUA era de cem dólares, ou que Scarlett Johansson era meio judia, ele gostava de dizer que fazia questão de saber tudo.

Os dias passaram, e a sensação não voltou. Eu acabara de me recuperar de uma gripe, que havia me deixado de cama tremendo e suando e olhando para o céu com a consciência ligeiramente alterada com que a doença sempre me deixa, e comecei a me perguntar se talvez não tivesse algo a ver com isso. Quando fico doente, é como se os muros entre mim e o lado de fora se tornassem mais permeáveis — e na verdade se tornaram, pois o que quer que tenha me deixado doente encontrara uma forma de se infiltrar, violando os mecanismos de proteção usuais que o corpo utiliza, e minha mente, como se refletisse o corpo, também ficava mais esponjosa, e as coisas que normalmente mantenho à distância por serem difíceis ou intensas demais começam a penetrar em meu pensamento. Esse estado de abertura e de extrema sensibilidade, em que fico suscetível a tudo ao meu redor, é aumentado pela solidão de estar deitada na cama enquanto o resto do mundo segue ocupado com suas atividades normais. Por isso era fácil atribuir a sensação incomum que eu tinha experimentado à minha doença, ainda que, àquela altura, eu já estivesse melhor.

Até que uma noite, um mês depois, eu ouvia rádio enquanto lavava a louça e começou um programa sobre o multiverso — a possibilidade de que o universo na verdade contenha muitos universos, talvez até um conjunto infinito deles. Como resultado das ondas gravitacionais que ocorreram na primeira fração de segundo após o Big Bang — ou de uma série de repulsões do

Big Bang, como sugere a evidência atual —, o universo primitivo sofreu uma dilatação que causou uma expansão exponencial das dimensões do espaço várias vezes maior do que o nosso próprio cosmo, criando universos completamente diferentes com propriedades físicas desconhecidas, sem estrelas, talvez, ou átomos, ou luz, e que, tudo somado, isso constitui a totalidade de espaço, tempo, matéria e energia.

Eu não tinha mais do que uma compreensão leiga das teorias correntes de cosmologia, mas sempre que me deparava com um artigo sobre teoria das cordas, ou branas, ou sobre o trabalho realizado no Grande Colisor de Hádrons, em Genebra, aquilo aguçava a minha curiosidade, de modo que alguma coisa eu já sabia. O físico entrevistado tinha uma voz hipnótica, paciente e íntima ao mesmo tempo, carregada de uma inteligência profunda e secreta, e em dado momento, diante das perguntas inevitáveis do entrevistador, começou a abordar os desdobramentos teológicos das teorias do multiverso, ou, pelo menos, o modo como elas confirmavam o papel do acaso na criação da vida, já que não havia apenas um, mas um conjunto infinito ou quase infinito de mundos, cada um com suas próprias leis físicas, de maneira que não se podia mais considerar nenhuma condição como o resultado de extraordinárias improbabilidades matemáticas.

Quando o programa acabou, desliguei o rádio e fiquei ouvindo o zum-zum baixo e crescente de carros se aproximando à medida que os semáforos mudavam a algumas quadras dali, e o som límpido e alegre de crianças na creche sediada no porão do edifício vizinho, e depois a profunda e pesarosa buzina de um navio no porto, a uns cinco quilômetros de distância, feito um dedo pousado num harmônio. Eu nunca tinha me permitido acreditar em Deus, mas podia entender por que as teorias sobre um multiverso podiam dar nos nervos de um certo tipo de pessoa — em última instância, dizer que tudo poderia ser verdade em algum lugar tinha não só um quê de evasivo, mas também tornava inútil qualquer busca, já que todas as conclusões passavam a ser igualmente válidas. E parte do temor que sentimos quando confrontamos o desconhecido não vem de saber que, se ele afinal nos envolver e se tornar conhecido, não vamos mudar? Em nossa visão das estrelas, encontramos uma medida de nossa própria incompletude, de nosso estado ainda inacabado, ou seja, de nosso potencial para mudar, ou mesmo de nos transformar. O fato de nossa espécie se distinguir das outras por nossa fome e capacidade de mudança tem tudo a ver com também sermos capazes de reconhecer os limites de nossa compreensão e de contemplar o insondável. Mas, em um multiverso, os conceitos de conhecido e desconhecido se tornam inúteis, pois tudo é igualmente conhecido e desconhecido. Se há mundos infinitos e conjuntos infinitos de leis, então nada é essencial, e não precisamos mais tentar superar os limites de nossa realidade e compreensão imediatas, pois não só o que está além não nos concerne, como tampouco há esperança de alcançar algo mais do que uma compreensão infinitamente pequena. Nesse sentido, a teoria do multiverso apenas nos encoraja a dar ainda mais as costas para o incognoscível, o que aceitamos fazer de bom grado, depois de termos ficado embriagados com nossos poderes de conhecimento — depois de termos *santificado* o saber e nos ocupado dia e noite em alcançá-lo. Assim como a religião se tornou uma forma de contemplar e viver diante do incognoscível, também nós nos convertemos à prática contrária, à qual dedicamos a mesma devoção: a prática de saber tudo, e de acreditar que o conhecimento é concreto e que sempre chegou pelas faculdades do intelecto. Desde Descartes, o conhecimento tem sido elevado a um grau quase inimaginável. Mas, no fim das contas, ele não trouxe o domínio e a posse da natureza imaginados pelo filósofo, só a ilusão desse domínio e dessa posse. No fim, ficamos doentes de conhecimento. Eu sinceramente odeio Descartes, e jamais entendi por que se deveria acreditar que seu axioma é um fundamento inabalável para o que quer que seja. Quanto mais ele fala em seguir uma linha reta para sair da floresta, mais sinto vontade de me perder nessa floresta, onde outrora vivemos maravilhados, entendendo que isso era pré-requisito para ter uma percepção autêntica do ser e do mundo. Agora quase não temos escolha senão viver nos campos áridos da razão, e quanto ao desconhecido, que antes aparecia brilhando lá no limite do alcance da vista, canalizando tanto nosso medo como nossa esperança e nosso anseio, só podemos olhar para ele com aversão.

Diante disso tudo, a ideia que começou a se formar em minha mente, depois que desliguei o rádio, surgiu como uma espécie de alívio. E se, pensei, em vez de existir em um espaço universal, cada um de nós na verdade nasce sozinho em um vazio luminoso, e somos nós que damos forma a isso, montando escadas e jardins e estações de trem à nossa própria maneira peculiar, até termos reduzido nosso espaço a um mundo? Em outras palavras, e se a percepção e a criatividade humana forem responsáveis pela criação do multiverso? Ou talvez...

E se a vida, que parece ocorrer em inúmeros corredores compridos, em salas de espera e cidades estrangeiras, em terraços, em hospitais e jardins, em salas alugadas e trens lotados, na verdade acontece em um só lugar, um único local de onde esses outros lugares são sonhados?

Será que isso era tão absurdo? Assim como as plantas precisam nos atrair para suas flores para poderem prosperar e se multiplicar, o espaço também não poderia depender de nós? Achamos que o conquistamos com nossas casas e estradas e cidades, mas e se nós, sem saber, tivéssemos ficado subordinados ao espaço, a seu design elegante propagando-se infinitamente através dos sonhos de seres finitos? E se não formos nós que nos movemos pelo espaço, mas o espaço que se move através de nós, girando no tear de nossas mentes? E se é assim, então onde fica o lugar em que ficamos deitados sonhando? Um tanque de contenção no não espaço? Alguma dimensão de que não temos consciência? Ou será que ele fica em algum lugar do mundo finito do qual já nasceram e nascerão bilhões de mundos, um local único e diferente para cada um de nós, tão banal quanto qualquer outro?

Naquele momento, eu soube sem sombra de dúvida que estava sonhando minha vida de outro lugar, e era do Hilton de Tel Aviv.

Antes de mais nada, fui concebida lá. Na esteira da Guerra do Yom Kippur, três anos depois de meus pais terem se casado em meio a ventos fortes no terraço do Hilton, eles estavam hospedados num quarto no décimo sexto andar do hotel quando as condições únicas que eram os pré-requisitos para a minha existência de súbito se alinharam. Com apenas uma vaga noção das consequências, minha mãe e meu pai instintivamente se puseram em ação. Nasci no hospital Beth Israel, na cidade de Nova York. Contudo, menos de um ano depois, nadando contra a corrente, meus pais me levaram de volta para o Hilton de Tel Aviv, e desde então, quase todo ano, volto para aquele hotel empoleirado em uma colina entre a rua Hayarkon e o mar Mediterrâneo. (Todo ano, isto é, partindo da crença de que cheguei a deixar o lugar.) Mas, se o lugar tem uma certa aura mística para mim, não é só porque minha vida começou lá, ou por depois eu ter passado tantas vezes as férias no hotel. É também por causa de algo espantoso que me aconteceu lá uma vez, uma experiência que apenas aumentou minha consciência de uma abertura — um pequeno rasgo no tecido da realidade.

Foi na piscina do hotel, quando eu tinha sete anos. Eu passava bastante tempo naquela piscina, que ficava num grande terraço com vista para o mar e era alimentada com sua água salgada. No ano anterior, nossa estadia tinha coincidido com a de Itzhak Perlman, e certa manhã, depois do café, nós saímos e o encontramos postado diante do lado mais fundo, jogando uma bola para os filhos, que se revezavam saltando na piscina para pegá-la. A visão do grande violinista em sua reluzente cadeira de rodas, junto com uma obscura consciência de que a pólio que o aleijou tinha algo a ver com piscinas, me deixou apavorada. No dia seguinte eu me recusei peremptoriamente a entrar na piscina, e um dia depois partimos de Israel e voamos de volta para Nova York. No ano seguinte, voltei para o hotel com certo desconforto, mas Perlman não apareceu. Além disso, em nosso primeiro dia lá, meu irmão e eu descobrimos que a piscina estava cheia de dinheiro — havia shekels por toda parte, cintilando mudas no piso da piscina, como se o ralo estivesse ligado ao banco Hapoalim. Quaisquer receios de nadar que ainda persistiam foram deixados de lado pelo fluxo constante de moedas que poderíamos ter. Como em qualquer operação bem executada, logo nos dividimos e nos especializamos: meu irmão, dois anos mais velho, era quem mergulhava, e eu, com uma capacidade pulmonar menor e olhos mais aguçados, era quem dava as instruções. Ao meu comando, ele mergulhava e ia até o fundo desfocado da piscina. Se eu estivesse certa, como era o caso em sessenta e cinco por cento das vezes, ele irrompia à superfície empolgado, a moeda na mão.

Uma tarde, após uma série de tentativas em falso, comecei a me sentir desesperada. O dia passava e nosso tempo na piscina logo iria acabar. Meu irmão estava nadando a esmo pela parede do lado mais raso. Sem poder evitar, gritei do meio da piscina: "Ali!". Era mentira — eu não tinha visto nada —, mas não pude resistir à chance de deixar meu irmão feliz de novo. Ele se precipitou na minha direção, espirrando água. "Ali!", gritei.

Ele mergulhou. Eu sabia que não havia nada no fundo, e agora, boiando no topo, esperei que meu irmão também descobrisse, me sentindo miserável. Ainda lembro como se fosse hoje a culpa esmagadora que senti naqueles curtos momentos, mais de trinta anos depois. Uma coisa era mentir para os meus pais, outra bem diferente era trair meu irmão de forma tão descarada.

Para o que aconteceu em seguida, não tenho nenhuma explicação. Pelo menos nada além da possibilidade de que as leis a que nos agarramos para garantir a nós mesmos que tudo é o que parece tenham ocultado uma visão mais complexa do universo, que abre mão do conforto de espremer o mundo até caber no alcance limitado de nossa compreensão. Do contrário, como explicar que, quando meu irmão veio à tona e abriu os dedos, havia na palma de sua mão um brinco com três diamantes e, embaixo deles, pendurado na ponta de um laço de ouro, um coração de rubi?

Com as roupas de banho pingando, seguimos nossa mãe pelos corredores gelados de ar condicionado do hotel até a H.Stern, no saguão. Ela explicou a situação para o joalheiro calvo, que olhou para nós com ar incrédulo enquanto empurrava uma bandeja forrada de veludo azul sobre o balcão de vidro. Minha mãe depositou o brinco, e o joalheiro encaixou a lupa no olho. Estudou nosso tesouro. Quando por fim ergueu a cabeça, seu olho gigante, ampliado, nos mirou.

"É verdadeiro", anunciou ele. "O ouro é dezoito quilates."

Verdadeiro. A palavra ficou presa na garganta e não desceu. Na época jamais me ocorreu que o brinco poderia ser falso no sentido que minha mãe desconfiava que fosse. E, no entanto, só eu sabia quão *irreal* ele de fato era, quão improvável era o fato de meu irmão tê-lo descoberto. Como ele tinha se materializado em resposta a uma necessidade. Nenhuma criança pequena acredita naturalmente que a realidade é firme. Para ela, suas molas são soltas; a realidade está aberta a suas súplicas especiais. Mas, com o tempo, a criança é ensinada a acreditar no contrário, e eu estava então com sete anos, idade suficiente para já ter em grande parte aceitado que a realidade era fixa e totalmente indiferente aos meus desejos. Então, no último minuto, um pé se interpôs entre uma porta prestes a fechar.

De volta a Nova York, minha mãe mandou fazer um pingente com o brinco, pendurando-o em uma corrente para eu colocar no pescoço. Usei-a durante anos, e, embora minha mãe não pudesse saber, o colar me servia como um lembrete de alguma vontade desconhecida, das dobras do acordeão escondidas sob a superfície de tudo o que parece ser plano. Só no ano passado meu irmão e eu ficamos sabendo que foi nosso pai quem jogou todas aquelas moedas na piscina — nosso pai, que na época podia se voltar para nós tanto com amor quanto com uma fúria assustadora, nunca sabíamos o que viria. Achei que o colar tinha se perdido, mas ele reapareceu quando meus pais esvaziaram um cofre onde haviam guardado algumas das joias de minha mãe. Ele me foi devolvido numa minúscula caixinha, que também continha uma das etiquetas onipresentes de meu pai, impressa há muito tempo em sua confiável P-touch Brother: "Colar de Nicole, encontrado na piscina do Hilton". O colar despertou algumas lembranças, e então meu pai comentou casualmente que foi ele quem encheu a piscina de moedas. Ficou surpreso ao saber que não havíamos adivinhado isso. Mas não, ele não tinha nada a ver com o brinco com o coração de rubi.

Quando me veio a ideia de que sonhava minha vida do Hilton, eu estava, como disse, em um momento difícil da minha vida e do meu trabalho. Não acreditava mais nas coisas que me tinha permitido acreditar — a intocabilidade do amor, o poder da narrativa, que poderia permitir que as pessoas triunfassem em sua vida conjugal sem divergências, a saúde essencial da vida doméstica. Eu estava perdida. De modo que a teoria de sempre ter estado solidamente em algum outro lugar, apenas sonhando estar perdida, exercia um apelo especial. Eu me encontrava entre livros, e sabia que poderia levar anos até conseguir achar minha rota dentro de um caminho novo. Durante esses períodos exaustivos e incoerentes, às vezes tenho a impressão de que posso sentir minha própria mente se desintegrando. Meus pensamentos ficam agitados e inquietos, e minha imaginação dispara para todos os lados, apanhando coisas antes de considerá-las inúteis e descartá-las.

Mas, dessa vez, algo diferente começou a acontecer. O Hilton se instalou em minha mente como uma espécie de bloqueio, e durante meses eu não conseguia pensar em muita coisa quando me sentava para escrever. Dia após dia, eu ia com diligência à minha escrivaninha — me dirigindo, na verdade, ao Hilton de Tel Aviv. No começo, era até interessante: talvez houvesse algo ali. E depois, quando pareceu não haver, tornou-se cansativo. Por fim, era só enlouquecedor. O hotel simplesmente não saía da minha cabeça, e eu também não conseguia arrancar nada dele.

E não era qualquer hotel: um gigantesco retângulo de concreto sobre vigas que domina a costa de Tel Aviv, construído no estilo brutalista. As compridas laterais do retângulo são cortadas por varandas, catorze fileiras na vertical e vinte e três na horizontal. No lado sul a grade é uniforme, mas no lado norte ela se interrompe a dois terços na horizontal por uma gigante coluna de concreto que parece ter sido encaixada posteriormente para garantir que o prédio passasse pelo crivo até dos mais extremos brutalistas. O topo dessa coluna de concreto ergue-se sobre o telhado, com o logo do Hilton aparecendo do lado sul. Por cima há uma antena alta cuja ponta brilha, vermelha à noite, para que aeronaves leves indo na direção do aeroporto de Sde Dov não colidam com ele. Quanto mais se observa essa monstruosidade em cantiléver na costa, mais se fica com a impressão de que há em jogo algum propósito maior, geológico ou místico, difícil de imaginar — algo que não tem a ver conosco, mas com entidades maiores. Quando visto do sul, o hotel paira sozinho contra o céu azul, e na grade implacável parece estar codificada uma mensagem quase tão misteriosa quanto a que ainda não desvendamos em Stonehenge.

Foi a esse monólito que fiquei mentalmente confinada durante meio ano. O que começou como uma ideia excêntrica de sonhar a vida toda a partir de um ponto fixo se transformava agora em uma sensação inquietante de estar atada a esse ponto, trancada dentro dele, sem acesso ao sonho de outros espaços. Dia após dia, mês após mês, a agulha da minha imaginação arranhava um sulco mais profundo. Eu mal conseguia explicar minha preocupação para mim mesma, quanto mais para quem quer que fosse. Aos poucos, o hotel foi adquirindo um estado de irrealidade. Quanto mais minha mente empacava nisso, presa em uma tentativa inútil de arrancar algo dele, mais distante o hotel ficava da realidade, e mais ele parecia ser uma metáfora para a qual eu não conseguia encontrar a chave. Mais ele parecia ser minha própria mente. Desesperada em busca de um alívio, imaginei uma inundação em que o Hilton de repente se soltava da costa.

Até que certa manhã, no início de março, o primo do meu pai, Effie, ligou de Israel. Aposentado do trabalho no Ministério das Relações Exteriores, ele ainda tinha o hábito de ler três ou quatro jornais todos os dias. Quando acontecia de topar com meu nome, ele me ligava. Agora nós discutíamos a colite de sua esposa, Naama, os resultados das eleições recentes e se ele ia ou não fazer uma cirurgia artroscópica no joelho. Quando o rumo da conversa passou para mim, e Effie perguntou como ia o meu trabalho, peguei-me falando de meu conflito com o Hilton e do modo como tinha ficado obcecada com ele. Não costumo falar do meu trabalho enquanto estou no meio dele, mas ao longo de quatro décadas, desde que o hotel abriu, em 1965, e meus avós começaram a se hospedar lá, Effie se juntara à minha família no saguão, na piscina ou no restaurante Rei Salomão mais vezes do que qualquer um de nós poderia lembrar, e achei que ele, entre todas as pessoas, poderia entender o estranho fascínio que o Hilton exercia sobre mim. Mas bem naquela hora ele foi distraído por uma ligação da neta em seu outro celular, e depois de ter atendido rapidamente e voltado a falar comigo, o assunto já tinha mudado para a carreira em ascensão dela como cantora de cabaré.

Nossa conversa chegava ao fim. Effie me pediu para mandar um abraço a meus pais. Estávamos prestes a desligar quando, tão casualmente quanto se tivesse lembrado de alguma notícia familiar que quase se esquecera de me contar, ele disse:

"Você ficou sabendo que um homem morreu de uma queda lá na semana passada?"

"Onde?"

"Você estava falando do Hilton, não?"

Supus se tratar de um suicídio, embora, nos dias que se seguiram, sem saber nada sobre o homem morto, nem mesmo seu nome, comecei a me perguntar se não tinha sido um acidente. Pelas longas laterais do prédio retangular do lado norte e sul, as janelas e as varandas sobressaem em diagonal, em um padrão serrilhado, para oferecer uma vista melhor do Mediterrâneo a oeste. Isso permite que se aviste parte do mar, mas quando você tenta ver mais longe, seja a noroeste, para o porto de Tel Aviv, ou a sudeste, na direção de Jafa, sente-se irritado por não conseguir enxergar o suficiente — por ser impedido de fazê-lo direito. Raro deve ser o hóspede que não amaldiçoa os arquitetos do hotel. Quantas vezes eu não tinha, frustrada, aberto a porta corrediça no meu quarto e saído para a sacada para poder ter uma vista melhor? Mas mesmo ali a insatisfação permanece, pois ainda é impossível ficar bem de frente para o mar e para o horizonte, como cada átomo de seu corpo anseia fazer. Só resta se debruçar sobre a balaustrada da varanda, esticando a cabeça. Nessa posição, desejoso de ver melhor as ondas que trouxeram os cedros do Líbano e levaram Jonas até Társis, você poderia facilmente ir longe demais — longe a ponto de cair.

Effie prometeu procurar o jornal, mas duvidava que iria encontrá-lo: Naama sempre tirava o lixo no domingo, e ele lera o artigo fazia pelo menos uma semana. Não consegui encontrar nenhuma menção à morte no *Haaretz* ou no *Ynet*, ou em qualquer outra fonte on-line em inglês das notícias israelenses. Naquela tarde escrevi para meu amigo Matti Friedman, um jornalista de Jerusalém nascido em Toronto, perguntando se ele poderia procurar na imprensa israelense a notícia de uma morte no Hilton. Por causa da diferença horária, só fui receber sua resposta na manhã seguinte. Ele escreveu que não conseguiu encontrar nada. Eu tinha certeza que fora no Hilton?

Se eu já chegara a suspeitar da fiabilidade de Effie, tinha meus motivos. Ao longo da minha infância, ele tinha sido cônsul israelense em uma série de países, cada um menor que o anterior — primeiro na Costa Rica, depois na Suazilândia e por fim em Liechtenstein, depois do qual não teve escolha senão se aposentar. Era doze anos mais velho que meu pai, e o racionamento durante a Segunda Guerra Mundial tinha prejudicado seu crescimento, deixando-o com um metro e cinquenta e dois de altura. Quando eu era pequena, tinha a impressão de que seu tamanho não só era importante para seu trabalho diplomático, mas que tudo naquelas pequenas nações tinha uma escala reduzida, como o primo de meu pai: os carros, as portas e cadeiras, as minúsculas frutas, e as pantufas encomendadas no tamanho infantil de fábricas de países maiores. Em outras palavras, Effie me parecia viver em um mundo ligeiramente fantasioso, uma impressão que, como tantas outras formadas na infância, nunca me deixou de todo. No fundo, ela foi apenas confirmada quando Effie me ligou de volta alguns dias depois. Tendo a vida toda acordado ao nascer do sol — a noite, como tudo, era grande demais para ele —, Effie não tinha escrúpulos em ligar já cedo, mas naquele dia, às sete da manhã, aconteceu de eu já estar na minha escrivaninha.

Ouvi um estrondo pelo telefone, e não consegui entender o que se dizia do outro lado.

"O que foi isso?", interrompi. "Não ouvi a primeira parte."

"Aviões de caça. Só um segundo." Ouvi o som abafado de uma mão tapando o fone. Logo depois Effie voltou. "Devem ser exercícios de treinamento. Consegue me ouvir agora?"

O artigo não tinha aparecido, disse ele, mas outra coisa surgira, algo que Effie achava que seria muito mais interessante para mim. Ele havia recebido uma ligação no dia anterior. "No nada", acrescentou. Tinha um gosto especial por expressões idiomáticas estrangeiras, mas raramente acertava.

"Era Eliezer Friedman. Costumávamos trabalhar para Abba Eban juntos. Eu saí, mas Eliezer continuou quando Eban se tornou ministro das Relações Exteriores. Envolveu-se com a Divisão de Inteligência. Depois voltou para a academia e se tornou professor de literatura na universidade de Tel Aviv. Mas você sabe como essas coisas funcionam — ele nunca deixou de ter ligações com o Mossad."

Enquanto Effie falava, olhei para fora da janela. Tinha havido um temporal a manhã toda, mas a chuva já cessara e o céu abrira para deixar passar uma luz suave. Eu trabalhava no último andar, num quarto que dava para os telhados das casas vizinhas. Enquanto Effie continuava falando, me dizendo quanto seu amigo queria entrar em contato comigo, a portinhola do telhado em frente subitamente se abriu, e meu vizinho subiu na superfície prateada e úmida de seu telhado impecável. Usava um terno preto, como se vestido para o trabalho em Wall Street. Sem dar sinais de precaução, esse homem alto e magro, originário das planícies do norte da Holanda, aproximou-se da beirada do telhado com seus sapatos sociais pretos engraxados. Com a meticulosidade de um cirurgião, vestiu um par de luvas de borracha azul. Em seguida virou de costas para mim, enfiou a mão no bolso como se para atender uma ligação de um celular tocando e pegou um saco plástico. Parado bem na beira do telhado escorregadio, lançou um olhar para baixo. Por um momento, pareceu que ele pretendia pular. Se não, sem dúvida acabaria escorregando com aqueles sapatos lisos de couro. Mas, no fim, só o que aconteceu foi que ele se ajoelhou e começou a catar as folhas úmidas da calha. Essa operação, que parecia cheia de significados obscuros, durou três ou quatro minutos. Quando terminou, ele deu um nó no saco, retornou rapidamente à portinhola aberta, desceu por ela e fechou-a atrás de si.

"Então, o que acha?", Effie estava dizendo.

"Sobre o quê?"

"Você falaria com ele?"

"Com quem? Seu amigo do Mossad?"

"Eu te disse, ele quer discutir uma coisa com você."

"Comigo?", falei, rindo. "Você deve estar de brincadeira."

"Eu não poderia falar mais sério", respondeu Effie em tom grave.

"O que ele quer?"

"Não quis me dizer. Só quer falar com você."

Ocorreu-me que talvez Effie estivesse começando a perder a noção da realidade — ele já tinha setenta e nove anos; a mente não dura para sempre. Mas, não, ele devia estar só exagerando, como costumava fazer. Eventualmente eu acabaria descobrindo que, na verdade, o amigo dele não era ex-agente do Mossad, mas um amigo de um amigo. Ou que esse amigo só entregava a correspondência no escritório do Mossad, ou tinha trabalhado nas festas de fim de ano deles.

"Tudo bem, pode dar o meu número para ele."

"Ele quer saber se você tem planos de vir para Israel em breve."

Eu não tinha nenhum plano do tipo, como falei para Effie, e ao dizer isso percebi que não tinha planos de modo geral e que já há algum tempo não conseguia fazê-los. Quando abri a agenda na tela do computador, vi que ela estava em grande parte vazia, exceto pelas atividades das crianças. Para planejar coisas, é preciso se imaginar em um futuro que seja uma extensão do presente, e me parecia que eu tinha parado de imaginar isso; se por falta de capacidade ou desejo, não saberia dizer. Mas é claro que Effie não tinha como saber tudo isso. Ele só sabia que eu ainda viajava com frequência para Israel — meu irmão agora morava em Tel Aviv com sua família, e minha irmã também possuía um apartamento lá, onde passava parte do ano. Além deles, eu tinha muitos amigos próximos em Tel Aviv, e meus filhos já haviam passado tempo o bastante lá a ponto de eles, também, terem incorporado o lugar à paisagem de sua infância.

"Talvez eu vá em breve", disse, sem dar muito peso às palavras.

Effie respondeu que falaria com Friedman e me ligaria de volta, e eu também não dei muito peso às palavras dele.

Houve um momento de silêncio entre nós, e subitamente o tempo clareou lá fora, como se a luz tivesse sido enxaguada. Então Effie me lembrou de pedir a meu pai que ligasse para ele.

Um mês depois eu me despedi de meu marido e de meus filhos e peguei um voo de Nova York para Tel Aviv. A ideia de ir me veio no meio da noite, durante uma das longas passagens fora do tempo, em que ficava bem desperta mesmo me sentindo cada vez mais exausta. Ou, melhor dizendo, peguei a mala do closet no primeiro andar às três da manhã e a enchi com uma série de roupas, sem ter falado com meu marido sobre a ideia de ir e sem ter ligado para nenhuma companhia aérea para marcar um voo. Em seguida consegui enfim pegar no sono e esqueci completamente da mala, de forma que, quando acordei, sua presença atarracada e esperançosa junto da porta foi uma surpresa não só para o meu marido, mas também para mim. Com isso, eu aparentemente consegui contornar a impossibilidade de fazer planos. Já estava indo, por assim dizer, depois de ter pulado a fase de planejar, que teria exigido um senso de convicção e poderes de projeção de que eu não dispunha no momento.

Quando meus filhos me perguntaram o motivo da viagem, eu disse que precisava fazer pesquisas para o meu livro. Sobre o que é o livro?, o mais novo perguntou. Ele vivia escrevendo histórias, chegava a fazer até três por dia, e não teria se incomodado com uma pergunta dessas sobre sua própria escrita. Durante muito tempo grafara as palavras como pensava que fossem, sem nenhum espaço entre elas, o que, como o fio ininterrupto de letras da Torá, dava margem para infinitas interpretações. Ele só começou a nos perguntar como devia grafar as coisas quando passou a usar a máquina de escrever elétrica que ganhou de aniversário, como se a máquina lhe pedisse isso — era ela, com seu ar de profissionalismo e a reprovação de sua enorme barra de espaço, que exigia que as coisas escritas nela fossem entendidas. Mas meu filho permaneceu ambivalente sobre o assunto. Quando escrevia à mão, ele retomava seus velhos hábitos.

Eu lhe disse que o livro tinha a ver com o Hilton de Tel Aviv, e perguntei-lhe se lembrava do hotel, onde tínhamos nos hospedado algumas vezes com meus pais. Ele fez que não com a cabeça. Ao contrário do meu filho mais velho, que tinha uma memória fotográfica, o mais novo parecia recordar poucas coisas de suas experiências. Escolhi ver isso não como uma carência nata, mas sim como o resultado de ele estar absorto demais na invenção de outros mundos para prestar muita atenção ao que acontecia naquele em que tinha tão pouco poder de ação. Meu filho mais velho queria saber por que eu precisava pesquisar sobre um hotel em que já tinha estado tantas vezes, e o mais novo queria saber o significado de "pesquisa". Naturalmente são ambos artistas, os meus filhos. Afinal, a população mundial de artistas explodiu, quase ninguém é artista hoje; voltando nossa atenção para o interior, também redirecionamos toda a nossa esperança para dentro, acreditando que o significado pode ser encontrado ou criado ali. Depois de nos desligarmos de tudo que é incognoscível e que poderia verdadeiramente nos encher de espanto, só podemos encontrar o assombro em nossos próprios poderes de criação. A escola particular progressista e extremamente criativa dos meus filhos estava empenhada sobretudo em ensinar cada criança matriculada que ele ou ela era, e só poderia ser, um artista. Certo dia, falando sobre meu pai a caminho da escola, meu filho mais novo parou de supetão e olhou para mim, maravilhado.

"Não é *incrível?*", perguntou ele. "*Pense* só nisso. O vovô é médico. Um *médico!*"

Depois que eles foram deitar, liguei para o Hilton para ver se havia um quarto disponível. Se eu ia escrever um romance sobre o Hilton, ou baseado no Hilton, ou mesmo que fosse deixar o Hilton em escombros, fazia sentido, argumentei comigo mesma, o próprio Hilton ser o lugar óbvio para eu finalmente começar.

O voo da El Al saiu superlotado como de costume, garantindo que antes mesmo da decolagem a atmosfera estivesse tensa e hostil; a mistura de ortodoxos e seculares em um espaço tão apertado só agravava as coisas, assim como a tensão crescente da situação. Nas últimas semanas, depois de as Forças de Defesa de Israel terem fuzilado um jovem palestino, jovens israelenses e palestinos haviam sido brutalmente assassinados, estendendo a longa cadeia de vinganças selvagens. Casas foram demolidas na Cisjordânia, e foguetes foram disparados de Gaza, alguns deles chegando a alcançar o céu de Tel Aviv, onde foram explodidos pelos mísseis interceptores de Israel. Não ouvi ninguém à minha volta falar sobre isso; era um roteiro demasiado familiar. Mas, em menos de uma hora de voo, a tensão explodiu com uma briga entre uma mulher de lenço escuro e uma universitária que tinha reclinado o assento. "Sai do meu colo!", guinchou a mulher, esmurrando as costas do banco da moça com os dois punhos. Um passageiro americano na casa dos quarenta pôs uma das mãos no braço da mulher, na tentativa de acalmá-la, mas essa nova afronta — uma mulher ortodoxa não pode ser tocada por ninguém além de seu marido — quase provocou um ataque apoplético nela. No fim, só o comissário de bordo, treinado a lidar com conflitos sociológicos assim como com a perda de pressão na cabine e com sequestros de aeronave, foi capaz de acalmar a mulher, encontrando alguém disposto a trocar de lugar com ela. Enquanto isso tudo acontecia, um casal idoso, sentado a meu lado do outro lado do corredor, ficou se indispondo num ritmo incessante, como provavelmente vinha fazendo no último meio século ("Por que diabos eu saberia? Me deixa em paz. Não fale comigo", soltou o homem, mas a esposa, imune a seus insultos, continuou falando). Alguns de nós parecem ser afetados demais, outros de menos: o equilíbrio é que parece impossível de ser alcançado, e a falta dele compromete a maioria dos relacionamentos. Na frente do casal, uma mulher segurava uma peruca no punho, escovando calmamente as madeixas acobreadas enquanto mantinha os olhos fixos na pequena tela no banco à sua frente, onde Russell

Crowe passava com sua saia de gladiador. Quando terminou de escovar o cabelo, a mulher pegou um suporte de isopor de debaixo dos pés, pôs a *sheitel* nele e, com um descuido que contradizia a escovação, jogou tudo no compartimento acima, ao lado da gorda bagagem de mão da esposa loquaz, que só tinha cabido no apertado espaço graças à força de três garotos adolescentes viajando pelo Birthright.

Doze horas depois, Meir, o taxista que buscava minha família no aeroporto Ben-Gurion há trinta anos, me encontrou em frente à área de retirada de bagagem. Depois de eu ter passado um verão, durante a faculdade, morando com uma família de Barcelona, Meir se habituara a conversar comigo em espanhol, uma vez que falava ladino com os pais quando criança e seu espanhol era melhor que seu inglês e que o meu hebraico. Com o passar dos anos eu já tinha esquecido o pouco de espanhol que sabia, de modo que, se antes eu entendia alguma coisa do que ele dizia, agora já não pegava quase nada. Assim que o carro arrancou, Meir começou a falar animada e longamente sobre os mísseis e o sucesso da Cúpula de Ferro, e eu fingi entender porque já era tarde demais para explicar o contrário.

Era inverno em Tel Aviv, e nesse clima a cidade não fazia sentido, girando como fazia em torno do sol e do mar, uma cidade mediterrânea o tempo todo desperta que ficava mais frenética à medida que a noite avançava. Folhas sujas e jornais velhos voavam pelas ruas, e às vezes as pessoas os apanhavam no ar e cobriam a cabeça com eles para se proteger da chuva ocasional. Os apartamentos eram todos gelados porque tinham piso frio, e durante os meses quentes, que pareciam intermináveis, era quase impossível imaginar que voltaria a fazer frio de novo, então ninguém se preocupava em instalar aquecimento central. Abri a janela do táxi de Meir, e na brisa marinha misturada com chuva quase pude sentir o cheiro metálico de aquecedores elétricos, seus resistores alaranjados em brasa nas casas das pessoas feito corações artificiais, sempre ameaçando explodir, ou pelo menos provocar um curto-circuito na cidade.

Enquanto seguíamos pelas ruas, vi de novo o conjunto familiar de tudo o que era israelense — mandíbulas, posturas, prédios, árvores —, como se as estranhas condições de resistência naquele pequeno canto do Levante produzissem uma forma uniforme; a dura e determinada forma daquilo que vive e cresce em oposição.

Por que exatamente eu viajara para Tel Aviv? Em uma história, uma pessoa sempre precisa ter um motivo para tudo o que faz. Mesmo quando não parece haver motivação, sempre alguma é revelada mais tarde, pela sutil arquitetura da trama e da ressonância. A narrativa não tem como dar conta da ausência de forma, tanto quanto a luz não é capaz de conter a escuridão — ela é a antítese dessa ausência, de modo que nunca consegue verdadeiramente comunicá-la. O caos é a única coisa que a narrativa sempre precisa trair, pois, na criação das delicadas estruturas que revelam muitas verdades sobre a vida, é preciso obscurecer a parcela de verdade relacionada à incoerência e à desordem. Cada vez mais eu sentia naquilo que escrevia que o grau de artifício era maior que o grau de verdade, que o custo de dar forma ao que basicamente não tinha forma era semelhante ao custo de domar uma fera que do contrário é perigosa demais para se ter como companhia. Podia-se observar a verdade do animal bem de perto, sem o risco de violência, mas era uma verdade já alterada em sua essência. Quanto mais eu escrevia, mais suspeitos me pareciam o bom senso e a beleza estudada alcançados pelos mecanismos da narrativa. Eu não queria abrir mão deles — não queria viver sem o consolo que traziam. Queria empregá-los de uma forma que pudesse conter a falta de forma, para poder tê-la perto, como o significado que é aproximado, e lidar com ela. Eu deveria concluir que era impossível, mas achava apenas que se tratava de algo que me escapava, e por isso não conseguia desistir dessa ambição. O Hilton tinha parecido a promessa de uma tal forma — a casa da mente que conjura o mundo —, mas no fim não consegui lhe dar nenhum significado.

Perdida nesses pensamentos, com as sílabas crescentes e decrescentes do burburinho em espanhol de Meir passando por cima de mim, mal percebi quando subimos a entrada do verdadeiro Hilton. Só quando o carro parou sob a marquise de concreto diante da entrada do saguão, e meus olhos pousaram na gigantesca porta giratória encerrada em um cilindro de aço com as palavras HILTON TEL AVIV por cima, foi que senti a súbita estranheza de chegar ali. Eu tinha habitado o hotel em minha mente durante tantos meses que agora sua manifestação real e física era chocante; mas, ao mesmo tempo, o lugar era — e só poderia ser — profundamente familiar. Freud chamou essa confluência de sensações de *Unheimliche*, uma palavra que capta o horror sutil que está no âmago do sentimento muito melhor que o termo *inquietante*. Eu havia lido seu artigo sobre o assunto na faculdade, mas só tinha uma vaga lembrança dele, e quando cheguei ao meu quarto estava exausta demais para fazer qualquer coisa além de tirar um cochilo. Além do mais, agora que finalmente me encontrava no hotel, o lugar me pareceu tão mundano — os corredores acarpetados, a mobília estéril e as chaves magnéticas de plástico — que não pude deixar de me sentir tola pelo absurdo da minha obsessão dos últimos meses.

Mesmo assim, na manhã seguinte, depois de ligar para casa e falar com meus filhos, recuperei o artigo de Freud, que de repente me pareceu uma leitura crítica para o meu romance sobre o Hilton, sem o qual eu jamais poderia começá-lo. Deitada na cama do hotel, comecei a ler sobre a etimologia do termo alemão, que deriva de *Heim*, "lar", de modo que *heimlich* significa "familiar, nativo, ou pertencente à casa". Freud escreveu esse ensaio em resposta ao estudo de Ernst Jentsch, que havia descrito o *Unheimliche* como sendo o oposto de *heimlich*: o resultado de um encontro com o novo e o não familiar, que causa um sentimento de incerteza, de não saber "onde se está". Mas, embora *heimlich* pudesse significar "familiar" e "íntimo", seu segundo sentido, indica Freud, abrange tanto a ideia de algo "escondido" e "oculto da vista", como a de "descobrir ou revelar o que é secreto", e mesmo de algo "afastado da consciência" (dicionário de Grimm), de modo que *heimlich*, progredindo em suas nuances de significado, eventualmente coincide com o seu oposto, *unheimlich*, que o escritor alemão Schelling definiu como "o nome de tudo o que deveria ter permanecido secreto e oculto, mas apareceu".

Entre as circunstâncias suscetíveis de causar um sentimento inquietante, a primeira que Freud menciona é a ideia de duplo. Como um tapa na testa, lembrei do que tinha acontecido meio ano antes, quando cheguei em casa e tive certeza de que já estava lá, uma experiência que havia desencadeado a série de pensamentos que me levaram até o Hilton. Outros exemplos que Freud dá são um retorno involuntário à mesma situação e a repetição de algo aleatório que cria uma sensação de fatalismo ou inevitabilidade. O que todas essas coisas têm em comum é a centralidade da recorrência, e, chegando ao ponto crucial de seu estudo, Freud finalmente propõe que o *Unheimliche* é um tipo especial de angústia, que surge de algo reprimido que retorna. Nos anais da etimologia, onde *heimlich* e *unheimlich* se revelam um e o mesmo, encontramos o segredo para esse tipo bem particular de angústia, diz-nos Freud, que surge afinal do encontro não com algo novo e estranho, mas sim com algo familiar e antigo que a mente tinha bloqueado pelo processo de repressão. *Algo que deveria permanecer oculto mas veio à luz.*

Fechei meu laptop e fui para a sacada. Senti, porém, uma súbita onda de náusea quando olhei para a calçada de pedra doze andares abaixo e lembrei do homem que talvez tivesse partido a espinha ou quebrado o crânio nela. No dia anterior, enquanto saía para uma caminhada noturna sob a chuva fina, avistei o gerente geral do hotel no saguão e quase fui atrás dele para lhe perguntar sobre o incidente. Mas ele tinha parado para apertar a mão de um hóspede que retornava, e vi como irradiava uma confiança calma que vinha, me parecia, de conhecer a mente dos hóspedes melhor até do que eles próprios, de entender seus desejos e suas fraquezas, ao mesmo tempo que fingia *não* saber, pois o segredo de seu trabalho devia consistir em fazer o hóspede sentir que é *ele* quem está no controle, *ele* quem pede e recebe, *ele* que manda e desmanda em todos. Vendo o gerente geral em ação, resplandecendo com uma inteligência secreta, a luz refletindo no broche dourado em sua lapela que indicava alguma ordem de excelência obscura, perdi as esperanças de conseguir arrancar algo dele. Se um de seus hóspedes tinha caído ou saltado para a morte, com certeza esse gerente geral havia feito tudo a seu alcance para manter a notícia em segredo a fim de não desestabilizar os outros hóspedes, assim como havia feito todo o possível para lhes permitir ignorar o fato de que um eventual míssil poderia ser atirado de Gaza: afinal, em questão de segundos ele se converteria, no alto, do estado real para o de irreal, com nada além de um boom sônico como evidência.

Agora o sol tinha saído de novo, aguçando mais uma vez o mundo com sua inteligência. Não havia sinal de perturbação. A luz cintilava na superfície azul-esverdeada da água. Quantas vezes eu tinha olhado para aquela paisagem? Com certeza mais vezes do que poderia me lembrar. Se Freud estivesse certo sobre a inquietação causada por algo reprimido que vem à luz, o que poderia ser mais *unheimlich* do que voltar para um lugar que você percebe que talvez nunca tenha deixado?

Heim — lar. Sim, o lugar onde sempre se esteve, por mais oculto que esteja da consciência, só poderia ser chamado assim, não? Mas, por outro lado, uma casa não se torna um lar apenas quando você se afasta dela, já que é só com a distância, só no retorno, que somos capazes de reconhecê-la como o lugar que abriga nosso verdadeiro eu?

Ou talvez eu estivesse buscando a resposta na língua errada. Em hebraico, mundo é *olam*, e eu me lembrei então que meu pai tinha me explicado uma vez que a raiz do termo era *alam*, que significa "esconder" ou "ocultar". Na análise de Freud sobre o ponto em que *heimlich* e *unheimlich* se dissolvem num só e iluminam uma angústia (algo que deveria ter permanecido oculto, mas que veio à luz), ele quase chegou à sabedoria de seus ancestrais judeus. Mas, no fim, limitado pelo alemão e pelas angústias da mente moderna, ficou aquém do radicalismo deles. Para os judeus antigos, o mundo sempre esteve ao mesmo tempo oculto e revelado.

Quando finalmente encontrei Eliezer Friedman dois dias depois, eu estava mais de meia hora atrasada. Combinamos de tomar o café da manhã no Fortuna del Mare, a uma curta caminhada do Hilton. Mas depois de conseguir pegar no sono somente às três da manhã, ignorei o alarme que tinha programado e só fui acordar quando Friedman ligou para o meu quarto. Era a primeira vez que nos falávamos — Effie tinha cuidado de todos os detalhes —, mas o sotaque dele, israelense contaminado por um alemão de infância, me era profundamente familiar por causa de minha avó e suas amigas, as mulheres que ela me levava para visitar quando eu era criança, cujas portas de entrada davam para Tel Aviv mas cujos corredores levavam a cantos perdidos de Nuremberg e Berlim.

Gaguejei um pedido de desculpas, enfiei rápido uma roupa e desci correndo para a praia pela saída dos fundos do hotel. Eu já tinha estado no lugar antes, um pequeno restaurante italiano com um punhado de mesas com vista para os mastros dos veleiros na marina. Sentado na última mesa, no canto, havia um homenzinho com uma coroa de cabelo branco finíssimo; toda a cor fora sugada por suas escuras e espessas sobrancelhas. Dois sulcos profundos se estendiam de um ponto logo acima das narinas até os dois lados dos lábios, cujos cantos se inclinavam bruscamente para baixo. O efeito do todo era de uma gravidade que parecia irreversível até chegar ao queixo, que apontava orgulhoso para cima com ar de desafio. Ele usava um velho colete militar cáqui com bolsos bojudos, embora, a julgar pela bengala cuidadosamente pendurada na borda da mesa ao lado de sua perna direita, há muito se tornara impossível qualquer tipo de trabalho de campo. Dirigi-me apressada até a mesa e murmurei mais alguns pedidos de desculpas.

"Sente-se", disse Friedman. "Não vou levantar, se não se importa", acrescentou.

Apertei a mão de dedos grossos que me foi estendida e sentei de frente para ele, ainda tentando recuperar o fôlego. Atrapalhada com os bolsos de minha jaqueta jeans, senti que ele me estudava com um olhar fixo.

"Você é mais jovem do que eu pensava."

Mordi a língua para não dizer que ele era mais ou menos tão velho quanto eu tinha pensado, e que eu não era mais tão jovem quanto parecia.

Friedman fez sinal para a garçonete e insistiu para eu pedir algo, mesmo sem ter fome. Supus que ele já tivesse feito seu pedido, e então escolhi algo para evitar que comesse sozinho. Mas quando a garçonete voltou, trouxe um prato de comida para mim e só uma xícara de chá para Friedman. Apesar da baixa estatura — não era de admirar que Effie e ele tivessem atraído um ao outro —, havia algo de autoritário nele. Todavia, quando ergueu a colher para espremer o saquinho de chá, achei ter visto suas mãos tremerem. Mas seus olhos cinzentos, aumentados por trás das lentes baças, pareciam não deixar passar nada.

Ele não perdeu tempo com conversa fiada e já começou a fazer perguntas. Eu não esperava uma entrevista. Mas não foi apenas sua presença autoritária que me deixou propensa a me abrir; havia algo também no modo atento como ele ouvia minhas respostas. Era um dia ventoso, e os veleiros balançavam e tiniam delicados na marina enquanto as ondas de crista branca batiam no quebra-mar. Peguei-me falando abertamente de minhas muitas lembranças de Israel, de histórias que meu pai tinha me contado sobre sua infância em Tel Aviv e de minha relação com a cidade, que eu sentia com frequência que era mais meu lar de fato que qualquer outro lugar. Quando ele perguntou o que eu queria dizer, tentei explicar como me sentia à vontade ali, com as pessoas de um jeito que jamais tinha sentido nos Estados Unidos, pois tudo podia ser tocado, tão pouco era escondido ou reprimido, as pessoas estavam ansiosas em se envolver com o que quer que o outro tivesse a oferecer, por mais confuso e intenso que fosse, e essa abertura e urgência fazia-me sentir mais viva e menos solitária; fazia-me sentir, supus, que a possibilidade de uma vida autêntica era maior ali. Muitas coisas que eram possíveis nos EUA não o eram em Israel, mas em Israel também era impossível não sentir nada, não provocar nada, caminhar pela rua e não existir. Mas meu amor por Tel Aviv ia mais longe, confessei. A dilapidação insensível dos prédios, adoçada pela brilhante buganvília fúcsia que crescia por cima da ferrugem e das rachaduras, afirmando a importância da beleza acidental sobre a de manter as aparências. O modo como a cidade parecia recusar a constrição; como por toda a parte, sempre, subitamente, você entrava em bolsões de surrealidade em que a razão explodia feito uma mala abandonada no aeroporto Ben-Gurion.

A tudo isso Friedman assentiu com a cabeça e respondeu que não estava surpreso: sempre tinha sentido no meu trabalho uma afinidade com aquele lugar. Só então finalmente dirigiu a conversa para a minha escrita, e a razão pela qual tinha pedido para me encontrar.

"Li seus romances. Todos nós lemos", disse, com um gesto na direção das outras mesas do restaurante. "Você está contribuindo para a história judaica. Por isso, temos muito orgulho de você."

Não estava claro para mim quem era o "nós" em questão, já que o restaurante estava vazio, a não ser por uma cadela velha com um pelo encaracolado empoeirado, deitada de lado tomando sol. De toda maneira, o elogio tocou um ponto sensível em mim, como vinha tocando um ponto sensível na progênie judaica há milênios. Por um lado, me senti lisonjeada. *Queria* agradar. Desde criança, eu tinha entendido a necessidade de ser boa e fazer todo o possível para deixar meus pais orgulhosos. Não acho que jamais explorei a fundo o que estava por trás dessa necessidade; só sei que ela tapa um buraco do qual, do contrário, uma escuridão poderia escapar, uma escuridão que sempre ameaçou sugar meus pais. Mas mesmo enquanto trazia louvores aos montes para casa e deixava meus pais inchados de orgulho, eu me ressentia do peso e das contorções que aquilo exigia, e sabia demasiado bem quanto isso me encurralava. A primeira criança judia foi atada e quase sacrificada por algo mais importante que ela, e desde que Abraão desceu do monte Moriá, um pai terrível mas um bom judeu, a questão de como continuar atando permaneceu no ar. Se encontraram uma saída para a violência de Abraão, foi esta: que as cordas sejam invisíveis, que não haja prova de que existem, exceto pelo fato de que, quanto mais a criança cresce, mais dolorosas se tornam, até o dia em que ela baixa os olhos e vê que é a sua própria mão que está dando o nó. Em outras palavras, ensinar as crianças judias a se atarem sozinhas. E em função do quê? Não da beleza, como os chineses, ou mesmo de Deus, ou do sonho de um milagre. Nos atamos e somos atados porque isso nos prende àqueles que foram atados antes de nós, e àqueles atados antes deles, e assim por diante, em uma cadeia de cordas e nós que remonta a três mil anos, que é o tempo que temos estado sonhando em nos libertar, em sair desse mundo e entrar em outro onde não somos atrofiados e deformados para encaixar no passado, mas podemos crescer livremente, rumo ao futuro.

Mas agora havia mais. A necessidade de deixar os pais orgulhosos já é deformadora o bastante; imagine-se a pressão de deixar todo o seu povo orgulhoso. A escrita tinha começado de forma diferente para mim. Com catorze ou quinze anos, eu a vi como uma forma de me organizar — como algo não só para explorar e descobrir, mas para conscientemente me cultivar. Mas ao mesmo tempo em que foi uma ocupação séria, também foi divertida e bastante prazerosa. No entanto, com o passar do tempo, e conforme o que tinha sido apenas um processo idiossincrático e obscuro se tornava uma profissão, minha relação com ela mudou. Já não bastava que a escrita fosse a resposta para uma necessidade interna; ela também tinha de ser muitas outras coisas, estar à altura de outros desafios. E, nessa superação, o que havia começado como um ato de liberdade tornou-se outro tipo de amarra.

Eu queria escrever o que tinha vontade de escrever, por mais que fosse ofender, aborrecer, contestar ou decepcionar as pessoas e desagradar a parte de mim que desejava agradar. Eu tentara me livrar disso, e até certo ponto conseguira: meu último romance tinha aborrecido, contestado e desapontado um número impressionante de leitores. Mas visto que o livro, como os que o precederam, ainda era inegavelmente judaico, repleto de personagens judeus e dos ecos de dois mil anos de história judaica, evitei me livrar do orgulho de minha gente. No fundo, eu tinha conseguido aumentá-lo, como uma parte de mim secretamente desejara fazer. Na Suécia ou no Japão ninguém se importava muito com o que eu escrevia, mas em Israel as pessoas me paravam na rua. Em minha última viagem, uma idosa com um chapéu de praia amarrado sob o queixo rechonchudo tinha me encurralado num supermercado. Agarrando meu pulso entre seus dedos carnudos, empurrou-me para a seção de iogurtes a fim de me dizer que ler meus livros era, para ela, tão bom quanto cuspir no túmulo de Hitler (pouco importava se ele não tinha um), e que ela leria cada página que eu escrevesse até estar debaixo da terra. Presa contra a propaganda de iogurte kosher, sorri com educação e agradeci, e só depois de segurar meu pulso no ar como se fosse um campeão do peso pesado e gritar meu nome para a caixa desinteressada foi que ela finalmente se afastou, mas não sem antes revelar num átimo os desbotados números verdes tatuados em seu antebraço, como o distintivo de um policial disfarçado.

Alguns meses antes, meu irmão se casara no hotel King David, em Jerusalém. Os brindes tinham se estendido demais, e quando por fim terminaram saí correndo na direção do banheiro feminino. Eu já tinha atravessado metade do saguão quando uma mulher com um lenço na cabeça se interpôs, empurrando um carrinho de bebê na minha frente. Tentei desviar; ela porém não me deixava passar e, olhando nos meus olhos, falou meu nome. Cansada e confusa, eu estava a ponto de fazer xixi na calça. Mas não ia escapar tão fácil. Com um giro do pulso, ela baixou a capota do carrinho e revelou um minúsculo bebê de rosto vermelho. Então sussurrou, a voz rouca, o nome de uma personagem menina de um de meus livros. A bebezinha retorceu a minúscula cabeça, e quando seus olhos cinzentos e míopes passaram por mim, vendo e não vendo ao mesmo tempo, ela atirou as mãos para a frente feito um macaco tentando e não conseguindo agarrar um galho, e soltou um grito ensurdecedor. Olhei para o rosto inchado da mãe e vi lágrimas brotando também em seus olhos.

"Por você", sussurrou ela.

Mas o pior de tudo aconteceu um ano antes, quando participei do Festival Internacional de Escritores em Jerusalém. Fui guiada em uma visita especial ao Yad Vashem, e depois separada dos outros escritores (não judeus) do festival e escoltada até os escritórios nos fundos do museu. Ali, sob uma sombria pintura a óleo de Wallenberg, tão escura que parecia ter sido resgatada de uma casa em chamas, fui presenteada com cópias de papéis sobre meus bisavós assassinados, junto com uma sacola da loja de presentes do museu.

"Vá em frente, abra", encorajou a diretora, empurrando a sacola na minha mão.

"Ah, mais tarde eu abro", sugeri.

"Abra *agora*", ordenou ela, sorrindo com os dentes cerrados.

Três ou quatro funcionários me cercavam, numa expectativa febril. Abri a sacola e dei uma espiada, depois fechei-a de novo, mas a diretora apanhou-a, remexeu nela e tirou um caderno em branco feito em comemoração aos sessenta e cinco anos da libertação de Auschwitz. Será que a mensagem ficaria mais clara ainda se as guardas do caderno trouxessem impressas pilhas de sapatos de crianças mortas? De volta à minha casa em Nova York, eu o atirei no lixo, mas, uma hora depois, tomada pela culpa, peguei-o de volta. Sentada à minha escrivaninha, tentei de-

86

sesperadamente escrever algo na primeira página para dar cabo do poder do caderno, mas depois de passar quinze minutos sofridos com ele, só o que eu tinha conseguido rabiscar era uma lista de coisas a fazer: "1. Ligar para o encanador; 2. Consulta gineco; 3. Pasta de dente sem flúor". Depois fechei a capa e o enterrei no fundo de uma gaveta.

"E então? Está escrevendo um romance novo?", perguntou Friedman.

Senti um fio de suor escorrer no meu peito, apesar do ar frio.

"Tentando", falei, embora não estivesse tentando.

Na verdade, evitara tentar nos três últimos dias, pois assim que cheguei entendi que começar um romance sobre o Hilton estando de fato no Hilton seria ainda mais impossível do que começar um romance sobre o Hilton estando em minha casa no Brooklyn.

"E qual é o tema?"

"Não cheguei tão longe", respondi, voltando o olhar para o hotel que brilhava no rochedo acima da praia.

"Por quê? Qual é o problema?" Delicadamente, Friedman dobrou o guardanapo no colo e devolveu-o à mesa num retângulo perfeito. "Você deve estar intrigada com meu pedido para encontrá-la."

"Começando, sim."

"Vamos dar uma volta?"

Olhei de relance para a bengala junto de seu braço.

"Não se engane com ela." Friedman abriu a bengala e pôs-se de pé habilmente. A velha cadela prostrada no chão levantou a cabeça de supetão e, quando viu que Friedman ia mesmo embora, empurrou o corpo para trás, esticando as patas da frente para pegar impulso no chão, e ergueu as ancas com um estalo de ossos. Livrou-se da inércia com uma sacudidela espasmódica, lançando milhares de partículas de poeira que explodiam na luz.

Passamos por uma pequena loja com pranchas de surfe desbotadas pelo sol na vitrine, e seguimos para a calçada à beira-mar. A cadela veio atrás de nós discretamente, de vez em quando cheirando sem interesse uma rocha ou um poste.

"De que raça ela é?"

"Pastor", respondeu Friedman.

Mas a cadela não lembrava em nada um pastor, alemão ou de qualquer outro tipo. No fundo, parecia mais uma ovelha, só que tirada do pasto e deixada guardada por um longo tempo, fazendo sua pelagem lanosa e sem cor começar a se desintegrar.

Uma moto passou a toda e o motorista gritou algo para Friedman, que gritou outra coisa em resposta. Se o que vi foi um breve confronto ou um cumprimento entre conhecidos, eu não tinha ideia.

"Não preciso lhe dizer que este é um país difícil", começou ele, guiando-nos pela rua Hayarkon. "Nossos problemas não têm fim, e cada dia arranjamos outros. Eles se multiplicam. Lidamos mal com eles ou nem sequer tratamos deles. Aos poucos eles vão nos enterrando."

Friedman deteve-se e olhou para o mar, talvez procurando algum sinal de mísseis. Outros tinham explodido na noite anterior, antecedidos pelo guincho ensurdecedor das sirenes. Na primeira vez que aconteceu, deixei a mesa do café e desci para o abrigo no porão. As sete ou oito pessoas reunidas no quarto de concreto pareciam esperar numa fila de mercearia, exceto pelo fato de, quando se ouviu a explosão, terem exclamado baixinho um "uau", como se alguém na fila tivesse tentado comprar algo extraordinário. A segunda vez que a sirene soou, eu estava com minha amiga Hana, que apenas interrompeu o que dizia e virou a cabeça para o céu. Quase todos à nossa volta também ficaram onde estavam, seja porque acreditavam no escudo impenetrável dos antimísseis, seja porque reconhecer o perigo exigiria reconhecer igualmente muitas outras coisas que tornariam suas vidas menos possíveis.

Perscrutei também o céu em busca de um sinal, mas não havia nada, só os rastros brancos do mar chicoteado pelo vento. Quando Friedman virou-se para mim, as lentes de seus óculos tinham escurecido com a luz do sol e eu não podia mais ver seus olhos.

"Durante vinte e cinco anos, ensinei literatura na universidade. Contudo, ninguém mais tem tempo para literatura", disse. "Em todo caso, em Israel, escritores sempre foram *luftmenschen* — nada práticos e inúteis, pelo menos segundo os ideais fundadores, que, por mais que tenhamos nos afastado deles, ainda reverberam. Na *shtetl*, eles sabiam o valor de um Bashevis Singer. Por mais difíceis que fossem os tempos, davam sempre um jeito para que Singer tivesse papel e tinta. Mas, aqui, ele foi diagnosticado como parte da doença. Confiscaram sua caneta e o puseram para arrancar rabanetes nos campos. E se de alguma maneira ele conseguiu escrever algumas páginas nas horas vagas e publicá-las, eles se certificaram de puni-lo cobrando os impostos mais altos possíveis, uma prática que permanece até hoje. A ideia de apoiar a produção de literatura por meio de programas e bolsas, como fazem na Europa e nos Estados Unidos, seria impensável aqui."

"Quase todos os jovens artistas israelenses que conheço estão procurando uma forma de sair", falei. "Porém, para os escritores, não há como escapar da língua em que se nasceu. É uma situação impossível. Mas aí, também, Israel parece ser especialista nelas."

"Felizmente, não temos um monopólio", disse Friedman, guiando-me pelos degraus do pequeno parque ao lado do Hilton. "Mas nem todos de nós concordam."

"Nenhum de vocês concorda. Entretanto, não sei a qual desacordo você se refere agora."

Friedman me lançou um olhar severo, e achei ter visto um ceticismo atravessar seu rosto, embora fosse difícil dizer, não tendo como ver seus olhos. Minha intenção era fazer uma piada, mas, em vez disso, devo ter parecido uma amadora para ele. Antes que eu conseguisse me armar contra isso, veio o desejo de agradar ou talvez de simplesmente não decepcionar, e fiquei procurando algo que pudesse dizer para convencê-lo de que seus instintos sobre mim estavam certos; de que ele tinha boas razões para me escolher ou depositar esperança em mim.

"Estávamos falando de escrever", disse Friedman, antes que eu tivesse a chance de me redimir. "Alguns de nós aqui nunca esqueceram seu valor. Não esqueceram que, se continuamos a viver neste disputado pedaço de terra hoje, é por causa de uma história que começamos a escrever sobre nós mesmos neste lugar mais de dois mil anos atrás. No século IX antes de Cristo, Israel não era nada — um território perdido no mapa, se comparado aos impérios vizinhos do Egito e da Mesopotâmia. E é isso que teríamos continuado a ser, esquecidos com os filisteus e os povos do mar, exceto pelo fato de que começamos a escrever. Os primeiros escritos em hebraico encontrados datam do século X antes de Cristo, a época do rei Davi. Em geral, apenas simples inscrições em prédios. Registros conservados, nada mais. Mas, em questão de poucas centenas de anos, aconteceu algo extraordinário. A partir do século VIII, há evidências de escrita por todo o Reino do Norte de Israel — textos elaborados, complexos. Os judeus começaram a compor histórias que seriam reunidas na Torá. Gostamos de pensar que fomos os inventores do monoteísmo, que se espalhou como fogo e influenciou milhares de anos de história. Mas nós não inventamos a ideia de um único Deus; apenas escrevemos uma história de nossa luta para permanecer fiéis a Ele e, ao fazê-lo, nós nos inventamos. Demos um passado para nossa história e nos inscrevemos no futuro."

Enquanto atravessávamos uma passarela elevada, o vento ficou mais forte, levantando areia no ar. Eu sabia que deveria me mostrar impressionada com seu discurso, mas não podia evitar a sensação de que Friedman já o tinha feito centenas de vezes no auditório da universidade. E eu estava cansada de tantos rodeios. Ainda não fazia ideia de quem Friedman realmente era ou o que ele queria comigo, se é que queria algo.

A passarela nos levou para uma área úmida e escura sob uma saliência de concreto que pertencia ao complexo de prédios em torno da praça Atarim, cujo brutalismo ameaçador fazia até o Hilton parecer convidativo. O que outrora fora uma galeria de lojas semicoberta há muito tinha sido abandonado, permitindo que o prédio se degradasse mais plenamente para o inferno com o qual seu arquiteto tinha apenas flertado; o lugar era assombrado por um senso de pós-apocalipse. O fedor de urina era esmagador, e os blocos de concreto manchados se erguiam à nossa volta como uma prisão pior do que aquelas que Piranesi chegou a imaginar. A pergunta que eu não tinha conseguido fazer desde que me sentara no restaurante se impôs de novo, e eu sabia que, se não a fizesse naquele momento, antes de sairmos para a luz do sol, perderia a coragem.

"Effie me disse que você costumava trabalhar para o Mossad."

"É mesmo?", disse Friedman. As batidas de sua bengala ecoavam no espaço cavernoso, junto com o clique-clique das unhas da cadela atrás de nós. Mas o tom de voz invariável de Friedman não revelava nada, e senti um súbito rubor no pescoço, em parte por constrangimento, em parte por irritação.

"Fiquei com a impressão de que..."

Mas o que eu poderia dizer? Que fora levada a acreditar, que tinha me permitido acreditar, que havia sido escolhida para algo especial por ele, Eliezer Friedman, um professor de literatura aposentado com tempo de sobra? Dali a pouco ele iria me perguntar se eu aceitaria falar no clube de leitura de sua esposa.

"O Hilton fica do outro lado. Tenho que ir logo."

"Estou levando você para um lugar que acredito que vai te interessar."

"Onde?"

"Você vai ver."

Caminhamos pela trilha arborizada que corta a rua Ben-Gurion. Para os outros transeuntes, não devíamos parecer nada além de avô e neta dando uma caminhada. Como se para representar seu papel, Friedman ofereceu-se para comprar um suco de frutas frescas para mim.

"Eles têm de tudo", disse, indicando a barraquinha carregada de sacos de frutas maduras pendurados. "Goiaba, manga, maracujá. Embora eu indique uma batida de abacaxi, melão e hortelã."

"Obrigada, de verdade, mas estou bem."

Friedman deu de ombros.

"Como quiser."

Perguntou-me se eu conhecia bem o país, além de Tel Aviv e Jerusalém. Eu já tinha estado ao norte do Mar da Galileia ou passado um tempo no deserto? A paisagem o havia deslumbrado quando criança, quando ele chegou aqui pela primeira vez. Enfiando a mão no bolso, pegou um caco de cerâmica e me estendeu. Entrar no cenário das histórias bíblicas, ver corroborado em rocha, oliveira e céu o que tinha ficado gravado em sua imaginação. O fragmento de terracota em minhas mãos tinha três mil anos de idade, disse Friedman. Ele o havia pegado não fazia muito tempo em Khirbet Qeiyafa, acima do vale de Elá, onde Davi matou Golias; o chão estava repleto deles. Alguns arqueólogos defendiam que se tratava da cidade bíblica de Saaraim, e que talvez as ruínas do palácio do rei Davi estivessem lá. Um lugar calmo, com flores silvestres crescendo em meio às pedras e água de chuva em banheiras antiquíssimas refletindo as nuvens silenciosas passando acima. Nesse ponto, eles continuariam discutindo, disse Friedman. Mas os escombros dos muros e os vasos quebrados, a luz e o vento nas folhas — isso bastava. O resto nunca seria nada mais do que técnico. Nenhuma evidência física de um reino jamais tinha sido encontrada por arqueólogos. Mas se o palácio de Davi era o sonho do escritor de Samuel, assim como o sonho de Davi era ter uma compreensão brilhante do poder político, o que isso importava no conjunto maior das coisas? Davi, que talvez tenha sido só um líder tribal de um clã da montanha, tinha levado seu povo a uma cultura elevada que desde então havia moldado quase três mil anos de história. Antes dele, a literatura hebraica não existia. Mas por causa de Davi, duzentos anos após sua morte, disse Friedman, os escritores de Gênesis e Samuel estabeleceram os limites sublimes da literatura quase no seu princípio. Está lá na história que escreveram sobre ele: um homem que começa como pastor de ovelhas, torna-se guerreiro e chefe militar implacável e morre poeta.

"Escritores trabalham sozinhos", disse Friedman. "Eles seguem seus próprios instintos, e não se pode interferir nisso. Mas quando são naturalmente orientados para certos temas... quando seus instintos e nossos objetivos convergem num interesse comum... oportunidades podem surgir para eles."

"De que objetivos você está falando, exatamente? Apresentar a experiência judaica sob uma certa luz? Embelezá-la de maneira a influenciar o modo como somos vistos? Isso me parece estar mais para relações públicas do que para literatura."

"Você olha para isso com uma visão muito estreita. Estamos falando de algo muito maior que a percepção. É a ideia de autoinvenção. Acontecimento, tempo, experiência: essas são as coisas que nos sobrevêm. Pode-se olhar para a história da humanidade como uma progressão da extrema passividade — a vida diária como uma resposta imediata à seca, ao frio, à fome, às necessidades físicas, sem um senso de passado ou futuro —, para um exercício de vontade e controle cada vez maior sobre nossas vidas e nosso destino. Nesse paradigma, o desenvolvimento da escrita representou um grande salto. Quando os judeus começaram a compor os textos centrais sobre os quais sua identidade se fundaria, eles colocaram essa vontade em ação, conscientemente se definindo — se *inventando* — como jamais fora feito antes."

"Claro, nesses termos, parece extremamente radical. Mas também pode-se dizer apenas que os primeiros escritores judeus estavam na fronteira dessa evolução natural. A humanidade tinha começado a pensar e escrever em um grau mais elevado, o que deu às pessoas mais sofisticação e sutileza no modo como elas se definiam. Sugerir um nível de autoconsciência capaz de permitir a autoinvenção, como você diz, é fazer suposições demais sobre as intenções daqueles primeiros escritores."

"Não há por que fazer suposições. A evidência está por toda parte nos textos, que, naturalmente, não são obra de um ou de dois indivíduos, mas de uma série de autores e redatores que tinham plena consciência de cada escolha que faziam. Os dois primeiros capítulos do Gênesis, vistos juntos, são exatamente isto: uma meditação sobre a criação como um conjunto de escolhas, e uma reflexão sobre suas consequências. A primeira coisa que temos no primeiro livro judaico são dois relatos *contraditórios* da criação do mundo por Deus. Por quê? Talvez porque, ecoando os gestos de Deus, os redatores entenderam algo sobre o preço da criação — algo que eles queriam nos comunicar que, se entendêssemos, beiraria à blasfêmia, só podendo, portanto, ser insinuado de forma oblíqua: quantos mundos Deus considerou fazer antes de escolher criar este? Quantas escalas não contêm nem luz nem escuridão, mas algo totalmente diferente? Quando Deus criou a luz, também criou a ausência de luz. Tudo isso está bem explicado para nós. Mas somente no silêncio desconfortável entre esses dois começos incompatíveis é possível perceber que, por um instante, Deus também criou uma terceira coisa. Na falta de um termo melhor, vamos chamá-la de arrependimento."

"Ou de uma primeira teoria do multiverso."

Mas Friedman pareceu não me ouvir. Ficamos parados na esquina, esperando o sinal abrir. No alto, o céu do Mediterrâneo era de um azul estupendo, sem nenhuma nuvem. Friedman adiantou-se na frente de um táxi parado e começou a atravessar a rua.

"Lendo com atenção suficiente, não dá para negar que quem quer que tenha composto ou editado aqueles primeiros textos entendia o que estava em jogo", disse ele. "Entendia que começar era passar do infinito para um quarto com paredes. Que escolher um Abraão, um Moisés, um Davi também era rejeitar todos os outros que poderiam ter sido."

Entramos numa rua residencial calma, ladeada pelos mesmos prédios de concreto atarracados que encontramos por toda parte em Tel Aviv, sua feiura amenizada pela vegetação exuberante que cresce ao redor deles e pela brilhante buganvília púrpura que sobe por suas paredes. Na metade da quadra, Friedman parou.

De acordo com a placa, estávamos na rua Spinoza. Supus ser este o motivo pelo qual Friedman tinha me levado ali, uma vez que foi o filósofo judeu quem primeiro afirmou que o Pentateuco não foi ditado por Deus e escrito por Moisés, mas era produto de autoria humana. Mas aonde Friedman poderia querer chegar com isso? No centro das afirmações do polidor de lentes holandês, ao menos no que dizia respeito ao judaísmo, estava a ideia de que o próprio Deus de Israel era uma invenção humana, e sendo assim os judeus não deviam mais ficar presos à Lei atribuída a Ele. Se houve um homem que lutou contra a noção de amarra judaica, foi Baruch Spinoza.

Contudo, Friedman não disse nada sobre o nome da rua. Em vez disso, apontou para um prédio cinza de quatro andares que só se diferenciava dos outros edifícios de estuque do bloco pela fachada, com retângulos de concreto enfileirados cortados por pequenos furos em forma de ampulheta.

"Sei, por seus livros, que você se interessa por Kafka."

Tive de reprimir uma risada. Era cada vez mais difícil acompanhar Friedman. A manhã toda eu estivera no seu encalço, mas agora o tinha perdido completamente.

"Kafka parece estar presente em todos os seus livros. Você chegou até a escrever um obituário para ele uma vez, se bem me lembro. Então, com certeza, conhece a história sobre o destino de seus papéis após sua morte."

"Você se refere ao bilhete que Kafka deixou para Max Brod, pedindo-lhe que queimasse todos os seus manuscritos, o que Brod..."

"Em 1939", interrompeu Friedman, impaciente, "cinco minutos antes de os nazistas cruzarem a fronteira tcheca, Brod pegou o último trem saindo de Praga, carregando uma mala cheia dos papéis de Kafka, salvando sua vida e resgatando da destruição quase certa tudo o que restava da obra inédita do maior escritor do século XX. Brod veio para Tel Aviv e passou o resto da vida aqui, onde publicou outros escritos de Kafka. Mas quando morreu, em 1968, uma parte do material da mala ainda não tinha sido publicada."

Perguntei a mim mesma quantas vezes Friedman já tinha contado essa história também. Até a cadela parecia tê-la ouvido antes, pois, após se deter com certa folga, esperando para ver que rumo as coisas iam tomar, passou a traçar uns círculos patéticos na grama, deitou-se com um gemido e deixou a cabeça inclinada de modo que pudesse manter um olho preguiçoso em Friedman.

"Sei disso tudo, sim. Já li minha cota de notícias sensacionalistas em torno de Kafka."

"Então você também sabe que tudo o que restava naquela mala está mofando nas condições mais hediondas a menos de três metros de onde você está agora?"

"Como assim?"

Com a ponta da bengala, Friedman apontou para a janela do térreo, protegida por uma grade de barras curvadas de ferro contra a qual se viam três ou quatro gatos empilhados um contra o outro. Dois outros gatos descansavam nos degraus da frente do prédio, e o fedor de urina felina impregnava o ar.

"Romances inacabados, contos, cartas, desenhos, notas... só Deus sabe, mantidos sob o olhar negligente mas patologicamente obsessivo da já idosa filha de Esther Hoffe, amante de Brod, a cujas mãos chegaram pelos vários canais questionáveis da herança. A filha, Eva Hoffe, alega ter guardado alguns dos papéis em cofres de banco em Tel Aviv e Zurique para protegê-los de potenciais roubos. Mas a verdade é que ela é possessiva, paranoica e fanática demais para deixar qualquer coisa fora de sua vista. Atrás daquelas grades, no apartamento de Eva, junto com mais vinte ou trinta gatos, estão centenas de papéis escritos por Franz Kafka que quase ninguém jamais viu."

"Mas, sem dúvida, o mundo não pode ser impedido de ter acesso aos manuscritos de Kafka sob a alegação de que são propriedade privada, não?"

"A Biblioteca Nacional de Israel entrou com uma ação contestando o testamento de Esther Hoffe após sua morte, afirmando que Brod queria que os papéis fossem doados para eles e que pertencem ao Estado. O julgamento já dura anos. Cada vez que uma sentença é proferida, Eva recorre da decisão."

"Como você sabe que a maior parte está ali, e não trancada no banco, como Eva alega?"

"Eu vi os papéis."

"Achei que você tinha dito..."

"Eu só contei o começo."

O celular de Friedman tocou, e pela primeira vez no dia ele pareceu ser pego desprevenido. Procurou nos bolsos, apalpando o colete enquanto o telefone continuava chamando com o toque alto e escandaloso de um aparelho antiquado. Não conseguindo encontrá-lo, Friedman me estendeu a bengala e começou a erguer aba por aba dos bolsos, até que por fim, bem quando o telefone parou de chamar, conseguiu encontrá-lo no bolso interno. Lançou um olhar para a tela.

"Não vi que era tão tarde", comentou, voltando-se para mim.

No silêncio que se seguiu, ele pareceu me estudar, e indaguei a mim mesma se já tinha encontrado algo digno de confiança em meu rosto. Friedman chamou a cadela. O animal obedeceu e começou o longo processo de se levantar.

"Entre os papéis no apartamento, há uma peça que Kafka escreveu perto do fim da vida. Quase a terminou, mas pouco antes de concluir ele a abandonou. No momento em que a li, entendi que ela precisava ser realizada. Levou bastante tempo, mas finalmente vai acontecer. A filmagem está marcada para começar em seis meses."

"Você vai transformá-la em um *filme*?"

"Kafka amava o cinema. Sabia disso?"

"Isso não significa que ele teria aprovado!"

"Kafka não aprovava nada. Pouca coisa poderia lhe ser mais estranha do que aprovar. A posteridade de sua obra o teria revoltado. E, no entanto, ninguém que o leu acredita que sua vontade deveria ter sido cumprida."

"Por que as intenções de Kafka deveriam ser consideradas

irrelevantes", perguntei, "quando você glorifica as intenções dos escritores e redatores da Bíblia que tinham — o que foi mesmo que você disse antes? — 'plena consciência' das escolhas que faziam?"

"Onde está a glória? Nós nem mesmo sabemos quem eles foram, e a maior parte de suas intenções se perdeu ou foi preterida pelas necessidades de todos os que vieram depois. Por baixo das inúmeras revisões, há um Gênesis escrito por uma só pessoa que teve todo o gênio e nenhuma intenção moral. Cuja maior invenção foi um personagem chamado Yud-Hay-Vav-Hay, e cujo livro poderia ter se chamado *A educação de Deus,* não tivesse sido absorvido por outro destino. Mas, no fim, não cabe ao escritor decidir como sua obra vai ser usada."

"E a filha patologicamente obsessiva e paranoica de Hoffe concordou com isso? E quanto à Biblioteca Nacional de Israel? No meio de um julgamento, você tem os direitos de uma peça de um material altamente disputado, uma peça de Kafka, que vai ser transformada em filme?"

Friedman olhou além de mim, para o prédio. Estava claro que não ia resolver nenhum mistério naquela tarde; estava ocupado demais com semeá-los.

"O roteiro precisa de alterações, é claro. E ainda há o problema do fim."

Tive de rir, de fato.

"Desculpe", falei, "isso tudo é um pouco demais."

"Pense com calma", disse Friedman.

"Pensar no quê?"

"Na sua decisão."

"O que é que eu tenho de decidir?"

"Se minha proposta te interessa."

"Eu não sei o que você está propondo!"

Mas antes que eu pudesse perguntar algo, ele me deu um tapinha de avô nas costas.

"Entro em contato em breve. Não hesite em me ligar nesse meio-tempo."

Abrindo o zíper de um bolso abaulado do colete, ele pegou a carteira e tirou um cartão. ELIEZER FRIEDMAN, dizia. PROFESSOR EMÉRITO, DEPARTAMENTO DE LITERATURA, UNIVERSIDADE DE TEL AVIV.

Pelo canto do olho percebi um leve movimento nas cortinas do apartamento do térreo, como se provocado pelo vento. Só que a janela estava fechada. Eu poderia nem ter reparado se os gatos deitados na grade não tivessem subitamente se enrijecido, alertas, sentindo a presença de quem quer que estivesse se movendo lá dentro. Sua guardiã.

Voltei caminhando devagar para o Hilton, tentando organizar tudo o que Friedman havia dito. O sol levara todo mundo a sair de casa de novo, e a praia se enchera de gente com roupa de banho, embora estivesse frio demais para nadar. Observando-os, lembrei de um trecho de uma das cartas de Kafka, escrita em uma estação balneária do mar Báltico durante o último ano de sua vida. Logo ao lado havia uma colônia de férias para crianças judias alemãs, e noite e dia Kafka podia vê-las de sua janela, brincando sob as árvores e na praia. O canto delas enchia o ar. "Não me sinto feliz quando estou entre elas", escreveu Kafka, "mas no limiar da felicidade."

Estavam todos fora: os possessos jogadores de *matkot*, os russos que mal pareciam judeus, os casais preguiçosos com bebês pequenos, as garotas que, pegas de surpresa pelo sol, achavam que seus sutiãs poderiam passar por biquínis. Assim como os habitantes de Tel Aviv se recusavam a acreditar na necessidade de aquecimento central, também pareciam insistir em sair por aí com pouca roupa, de camiseta e chinelo, sempre despreparados para a chuva ou surpreendidos pelo frio, e ao primeiro sinal do sol saíam correndo para retomar suas posições habituais. Com isso, a cidade inteira parecia ter coletivamente concordado em negar a existência do inverno. Negar, em outras palavras, um aspecto de sua realidade, pois aquilo entrava em conflito com a crença que têm sobre quem são: um povo do sol, de maresia e mormaço. Um povo que, naquele momento de banho de sol, de esquecimento à beira-mar, está para os mísseis como um homem está para o voo de um pássaro. Mas isso não vale para todos nós? O fato de haver coisas que achamos que estão no âmago da nossa natureza, mas que não correspondem à evidência à nossa volta, de modo que, para proteger nosso delicado senso de integridade, escolhemos, ainda que de forma inconsciente, ver o mundo não como ele realmente é? E às vezes isso leva à transcendência, às vezes, ao inconcebível.

Senão, de que outra maneira me explicar? Explicar por que dei corda para Friedman, recusando-me a prestar atenção em todos os avisos óbvios. Ouve-se com frequência que é fácil haver um mal-entendido. Mas eu discordo. As pessoas não gostam de admitir, mas é o que se entende por compreensão que parece vir com demasiada facilidade para a nossa espécie. As pessoas passam o dia todo ocupadas com entender cada coisa que há debaixo do sol — elas próprias, outras pessoas, as causas do câncer, as sinfonias de Mahler, antigas catástrofes. Mas eu seguia em outra direção. Nadando contra a impetuosa corrente da compreensão, para o outro lado. Depois haveria outras falhas, maiores, de compreensão — tantas que só se poderia ver algo de deliberado nisso: uma teimosia que jaz no fundo como o piso de granito de um lago, de modo que, quanto mais claras e transparentes as coisas ficassem, mais a minha recusa apareceria. Eu não queria ver as coisas como elas eram. Estava cansada disso.

Todas as vidas são estranhas

Como aconteceu, por exemplo, de uma tarde, um mês depois que sua mãe morreu, Epstein ter se levantado para pegar uma bebida na cozinha e, ao se erguer, sua cabeça subitamente se encher de luz. Encheu-se como um copo se enche, do fundo à borda. A ideia de que era uma luz antiga lhe ocorreu depois, quando ele tentava lembrar como aconteceu — tentando lembrar a sensação do nível aumentando em sua cabeça, e do caráter frágil da luz, vinda de longe, velha, e que, em sua longa resistência, parecia ter um senso de paciência. De inesgotável. Durou só alguns segundos, e então a luz sumiu. Em outros tempos, ele teria achado que não passava de uma sensação aberrante, e não ficaria muito impressionado com aquilo, assim como não costuma ser um terrível choque quando se começa a ouvir o próprio nome sendo chamado de tempos em tempos mesmo não havendo ninguém para chamá-lo. Mas agora que ele morava sozinho, e que seus pais estavam mortos, e que ficava cada dia mais difícil ignorar a lenta falta de interesse nas coisas que outrora o cativaram, ele se tornara ciente de um senso de espera. Da sensação de consciência aguçada de alguém que espera algo acontecer.

Naquelas primeiras manhãs no Hilton, Epstein acordara para o Mediterrâneo e ficava na sacada, olhando extasiado para as ondas. Em um longo e plumoso rasto de avião se dissolvendo no céu azul, ele viu a linha de sua vida. Há muito tempo, na festa de bat mitzvah de Maya, a família contratara uma quiromante. Pouco importava a presença não kosher do oculto: era o que Maya queria. ("O que você mais ama, Mayashka?", Epstein lhe perguntara uma vez, quando ela era pequena. "Mágica e mistério", ela respondera sem titubear.) Para agradá-la, o pai estendera a mão para a frágil vidente de turbante, que tinha um ar de quem não comia há semanas. "Deem um bolo para a mulher!", ele gritara, e três garçons, de olho na gorjeta, correram para servi-la, levando três pedaços de um bolo branco pesadamente decorado com glacê, parecendo conter em si um casamento inteiro. Mas as três fatias apenas ficaram no prato junto do cotovelo pontudo da vidente, que foi esperta o bastante para saber que comer só teria diminuído sua aura e quebrado a ilusão de clarividência. Ela acariciou a palma de Epstein com sua própria mão seca e fria, como se espanando pó, depois começou a traçar as linhas com a unha escarlate de um dedo. Sentindo-se entediado, Epstein olhou para a pista de dança, onde a barra do limbo estava baixa a ponto de somente uma menina magricela do sétimo ano, uma pré-adolescente acrobática, ainda conseguir passar curvada para trás, deslizando triunfante. Então sentiu a mão da vidente apertar a sua, e quando lhe devolveu o olhar, viu a expressão de alarme em seu rosto. Era puro teatro, Epstein sabia. Mas ele gostava de um drama e quis vê-la demonstrar sua habilidade. "O que foi que você encontrou?", perguntou, em tom brincalhão. A vidente mirou-o com seus olhos pretos delineados com *kohl*. Então rapidamente dobrou a mão dele e a afastou. "Venha me ver em outro momento", pediu com um sussurro rouco. Empurrou seu cartão comercial com um endereço em Bayside para a outra mão dele, mas Epstein apenas riu e saiu para dar uma bronca no fornecedor, que tinha deixado os espetinhos de frango vietnamitas quase acabarem. Na semana seguinte, quando encontrou o cartão no bolso, jogou-o no lixo. Seis meses depois, Lianne lhe disse que a vidente tinha morrido de câncer, mas mesmo então Epstein não se arrependeu de não ter ido visitá-la, apenas sentiu uma leve curiosidade.

Agora o rasto no céu evaporava lentamente, espalhando-se rumo a algo indistinto. Não, ele não tinha acreditado nas previsões de videntes, mesmo quando tocadas por uma morte próxima. A verdade era que não acreditava em muita coisa que não pudesse ver, e, mais do que isso, fora contra a crença. Não só por seu grande potencial para o erro. Estar errado — mesmo passar a vida toda errado! — era uma coisa, mas o que Epstein não podia suportar, o que o enchia de repugnância, era a ideia de tirarem vantagem dele. A crença, com sua confiança passiva, exigia que a pessoa se colocasse nas mãos de outra, ficando suscetível às piores insídias. Epstein via isso por toda parte. Não só nos grandes golpes da religião — no fluxo constante de novas histórias de crianças molestadas por seus padres e rabinos, ou de adolescentes explodindo a si mesmos pela promessa de setenta virgens ou decapitando pessoas em nome de Alá. Havia também as inúmeras variedades de pequenas crenças que podiam fazer a pessoa ser enrolada, que podiam jogar areia nos olhos e obscurecer o que do contrário estaria claro para o olho nu. Toda propaganda se aproveita da inclinação humana à crença, uma inclinação que, como a da torre de Pisa, se provou incorrigível, independentemente de a promessa feita falhar de novo e de novo. Pessoas boas que tinham seu dinheiro e seu direito à paz roubados, às vezes até mesmo sua dignidade e sua liberdade, por causa de uma falha estrutural! Ou pelo menos era o que parecera a Epstein, que evitava acreditar em qualquer coisa que não pudesse tocar ou sentir ou medir com seus próprios instrumentos.

Ele só andaria em terreno firme, ou então nem chegaria perto. Não se arriscaria no gelo fino da crença. Mas, ultimamente, via suas pernas caminhando sozinhas, contra seus instintos. E isso era muito estranho. A sensação de movimento contra sua vontade. Contra todo seu discernimento! Suas reflexões calculadas! Contra tudo o que ele tinha construído em 68 anos acumulando conhecimento; digamos, mesmo, sabedoria. E ele não saberia dizer na direção do que estava caminhando.

Lá fora, um barco passou cortando a água pontilhada de branco, a caminho de Chipre ou Trípoli. Epstein sentiu o peito inflar. Por que não dar um mergulho?, pensou, e a ideia lhe pareceu tão boa, tão maravilhosa, que ele voltou para dentro do quarto na hora e ligou para a recepção a fim de saber se eles vendiam roupa de banho. Sim, eles podiam separar agora mesmo. Qual era o tamanho dele?

Faltava ainda uma hora e meia para chegar o carro que iria buscá-lo para uma visita ao Instituto Weizmann, que havia sugerido uma doação para pesquisa em nome dos pais de Epstein. No mês anterior, os professores Segal e Elinav haviam descoberto que adoçantes artificiais podiam na verdade aumentar os níveis de açúcar no sangue em vez de diminuí-los, uma informação que ajudaria milhões de diabéticos, sem falar nos obesos! E a que se dedicaria a linha de pesquisa Edith e Sol Epstein? Em honra da vida deles, o que deveria ser investigado? O que vocês têm, Epstein desejava perguntar, que poderia ser grande o bastante?

Saindo pelo corredor acarpetado com o roupão do hotel e chinelos, ele tentou se recordar da última vez que tinha entrado no mar. Quando Maya ainda era pequena? Lembrava-se de uma tarde, na Espanha, em que haviam andado de barco. Dera um salto da proa — nunca mergulhava lentamente em nada — e nadou até a escada para pegar a filha mais nova, a cabecinha de cabelo preto encaracolado aparecendo no enorme colete salva-vidas. Na terceira vez, ele tinha entendido melhor os padrões de amor e paternidade, o modo como frações quase incomensuráveis de tempo e experiência se acumulam formando uma proximidade, uma doçura. Maya soltou um grito assim que suas pernas tocaram na água. Mas em vez de devolvê-la para os braços estendidos de Lianne, Epstein falou gentilmente com a criança. "Uma grande banheira", ele disse, "a banheira de toda vida", e recordou tudo o que sabia de marés e golfinhos, de peixes-palhaço em um mundo de coral, até que aos poucos ela foi se acalmando e se desagarrando de Epstein — soltando-se porque confiava nele, de forma que, em outro nível, seu aperto tornou-se mais forte. Mais tarde, ela não repeliu o pai como o irmão e a irmã tinham feito. Estremecendo, Epstein lembrou-se de como passara, certa vez, vinte minutos tentado convencer Jonah a entrar no mar, até que cedeu à raiva: com a covardia insuportável do menino, com sua falta de força de vontade. Por não ser feito da mesma matéria que Epstein.

Com seu novo calção de banho, ele se postou na orla. O calção tinha ficado largo demais na cintura, e para que não caísse foi preciso amarrar firme o cordão. A luz do sol brilhava nos pelos prateados de seu peito. Naquela época do ano não havia salva-vidas ali. Com passadas largas, Epstein dirigiu-se para a água.

Atrás dele estava a cidade em que nascera. Por mais distante que tivesse ficado dela ao longo da vida, aquela era sua terra natal, aquele sol e aquela brisa eram seu habitat. Seus pais tinham vindo do nada. Seu lugar de origem havia deixado de existir e, portanto, não era possível voltar para lá. Mas Epstein viera de um lugar: a menos de dez minutos de caminhada ficava a esquina das ruas Zamenhof e Shlomo ha-Melekh, onde ele tinha vindo ao mundo com tanta pressa que sua mãe não teve tempo de ir para o hospital. Uma mulher descera de sua varanda, puxando-o para fora e enrolando-o em um pano de prato. Ela mesma não tinha filhos, mas havia crescido em uma fazenda na Romênia, onde vira nascer bezerros e filhotes de cachorro. Depois disso Edith passou a visitá-la uma vez por semana. Ficava sentada, bebericando café e fumando na minúscula cozinha, enquanto a mulher, sra. Chernovich, balançava Epstein no colo, exercendo um efeito mágico nele. Em seu colo, o irascível Epstein se acalmava na hora. Quando a família se mudou para os Estados Unidos, Edith acabou perdendo o contato com a parteira. Mas em 1967 Epstein voltou a Tel Aviv pela primeira vez logo após a guerra e foi direto para a esquina onde havia vindo ao mundo. Atravessou a rua e tocou a campainha. A sra. Chernovich olhou por sobre a balaustrada de sua varanda, onde ficara vendo o mundo passar durante todos aqueles anos. No momento em que entrou na minúscula cozinha e sentou-se à mesa, Epstein experimentou a estranha sensação que, imaginava, as outras pessoas chamariam de paz. "Você devia ter pedido para comprar a mesa", fora a famosa resposta da Maya de oito anos quando escutou a história.

O frio o surpreendeu, mas ele não se deteve e continuou entrando no mar até a água bater na cintura. Vista de uma perspectiva impossível, ali estavam suas pernas, esverdeadas e cobertas de bolhas de ar, fincadas na grande inclinação que levava ao fundo do oceano. Afinal, o que havia lá embaixo, Mayashka? A pilhagem dos gregos e dos filisteus, e os próprios gregos e filisteus.

O vento estava forte, e as ondas passavam sobre o quebra-mar. Não era mais a temporada de nado, e as únicas pessoas lá eram um pequeno grupo de russos. Uma delas, de seios bamboleantes, coxas largas e uma comprida cruz de prata balançando no pescoço, pôs um bebê gordo, pingando, na cadeira: "Acabei de encontrá-la no mar!". Epstein sabia bem como se virar entre as ondas, pois crescera perto do Atlântico. Prendendo a respiração, mergulhou e começou a nadar em meio à turbulência. A água pareceu enchê-lo de vida, com algo quase elétrico, ou talvez fosse apenas ele, Epstein, que estivesse conduzindo suas energias por uma nova vastidão. Sem peso, deu uma cambalhota debaixo d'água.

Quando sua cabeça irrompeu de volta à superfície, uma onda alta vinha em sua direção. Ele a furou e deixou-se arrastar. Nadou mais para o fundo, com as braçadas longas e fortes de sua juventude. Pensar dentro do mar era diferente de pensar na terra. Ele queria passar a arrebentação, onde poderia pensar como só se consegue fazer quando embalado pelo mar. O mundo está sempre segurando você, mas você não sente isso fisicamente, não se dá conta do efeito. Não consegue obter consolo com a mão do mundo a segurá-lo, o que só é registrado como um vazio neutro. Mas o mar você sente. E estando tão cercado, segurado com tanta firmeza, embalado com tanta suavidade, seus pensamentos — organizados de modo tão diferente — assumem outra forma. Soltos no abstrato. Tocados pela fluidez. E assim, boiando de costas na grande banheira de toda vida, o abstraído Epstein só foi reparar no tremendo paredão d'água em movimento quando já estava debaixo dele.

Foi um dos russos, um homem barbudo, quem o arrastou para a orla, cuspindo. Ele não tinha ficado muito tempo imerso, mas havia engolido bastante água. Tossindo sem parar, expeliu o líquido pela boca e respirou ofegante, o rosto na areia. Com o cabelo empastado de um lado, o calção folgado nos quadris, Epstein ficou arfando, em choque.

Naquela noite, enquanto Epstein jantava em um restaurante escolhido por seu primo, na Rothschild, seu celular tocou. O antigo não tinha sido recuperado. O grupo palestino havia deixado o hotel em Nova York de madrugada; quando sua assistente chegou lá, eles já sobrevoavam a Nova Escócia. Nas altitudes do Ártico, um estranho se aconchegara dentro do casaco de caxemira de Epstein, talvez bisbilhotando suas fotos. Mas não havia nada a fazer no momento, e o celular perdido fora substituído por um novo. Ele ainda não tinha se acostumado com o toque, e, quando finalmente se deu conta de que era o seu telefone tocando e tirou-o do bolso, viu na tela uma chamada não identificada, pois seus contatos ainda não tinham sido transferidos. O aparelho continuou chamando enquanto Epstein hesitava, sem saber o que fazer. Deveria atender? Ele, que sempre atendia, que uma vez tinha atendido no meio do "Messias", de Handel, regido por Levine! A mulher cega, com um corte de cabelo torto, que nunca perdia um concerto e ouvia a música extasiada, quase mandou seu pastor-alemão para cima dele. No intervalo, deu uma bronca em Epstein, que a mandou para o inferno — uma mulher cega, para o inferno! Mas por que eles não deveriam ser tratados com igualdade? —, e quando, em outra ocasião, viu o cachorro comendo um chocolate encontrado no corredor, não fez nada para impedi-lo, embora mais tarde, naquela noite, tenha acordado suando frio, imaginando a mulher na sala de emergência do veterinário, os olhos virados para seu azul esbranquiçado, esperando a lavagem gástrica no animal. Sim, ele sempre tinha atendido o telefone, ainda que só para dizer que não podia falar naquela hora e retornaria mais tarde. Sua vida toda fora inclinada para sua grande prontidão em atender, mesmo antes de saber o que lhe pediriam. Por fim, Epstein apertou a tela para aceitar a chamada.

"Jules! É Menachem Klausner quem está falando."

"Rabino", disse Epstein, "que surpresa." Moti ergueu as sobrancelhas do outro lado da mesa, mas continuou atirando espaguete ao *cacio* e *pepe* na boca. "Como você me achou?"

Eles tinham pegado o mesmo avião para Israel. Passando pela segurança no aeroporto JFK, Epstein ouviu chamarem seu nome. Olhando em volta e não vendo ninguém, terminou de amarrar seus sapatos sociais, agarrou sua mala e saiu apressado para a sala executiva, para fazer umas últimas ligações. Depois de duas horas de voo, já quase cochilando no banco totalmente reclinado, foi despertado por um *tap-tap-tap* insistente em seu ombro. Não, não queria castanhas torradas. Mas, quando ergueu o tapa-olhos, deparou não com o rosto maquiado da aeromoça, mas com um homem barbudo inclinado sobre ele, tão perto que Epstein podia ver os poros dilatados de seu nariz. Confuso, olhou para Klausner através de um véu de sono e considerou baixar o tapa-olhos. Mas o rabino deu um aperto forte em seu braço, os olhos azuis acesos. "Eu bem que *achei* que era você! É *bashert* — você estar indo para Israel e nós dois estarmos no mesmo voo. Posso sentar?", perguntou ele, e antes que Epstein pudesse responder, o rabino grandalhão já estava passando por cima de suas pernas e deixando-se cair no assento vazio da janela.

"O que você vai fazer no Sabá?", perguntou Klausner, do outro lado da linha.

"No Sabá?", repetiu Epstein. Em Israel, o dia de descanso que começava no final da sexta-feira e se estendia até a noite de sábado sempre representara um incômodo para ele, pois tudo fechava e a cidade se trancava em busca de alguma paz ancestral perdida. Até os habitantes mais seculares de Tel Aviv adoravam falar na atmosfera especial que se instalava na cidade nas tardes de sexta-feira, quando as ruas se esvaziavam e o mundo se recolhia para uma quietude, suspenso do rio do tempo, para que pudesse ser colocado de volta nele de forma deliberada, ritualmente. Mas, até onde Epstein sabia, o hiato na produtividade levado a cabo pelo Estado não passava de uma imposição.

"Por que não vem comigo para Safed?", sugeriu Klausner. "Eu mesmo passo para te pegar e levo você. Serviço em domicílio, nada mais fácil. De toda maneira tenho de ir a Tel Aviv para um encontro na sexta-feira de manhã. Onde você está hospedado?"

"No Hilton. Mas não estou com a minha agenda aqui."

"Eu espero."

"Estou num restaurante. Você pode me ligar de novo amanhã de manhã?"

"Vamos deixar o compromisso marcado. Se houver algum problema, você me liga. Se eu não tiver notícias suas, espero-o no saguão do hotel na sexta-feira, à uma da tarde. São só duas horas de carro, e teremos tempo de sobra para chegar lá antes do início do Sabá."

Epstein mal o ouvia, sentindo o impulso de contar ao rabino que quase tinha se afogado naquele dia. Que fora salvo no último minuto. Seu estômago ainda estava sensível; ele não conseguia comer. Contara o ocorrido a Moti, ainda que só para explicar sua falta de apetite, mas, embora seu primo tivesse erguido a voz, alarmado, e gesticulado, logo depois voltou a estudar a carta de vinhos.

Epstein passou o dia seguinte ocupado com ligações para Schloss, que executava novas alterações em seu testamento, agora que ele tinha menos bens para legar, e com outro encontro para discutir o que uma doação sua poderia alcançar, dessa vez com a Filarmônica de Israel. Zubin Mehta foi encontrá-lo pessoalmente. O maestro, usando um casaco italiano e um lenço de seda, caminhou com ele pela sala de espetáculos Bronfman. Epstein podia até não ser um doador muito importante, mas seus dois milhões de dólares poderiam constituir a Cadeira Edith e Solomon Epstein do primeiro-violinista. Seus pais amavam música. Solomon tinha tocado violino até os treze anos, quando o dinheiro para as aulas acabou. Em casa, eles colocavam discos à noite, Epstein contou ao maestro, e ele ficava escutando de sua cama, pela porta aberta. Quando tinha seis anos, sua mãe o levou para uma audição — mas, subitamente, para seu constrangimento, ele não conseguiu lembrar o nome do grande pianista que subiu no palco e se aproximou do piano como um agente funerário se aproxima de um caixão.

A assistente de Mehta deixou de lado o nome do pianista e anotou todo o resto em um bloco de notas amarelo. Depois sentaram-se para tomar café sob a luz branca e resplandecente da praça Habima. Ainda tentando recordar o nome, Epstein se lembrou, em vez disso, de algo que havia acontecido mais ou menos na mesma época em que o levaram para ver o pianista. Estava deitado na cama, de olhos fechados após um cochilo em uma tarde muito quente, quando de repente teve a visão de uma aranha. Viu com nitidez a ampulheta laranja no abdômen dela e suas pernas marrons com listras escuras nas juntas. E então, bem devagar, abriu os olhos, e ali estava a aranha na parede à sua frente, exatamente como ele a vira em sua mente. Foi só quando sua mãe entrou no quarto e começou a gritar que ele soube que se tratava de uma viúva-marrom. Epstein teria gostado que a assistente anotasse isso em seu bloco de notas, pois lhe pareceu algo bem significativo.

Mas o maestro falava, sua atenção saltando incansável do telefone vibrando para as flores roxas crescendo trançadas muro acima e para o poço de lama que era a política israelense (Mehta avisou não ser nenhum profeta, mas as coisas não pareciam boas). Em seguida ele falou de um concerto em Bombaim, em que regeria Wagner, algo que não poderia fazer em Tel Aviv. O maestro tivera cinco filhos com quatro mulheres diferentes, Epstein ouvira dizer. Mehta não via por que terminar uma história antes de começar outra.

Quando se despediram com um aperto de mãos, Epstein tocou-lhe o casaco. Possuíra um igual, disse a Mehta, que se limitou a dar um sorriso vago, a mente já em outras coisas. Mais tarde Epstein descobriu que a orquestra não tinha um único músico palestino, e, sabendo da bronca que levaria das filhas se fizesse a doação ali, voltou sua atenção para o Museu de Israel.

Em meio a isso tudo, esqueceu o convite de Klausner e só se lembrou dele na sexta-feira ao meio-dia, quando tentou fazer uma reserva para o jantar e foi informado pela recepcionista que o restaurante estaria fechado. Uma hora depois, às treze em ponto, ligaram da recepção para avisar que o rabino o esperava lá embaixo. Epstein avaliou a situação. Ainda podia cancelar. Queria realmente passar as próximas duas horas fechado num carro com Klausner e depois ficar a noite toda à mercê dele? No avião, quando sugeriu pela primeira vez uma visita, o rabino insistiu para que ele ficasse na hospedaria do Gilgul. Não era um quatro estrelas, avisara, mas lhe dariam o melhor quarto. Epstein, porém, não tinha a intenção de passar a noite em Safed. Podia chamar um táxi assim que começasse a se cansar da hospitalidade do rabino. Estivera na cidade trinta anos atrás, mas só se lembrava de umas barracas de beira de estrada vendendo joias de prata e das incontáveis escadas de pedra cobertas de líquen. Um belo lugar, foi como Klausner descrevera a cidade nas montanhas da Alta Galileia que há quinhentos anos atraía místicos. Um local de ar revigorante e luz incomparável. Talvez Epstein estivesse interessado em aprender com eles no Gilgul? "E o que vocês querem que eu aprenda?", ele perguntou, o cenho franzido. Ao que Klausner respondeu citando uma história hassídica sobre um discípulo que vai visitar o mestre, um grande rabino, e quando lhe perguntam, na volta, o que aprendeu, ele responde que aprendeu como o grande rabino amarrava seus sapatos. Apontando para os mocassins pretos de Klausner, gastos no calcanhar, Epstein citou as palavras de seu pai: "E é *assim* que você ganha a vida?".

Ele sempre tinha sentido orgulho de sua habilidade em ler as pessoas, em enxergar o que estava por trás da superfície. Mas ainda não tinha conseguido desvendar Klausner, um grande facilitador, que transportava às centenas, para sua montanha mágica, aqueles ainda em busca, desde os aeroportos de Nova York e Los Angeles; arrastar Epstein de Tel Aviv não seria nada para ele. E, no entanto, havia algo no olhar do rabino — não sua atenção, pois o mundo sempre fora atencioso com Epstein, mas talvez sua profundidade, a sugestão de capacidade interna — que parecia conter a promessa de compreensão. Os acontecimentos do dia anterior — o casaco perdido, o assalto, a carruagem funerária com o caixão de ébano comprido e escuro brilhando na traseira, de que Epstein lembrara naquela noite com um arrepio quando entrou no sedã escuro que o esperava — tinham-no deixado melancólico. Talvez fosse só uma receptividade excessiva provocada pela emoção, mas ele se viu desejoso de se abrir com Klausner. Contou em linhas gerais seu último ano para o rabino, começando com a morte dos pais e mencionando como pusera fim a seu longo e em grande parte estável casamento, para o choque da família e dos amigos, e se aposentado, abandonando o escritório de advocacia, falando enfim do desejo irresistível de iluminação que havia crescido por baixo daquilo tudo e o levado a doar tantas coisas.

O rabino passou os dedos compridos e finos pela barba, pronunciando enfim uma palavra que Epstein não entendeu. *Tzimtzum*, Klausner repetiu, explicando o termo, que era central na cabala. Como o infinito — o *Ein Sof*, o ser sem fim, como

Deus é chamado — cria algo finito *dentro* do que já é infinito? E mais, como podemos explicar o paradoxo da presença e da ausência simultâneas de Deus no mundo? Foi um místico do século xvi, Isaac Luria, quem deu a resposta em Safed, quinhentos anos antes: quando o desejo de criar o mundo aflorou em Deus, ele primeiro se retirou, e, no vazio que restou, criou o mundo. *Tzimtzum* foi como Luria chamou essa contração divina, precursora necessária da criação, explicou Klausner. Esse acontecimento primordial foi visto como algo contínuo, ecoando constantemente não só na Torá, mas em nossas próprias vidas.

"Por exemplo?"

"Por exemplo", disse Klausner, remexendo-se no assento, que não tinha o espaço do púlpito para as pernas, "Deus criou Eva da costela de Adão. Por quê? Porque primeiro era preciso deixar um espaço vazio em Adão para dar lugar à experiência do outro. Você sabia que Chava — Eva, em hebraico — significa 'experiência'?"

Era uma pergunta retórica, e Epstein, que também costumava empregá-las, não se deu ao trabalho de responder.

"Para criar o homem, Deus teve de se retirar, e pode-se dizer que a característica determinante da humanidade é essa falta. É uma falta que nos assombra porque, como criações de Deus, temos em nós uma lembrança do infinito, e isso nos enche de anseio. Porém essa mesma falta também permite o livre-arbítrio. O ato de quebrar o mandamento de Deus de não comer da Árvore do Conhecimento pode ser interpretado como uma recusa à obediência em favor da livre escolha e da busca pelo conhecimento autônomo. Mas, é claro, foi Deus quem primeiro deu a ideia de comer da Árvore do Conhecimento. Foi Deus quem plantou a ideia na mente de Eva. Então isso também pode ser lido como a maneira de Deus levar Adão e Eva a confrontar o espaço vago dentro deles próprios — o espaço onde Deus parece estar ausente. Assim, é Eva, cuja criação exigiu um vazio físico em Adão, que também leva Adão à descoberta do vazio metafísico que existe dentro dele e do qual ele vai se lamentar eternamente, mesmo enquanto o preenche com sua liberdade e sua vontade."

Isso também estava presente na história de Moisés, continuou Klausner. Era preciso que o escolhido para falar ao povo primeiro perdesse a capacidade de falar. Ele queimou a língua colocando uma brasa na boca quando criança, ficando com problemas na fala, e foi essa ausência de discurso que lhe possibilitou ser preenchido com o discurso de Deus.

"É por isso que os rabinos nos dizem que um coração partido está mais cheio do que um coração alegre, pois um coração partido tem um vazio, e o vazio tem o potencial de ser enchido com o infinito."

"O que você quer dizer?", perguntou Epstein, com uma risada seca. "Que eu me tornei suscetível?"

O avião começou a tremer como se tivesse entrado numa área de turbulência, e a atenção de Klausner foi desviada para uma busca frenética pelas fivelas do seu cinto de segurança. Tinha confessado seu medo de voar a Epstein, que o vira engolir dois comprimidos com um copo de suco de abacaxi que conseguira arrancar da aeromoça, mesmo depois de ela o instruir a voltar para seu assento na classe econômica. Agora ele estava com as mãos em volta do rosto, olhando para o céu escuro de novo, como se pudesse enxergar as causas da instabilidade lá fora.

O perigo havia passado, e a aeromoça veio enxotar Klausner com uma toalha branca para a mesa retrátil: o jantar ia ser servido, e ele realmente precisava voltar para o seu assento. Com seu tempo quase acabando, Klausner rapidamente passou para os negócios. Por mais que quisesse se dedicar de forma integral ao Gilgul, disse a Epstein, ultimamente vinha passando grande parte de seu tempo trabalhando no comitê de organização de uma reunião dos descendentes do rei Davi, a ser realizada no mês seguinte em Jerusalém. Isso nunca tinha sido feito. A expectativa era de mil participantes! O rabino queria ter trazido o assunto à baila no Plaza, mas Epstein se fora antes que ele pudesse fazê-lo. O que achava de participar? Seria uma honra se aceitasse. Gostaria de se juntar ao conselho consultivo? Ele só precisaria emprestar seu nome e fazer uma doação.

Ah, pensou Epstein, então era isso. Mas, se seus pensamentos estavam cansados, seu coração não estava, pois a menção a Jerusalém — Jerusalém, que de alguma forma nunca parecia exausta por sua ancestralidade, por toda a sua dor acumulada e seus montes de paradoxo, seu estoque de erro humano, mas cuja majestade parecia na verdade derivar disso — o fez lembrar da visão de suas colinas antigas, e ele sentiu seu coração de paciente anticoagulado se expandir.

Disse a Klausner que iria pensar no assunto, embora não planejasse de fato pensar mais nisso. Sentiu o súbito impulso de mostrar fotos de seus filhos ao rabino, para o caso de ter passado a impressão errada sobre quem era com sua história de abrir mão das coisas, de doar. Seus vibrantes filhos e netos, a prova viva de seu apego ao mundo. Era preciso fazer um esforço para ver as semelhanças. Jonah, mais escuro que as irmãs, ficava moreno só com umas poucas horas de sol. Virava um vendedor de tapetes marroquino, como Epstein costumava dizer. Mas a mãe sempre dizia que ele tinha o cabelo de um deus grego. Maya possuía o mesmo cabelo, mas toda a melanina já havia sido distribuída quando ela foi concebida, e sua pele era clara e facilmente se queimava. Lucie não parecia nem marroquina nem grega, nem mesmo judia — tinha um ar nórdico, tocada pela graça da neve e clareada pelo frio. E, no entanto, havia algo na animação do rosto deles que era comum aos três.

Porém, assim que tirou o telefone do bolso para mostrar ao rabino, Epstein lembrou que ele estava vazio: todos os milhares de fotos tinham ficado com o palestino. Pensou de novo no homem em seu casaco, que àquela altura já devia ter chegado em casa em Ramala ou Nablus e o pendurado no closet, para surpresa de sua esposa.

Sem ter o que mostrar, Epstein perguntou como Klausner conseguira o convite para o encontro com Abbas no Plaza, ao que o rabino respondeu ser um velho amigo de Joseph Telushkin. Todavia, Epstein não conhecia nenhum Telushkin. "Não é um descendente", disse Klausner, mas com um brilho nos olhos, como se perfeitamente ciente da imagem com a qual estaria flertando — a do judeu que aspira ao clichê, que, em sua piedosa luta contra a extinção, está disposto a se tornar uma cópia de uma cópia de uma cópia. A vida toda Epstein os vira, homens cujos ternos escuros só acentuavam o fato de que, depois de tantos mimeógrafos, a tinta tinha ficado desbotada e borrada. Mas esse não era o caso de Klausner.

O rabino o esperava no saguão do Hilton. Pela janela de vidro laminado do quarto do hotel, Epstein podia ver a colina de Jafa, onde, tombados, sonhando, milhares de anos jaziam, retornados ao útero. Uma sensação de languidez tomou conta dele, que, não acostumado com isso, forçou-se a permanecer de pé. Enfiou no bolso as cédulas de shekels que se encontravam sobre a mesa de cabeceira e pegou algumas notas altas do cofre no armário, guardando-as na carteira. Quer passeando pelos gramados verdes do Instituto Weizmann e visitando a casa, com os olhos severos do primeiro presidente de Israel seguindo-o dos retratos a óleo, quer viajando até a Universidade Ben-Gurion, onde viu enormes aves de rapina se alimentando no deserto, quer mesmo sentado à mesa com seu primo, Moti, o subtexto de todas as conversas que Epstein tivera nos últimos dias era dinheiro. Estava farto disso. Daria uma pequena contribuição à operação cabala de Klausner e assunto encerrado. Queria falar sobre outras coisas com o rabino.

Dobrando na coluna de elevadores do saguão, Epstein avistou as costas de Klausner. Ele usava o mesmo terno puído do último encontro; Epstein reconheceu um fio solto ainda balançando na bainha do paletó, que o rabino não tinha se dado ao trabalho de cortar, e nas costas havia uma marca do que parecia ser uma pegada empoeirada. Um lenço de algodão azul-marinho envolvia o pescoço. Seu rosto se iluminou quando viu Epstein; agarrou-lhe os ombros com um aperto caloroso. Não tinha o constrangimento físico dos ortodoxos, que com frequência pareciam querer se afastar o máximo possível de seu corpo e se contraíam para um ponto dentro do crânio. Epstein perguntou em silêncio se Klausner já nascera na religião ou se somente se aproximara dela mais tarde. Se, por trás do terno mal ajustado, não havia um corpo que outrora jogara basquete, lutara, rolara nu na grama com uma garota, um corpo que adquirira ginga em sua busca quase constante por liberdade e prazer. Imaginando esse ponto em comum, Epstein sentiu o calor da amizade se espalhar em seu peito.

Seguiu o rabino pelas portas giratórias até a entrada do hotel, onde um carro velho, encostado torto no meio-fio, mais parecia abandonado do que deliberadamente estacionado. Klausner abriu a porta do passageiro e foi liberar o banco, tirando garrafas de plástico vazias e alguns papelões amarrados com barbante, que jogou no porta-malas. Observando de trás, Epstein perguntou-lhe se também dirigia uma empresa de reciclagem. "Pensando bem, não deixa de ser", respondeu o rabino com um sorriso largo, atirando-se atrás do volante. Mesmo com o banco bem recuado, seus joelhos ainda ficavam dobrados em um ângulo não natural.

Epstein ajeitou-se no assento do passageiro. Do painel, fios desconectados projetavam-se raivosos no ponto onde o som tinha sido arrancado. O motor pegou com um tranco, e o rabino saiu desviando de uma Mercedes estacionada, descendo pela íngreme rampa do hotel.

"Lamento pelo carro. O Bentley está no mecânico", disse Klausner, dando a seta e espiando Epstein pelo canto do olho para ver sua reação à piada. Mas Epstein, que já tivera um Bentley, limitou-se a esboçar um sorriso.

Duas horas mais tarde, depois de terem deixado a estrada costeira e iniciado a subida, uma chuva fina começou a cair. O carro não tinha limpadores de para-brisa — quem quer que tivesse arrancado o som talvez também tivesse visto algum valor neles. Mas Klausner, que Epstein já entendera ser infatigável, habilmente esticava a mão para fora com um pano sujo e esfregava o vidro, sem nem mesmo reduzir a velocidade. Repetia o movimento a cada poucos minutos sem interromper sua exegese sobre a vida e os ensinamentos de Luria. Levaria Epstein para a casa onde Luria vivera, em Safed, para o pátio onde seus discípulos outrora se reuniam para seguir o mestre até os campos, dançando e cantando salmos para se despedir da rainha Shabat.

Olhando pela janela, Epstein sorriu consigo mesmo. Aceitaria aquilo. Não iria interferir. Encontrava-se em um lugar onde, uma semana antes, não poderia ter previsto que estaria — num carro com um rabino místico a caminho de Safed. O pensamento de que chegara ali sem ter dado nenhuma instrução o agradou. Tinha passado a vida toda trabalhando para determinar o resultado. Mas a véspera do dia de descanso chegara para ele também, não? A terra antiga se estendia por todos os lados. Todas as vidas são estranhas, pensou. Quando baixou o vidro da janela, sentiu um cheiro de pinho no ar. Sua mente parecia leve. O sol já havia baixado. O trânsito na estrada fizera que se atrasassem, e a rainha Shabat já estava nos calcanhares de ambos. Mas Epstein, olhando para as colinas adormecidas, foi tomado pela sensação de que tinha todo o tempo do mundo.

Entraram em Safed e seguiram por ruas estreitas, onde as lojas já estavam fechadas. Por duas vezes tiveram de parar e dar ré para deixar um ônibus de turismo passar, as janelas altas tomadas pelos rostos cansados mas satisfeitos de quem acabara de beber da autenticidade do mundo. Passado o centro, os turistas e artistas diminuíram, e então eles só encontraram hassídicos na rua, que se espremiam contra as casas de pedra quando o carro passava rente, segurando suas sacolas plásticas junto do corpo. Como entender os judeus religiosos e suas sacolas plásticas? Por que essas pessoas, que vagavam no mundo há milhares de anos, não investiam em bagagens mais confiáveis? Nem em pastas eles acreditavam, e chegavam ao tribunal carregando seus documentos em sacolas da padaria *kosher* — Epstein testemunhara isso centenas de vezes. Em Safed, eles gesticulavam, irritados, para Klausner, não por quase lhes arrancar o nariz ao passar, mas por dirigir tão perto da chegada do Sabá. Quatro minutos antes do toque de recolher, porém, o rabino fez uma curva fechada e entrou num terreno nos limites da cidade, parando numa vaga em frente a uma construção de pedras mosqueadas da cor de dentes, embora talvez de uma pessoa velha demais para ainda tê-los.

Klausner saltou para fora do carro, cantando consigo mesmo num sonoro tenor. Epstein ficou parado no ar fresco e ameno enquanto seu olhar percorria o vale onde Jesus havia realizado seus milagres. Um galo cantou ao longe, e, como se em resposta, veio o latido distante de um cão. Não fosse a antena parabólica no telhado de terracota, talvez fosse possível acreditar que o rabino o levara a uma época em que o mundo ainda não era uma consequência.

"Bem-vindo ao Gilgul", disse Klausner, já subindo apressado pela entrada. "Venha, estão esperando por nós."

Epstein ficou onde estava, apreciando a paisagem.

Mas seu telefone tocou, e tão alto que deviam ter ouvido até em Nazaré. Era sua assistente, ligando de Nova York. Boa notícia, ela anunciou: pensava ter uma pista sobre o casaco dele.

Fazendo as malas para Canaã

Passei o resto da noite, após meu encontro com Friedman, revirando na cama, entre desperta e acordada. Toda vez que fechava os olhos e mergulhava num sono leve e agitado, percebia minha mente tomada por imagens das fileiras e colunas das janelas do hotel, acendendo e zunindo feito um caça-níqueis ou um ábaco gigante. Eu não conseguia entender o que esses cálculos ansiosos e repetitivos queriam dizer. Somente sabia que tinham algum significado para mim, e para o que viria a ser da minha vida. Os acontecimentos do dia se estendiam e se distorciam em meu pensamento, e em dado momento tive certeza de que o próprio Kafka estava sentado na cadeira junto da janela, meio virado para a sacada. Eu estava tão convencida de sua presença quanto, no momento seguinte, estava certa do absurdo daquilo em que tinha acreditado um minuto antes. Ali estava o rosto que eu havia estudado tantas vezes, na foto tirada durante o último ano de sua vida: quarenta anos de idade, olhos queimando quer da doença, quer da expectativa de fuga, as maçãs salientes no rosto magro, as orelhas pontudas e afastadas do crânio como se por uma força externa. Torcidas pela tensão, não mais meramente humanas — não foram sempre uma prova, aquelas orelhas, de uma transformação incompreensível já em curso?

A porta estava escancarada, e por ela chegava o marulho suave e lento do mar. De tempos em tempos Kafka erguia delicadamente um pé e roçava o tornozelo fino e sem pelos nas longas cortinas. Seu desassossego enchia o quarto, pesado e agourento, e, em algum ponto do meu subconsciente, a fantasia suicida que Kafka repetira diversas vezes em seu diário, de pular de uma janela e se estraçalhar no pavimento abaixo, devia ter se misturado com a história do homem que saltara para a morte da sacada do hotel.

Mas Kafka, o meu Kafka, não fez nenhum movimento na direção da varanda, e me convenci de que ele ponderava se devia ou não se casar com uma ou outra das mulheres que se sucederam em sua vida. Lendo suas cartas e diários, tem-se a impressão de que esse era o principal assunto que ocupava sua mente, atrás apenas da escrita. Considerei vagamente lhe dizer que já perdera tempo demais com tudo isso. Que sua histeria era inútil, que ele tinha razão em acreditar que não fora feito para o casamento, e que aquilo que via como fracasso e fraqueza também podia ser considerado um sinal de saúde. Uma saúde, eu poderia ter acrescentado, que comecei a suspeitar ter também, na medida em que a saúde é aquela parte da pessoa que reconhece o que a deixa doente.

Dali a doze meses eu também faria quarenta anos, e ocorreu-me que, se meu início fora gerado no Hilton, meu fim também o seria. Que era isso que minha pesquisa deveria procurar. Na névoa da semiconsciência, aquilo não me assustou. Pareceu não só um mero pensamento lógico, mas um pensamento tocado por uma profunda lógica. Por um momento, antes de eu finalmente adormecer de vez, isso me encheu de uma estranha esperança.

* * *

Pela manhã, o sol entrava raiando pelas janelas, e fui despertada por uma brusca batida na porta. Saí cambaleando da cama. Era uma camareira que tinha vindo restaurar a ordem, desde a Eritreia ou o Sudão. Seu carrinho estava cheio de toalhas impecáveis e pequenos saquinhos de sabonete decorado. Ela espiou o quarto, vendo os lençóis revirados e os travesseiros espalhados, avaliando a dimensão da tarefa. Decerto já vira todo tipo de coisa. Uma mulher que havia lutado com o sono a noite toda não era nada para ela. Mas, como percebeu que tinha me acordado, começou a dar as costas. Pensei que, se havia alguém que sabia algo sobre o homem que pulara ou caíra, seria ela.

Chamei-a de volta; eu ia deixar o hotel antes do previsto, expliquei, então ela poderia começar a limpar. Começar a limpar minha presença, no caso, para que o próximo hóspede pudesse desfrutar da ilusão de que o quarto estava ali especialmente para ele e não precisasse pensar nas inúmeras pessoas que já tinham dormido em sua cama.

Segui-a até o banheiro, onde ela começou a limpar em torno da pia. Sentindo minha presença, cruzou com meu olhar no espelho.

"Mais toalhas?"

"Não precisa, obrigada. Mas eu queria lhe perguntar uma coisa."

Ela endireitou-se, secando as mãos no avental.

"Você sabe de algo sobre um hóspede que caiu da sacada alguns meses atrás?"

Um olhar confuso, ou talvez desconfiado, anuviou seu rosto.

Tentei de novo: "Um homem caiu dali...". Apontei para as janelas, o céu, o mar. "Um homem morreu?" Isso não suscitou nenhuma reação, e rapidamente passei o dedo pela garganta, como o brutamontes polonês em *Shoah*, mostrando para Claude Lanzmann o gesto que fazia, junto dos trilhos do trem, para avisar os judeus de que se dirigiam de maneira desenfreada em direção à morte. Por que fiz isso, eu não sei.

"Não inglês." Ela inclinou-se para pegar uma toalha usada do chão e passou por mim, espremendo-se pela porta. Pegou toalhas limpas do carrinho, largou-as na cama desfeita e me disse que voltaria mais tarde. A porta fechou com um clique atrás dela.

Sozinha de novo, fui tomada por um sentimento de desânimo. Durante meses eu tinha me agarrado à ideia de que aquele hotel feio continha algum tipo de promessa para mim. Incapaz de lidar com ela, permiti que aquilo me dominasse, e em vez de deixar pra lá e seguir em frente, fiz as malas e entrei de cabeça nessa ideia. De fato *fui me hospedar* ali, e naquele momento acabara de pressionar uma pobre mulher, tentando me aproveitar da possibilidade de que alguém tivesse se suicidado para descobrir que havia, afinal, uma história naquele lugar.

Fiz minha mala, ansiosa por deixar o hotel e ir para o apartamento de minha irmã na rua Brenner, onde eu costumava me hospedar sempre que viajava para Tel Aviv. Ela só ficava parte do ano lá, e no momento estava de volta à Califórnia. Em outros tempos eu já passara dias escrevendo naquele apartamento vazio. Então não era impossível acreditar que, não mais no Hilton, mas não muito longe dele, eu poderia finalmente sentar e começar meu romance sobre o hotel, ou de algum modo modelado na estrutura dele, sobre o qual eu queria escrever há meio ano, sem que um único capítulo tivesse saído até então.

As notícias na TV relatavam que não tinha havido novos disparos de foguetes. A noite fora tão insignificante em relação às notícias que, entre uma filmagem de Gaza e um discurso do ministro da Defesa, praticamente idêntico ao ministro da Cultura, houve tempo para uma reportagem sobre uma baleia macho avistada nas águas ao norte de Tel Aviv — uma baleia-cinzenta, que não era vista no Mediterrâneo há uns bons duzentos e cinquenta anos, extinta pela caça no nosso hemisfério. Mas agora um membro solitário da espécie aparecera ali, nadando de Herzliya até Jafa antes de desaparecer de novo nas profundezas. Um homem do Centro de Pesquisa e Assistência de Mamíferos Marinhos foi entrevistado e explicou que a baleia estava enfraquecida; devia ter se perdido. Os especialistas acreditavam que ela se confundira ao chegar à Passagem do Noroeste e encontrar o gelo derretido. Sem os pontos de referência conhecidos, ela acidentalmente virara para o sul em vez de ir para o norte, e dera em águas israelenses. Sentada na cama do hotel, vi a filmagem tremida da água esguichando de seu espiráculo e então, depois de uma longa pausa, a enorme cauda cheia de cicatrizes se erguendo.

Saí para a sacada, a fim de apreciar a vista uma última vez. Ou para esquadrinhar as ondas em busca de um sinal da baleia. Ou só para avaliar de novo a real proximidade de Gaza. Em um pequeno barco com motor de popa, não seria preciso muito tempo para percorrer os setenta e um quilômetros até onde os palestinos olhavam para o mesmo horizonte, para a mesma aproximação do espaço infinito, sem poder ir a lugar algum.

Lá embaixo, uma fila se formara na recepção. Um grupo grande fazia o check-in — tias, tios e primos vindos todos dos Estados Unidos para celebrar a chegada à idade viril de um dos seus, no momento empoleirado em uma gorda mala Louis Vuitton, esforçando-se para fazer cair em sua boca as últimas balas de uma caixinha de Nerds. Esperei a minha vez, vendo o segurança, na porta, vasculhar uma enorme bolsa branca que continha em suas profundezas macias de couro um bolsão desconhecido do universo. Eu também queria olhar. A mulher bronzeada de unhas pintadas esperava pacientemente que lhe devolvessem a bolsa, acreditando que a revistavam em busca de uma arma ou de uma bomba, mas a devoção absoluta do segurança sugeria a procura de algo muito mais importante.

O gerente geral surgiu, vindo de seu escritório nos fundos do saguão. Um olhar de reconhecimento atravessou seu rosto ao me avistar, e ele veio na hora até mim. Apertando minha mão entre as suas, perguntou por meu avô, que conhecia fazia vinte anos. Meu avô falecera, respondi; tinha morrido no ano anterior. O gerente geral não quis acreditar nisso e pareceu prestes a sugerir que era invenção minha, assim como eu inventara todas as outras coisas que dizia ter acontecido nos meus livros. Mas se conteve e, após expressar seu pesar, perguntou se eu tinha gostado da cesta de frutas que enviara para o meu quarto. Eu disse que sim, pois não fazia sentido lhe dizer que eu não recebera nenhuma cesta de frutas, com todo o drama que poderia resultar disso. Expliquei que queria fazer o check-out. Mais surpresa e preocupação — eu não tinha acabado de chegar? Fui levada para o início da fila, passando na frente da festa de bar mitzvah, e o gerente geral foi para trás do balcão para me atender, fazendo tudo com rapidez e elegância. Quando minha conta foi fechada, ele me escoltou até a porta e instruiu o porteiro a chamar um táxi para mim. Parecia com pressa de me ver partir. Talvez porque tivesse muitas tarefas para cumprir, mas me ocorreu que porventura ele soubesse que eu tinha ouvido falar do homem que havia caído e morrido. Effie, ou mesmo Matti, meu amigo jornalista, poderia ter ligado para o hotel em meu nome, e a notícia de suas investigações talvez houvesse chegado ao gerente geral. Ou quem sabe a camareira, alarmada, tivesse alertado seu superior uma hora atrás. Enquanto eu fazia essas cogitações, minha bagagem era despachada para o porta-malas do táxi, e, antes que eu pudesse formular a pergunta adequada, o gerente geral já tinha me colocado no banco de trás e, com um ar de vivo profissionalismo, sorriu, fechou a porta e bateu com os nós dos dedos na lateral do veículo, para que se pusesse a caminho.

Estávamos na rua há apenas cinco minutos quando o motorista guinou o táxi para o meio-fio e freou com tudo. Um ônibus buzinou, e pela janela de trás eu o vi frear com os pneus cantando, parando a centímetros do para-choque traseiro. O taxista saiu, xingou o motorista do ônibus e desapareceu atrás do capô aberto do carro. Segui-o até a frente e perguntei qual era o problema, mas ele me ignorou e continuou absorvido pelas entranhas superaquecidas do motor. Pedestres na rua juntaram-se em volta para olhar. Os Estados Unidos são um lugar sem tempo a perder, mas no Oriente Médio há tempo, então o mundo é mais visto ali, e, conforme é visto, opiniões sobre o que se vê são formadas, e naturalmente as opiniões diferem, de modo que um excesso de tempo resulta, numa certa equação, em discussão. Agora uma discussão tinha explodido sobre se o taxista deveria ter parado onde parou, bloqueando o ponto de ônibus. Um homem de regata manchada de suor juntou-se ao motorista sob o capô, e eles, também, começaram a discutir sobre o que acontecia ali. Para o meu marido, o mundo era sempre o que parecia ser, e para mim o mundo nunca era o que parecia ser, mas, em Israel, ninguém jamais concordava sobre como o mundo se parecia, e, apesar da violência das discussões intermináveis, essa aceitação básica da discordância sempre fora um alívio para mim.

Repeti a pergunta, e por fim o motorista ergueu o rosto suado, assimilou tudo o que jamais poderia querer saber sobre mim, dirigiu-se calmamente até a traseira do carro, abriu o porta-malas, largou minha mala na rua e voltou para as suas gambiarras. Arrastei a mala atrás de mim até a calçada, e a pequena multidão abriu um espaço, mínimo, para me deixar passar. Parando alguns metros adiante na rua, olhei para o trânsito à procura de outro táxi. Mas era a hora do rush, e os táxis estavam todos cheios. Finalmente vi um *sherut* — um táxi coletivo que segue uma rota predefinida, parando ao longo do caminho quando as pessoas gritam para o motorista — e acenei para ele. Mas, assim que a van começou a reduzir a velocidade para mim, um carro encostou e o vidro foi baixado.

Era Friedman atrás do volante, ainda usando seu colete de safári.

"Nu?", disse ele, no estilo iídiche de sondar o estado de espírito de alguém. "O que aconteceu?" Esticou-se sobre o banco do passageiro e abriu a porta antes de baixar o volume da sinfonia tocando no rádio.

E eu entrei? A narrativa pode até não ser capaz de sustentar a ausência de forma, mas a vida também não tem grandes chances, visto que é processada pela mente, cuja função é produzir coerência a qualquer custo. Produzir, em outras palavras, uma história crível.

"Vai me dizer que foi uma coincidência?", perguntei, enquanto Friedman voltava para o trânsito. "Meu táxi quebrou e você por acaso estava passando?"

Mas a verdade é que eu estava aliviada em vê-lo.

"Eu tinha ido deixar isto para você no Hilton."

Sem tirar os olhos da rua, ele esticou a mão para trás do meu banco, pegou um saco de papel marrom grande e sujo e o pôs no meu colo.

"Me disseram que você tinha acabado de deixar o hotel, e me lembrei de ouvi-la dizer que planejava ir para o apartamento de sua irmã na rua Brenner. Eu estava a caminho de lá quando a vi à beira da estrada."

Eu não me recordava de ter mencionado a casa de minha irmã, mas minha memória estava confusa pela falta de sono. Na tarde anterior eu tinha esquecido de um café que havia marcado com meu tradutor de hebraico, e quando fui visitar um velho amigo, o coreógrafo Ohad Naharin, deixei minha bolsa no apartamento dele ao sair. E, no entanto, eu também estava pronta para acreditar que Friedman sabia tudo o que havia para saber sobre mim; que ele tinha lido meu arquivo. Talvez eu até quisesse acreditar nessa hipótese, uma vez que ela me desculpava.

Abri o saco de papel e senti um cheiro de mofo. No fundo havia uma pilha de cadernos frágeis de Kafka, as lombadas rachadas pelo uso.

"Para te ajudar a pensar", disse Friedman, sem elaborar mais.

Amassei o saco na ponta para fechá-lo. Estávamos parados num semáforo e um jovem casal atravessou na frente do carro, os braços enlaçados na cintura um do outro. O rapaz era lindo, como só uma pessoa criada no sol pode ser. Sua camisa, aberta no pescoço, deixava a garganta à mostra. Voltei-me para Friedman, ocupado com o espelho retrovisor. Parecia velho demais para dirigir. Tinha um tremor na mão direita — não havia dúvidas. Será que, como meu primo Effie, ele também entrara nos anos crepusculares em que a realidade, cada vez menos útil, começa a se dissolver nas bordas?

O sinal abriu e Friedman virou à esquerda na rua Allenby. Em questão de minutos chegamos à rua pequena e silenciosa da casa de minha irmã. Apontei para o número 16, um prédio com um estacionamento na frente e uma espécie de jardim que conseguia ser ao mesmo tempo árido e selvagem. Nós dois saímos, Friedman com a ajuda da bengala, que tinha ficado sobre o banco de trás, cheio de pelo de cachorro. Ele calçava sandálias de couro nos pés calejados, as unhas rachadas. Pela segunda vez tirei a duras penas minha bagagem do porta-malas.

"Você sempre viaja com tanta coisa?"

Protestei dizendo que eu era quem fazia as menores malas na família; que meus pais e meus irmãos não passavam uma noite fora sem menos de três malas cada um.

"E isso os deixa felizes?"

"Felicidade não tem nada a ver com isso. Para eles, é uma questão de estar preparado."

"Preparado para a infelicidade. Para a felicidade, não é preciso se preparar."

Ele virou e olhou para as janelas do apartamento da minha irmã no primeiro andar, fechadas com persianas metálicas. Lady Gaga ressoava até nós do jardim de infância do outro lado da rua.

"Você consegue escrever ali?"

Fiz uma pausa, fingindo ponderar minha resposta; fingindo, de fato, que havia uma chance de eu escrever ali, quando sabia bem demais que não havia.

"Para falar a verdade", admiti, "meu trabalho não anda muito bem. Estou num impasse com ele."

"Mais um motivo para tentar outra coisa por um tempo."

"Tentar o quê? Encontrar um fim para o que Kafka não conseguiu terminar, ou escolheu abandonar, como a maior parte do que escreveu? Obras que mesmo assim chegaram ao mundo, sem nenhum final, sem que isso diminuísse o efeito? Ainda que eu fosse capaz de superar o lado intimidador disso, a sensação de transgressão seria insuportável. Meu trabalho por si só já me deixa ansiosa o bastante."

Pelas folhas largas de uma árvore da selva, o sol caiu em sombras sobre o rosto de Friedman, e um sorrisinho se insinuou nos cantos de seus lábios secos, o sorriso interno de um sábio diante da tolice dos outros.

"Acha que sua escrita pertence a você?", perguntou ele, calmamente.

"E a quem mais?"

"Aos judeus."

Caí na risada. Mas Friedman já tinha se virado e começou a vasculhar seus bolsos abaulados um por um. As mãos, o dorso fino como papel e manchado de sol, davam batidinhas e apertavam, abriam os fechos de velcro. Era um suplício que poderia durar o dia todo: ele estava tão carregado quanto um homem-bomba.

Em meio ao riso, veio-me a famosa frase do diário de Kafka: "Que tenho eu em comum com os judeus? Mal tenho algo em comum comigo mesmo". Essa frase era com frequência citada no debate incansável sobre a real judaicidade da obra de Kafka. E havia ainda o que ele escreveu em uma carta a Milena sobre querer enfiar todos os judeus (incluindo ele próprio) em uma gaveta até eles sufocarem, abrindo e fechando a gaveta de vez em quando para verificar o andamento do trabalho.

Friedman não disse nada e continuou procurando nos bolsos, que agora eu imaginava estarem cheios de papeizinhos, tarefas a serem delegadas a outros escritores para manter a grande máquina da literatura judaica funcionando. Mas nada foi encontrado ou descoberto, e ou ele esqueceu o que procurava, ou perdeu o interesse. A literatura judaica teria de esperar, como todas as coisas judaicas esperam, por uma perfeição que, no fundo, não queremos realmente alcançar.

"Em todo caso, você mesmo disse", lembrei-lhe, "ninguém mais se importa com livros. Um dia os judeus acordaram e se deram conta de que definitivamente não precisavam de outro escritor judeu. Agora cada um voltou a pertencer a si próprio."

Um olhar reprovador deixou os sulcos marcados na testa de Friedman ainda mais profundos.

"Seu trabalho é bom. Mas essa falsa ingenuidade é um problema. Dá a impressão de imaturidade. Você não se sai bem em entrevistas."

Senti uma onda de cansaço passar por mim. Peguei a alça da minha mala.

"Diga, o que você realmente quer de mim, sr. Friedman?"

Ele ergueu o saco de Kafka do muro baixo em que o tinha apoiado e o estendeu. Havia um pequeno rasgo na base, e parecia que o saco estava prestes a se despedaçar todo. Estendi a mão instintivamente para impedir que os livros tombassem pela calçada.

"Fico lisonjeada por ter pensado em mim, eu realmente fico. Mas não sou a escritora certa para você. Já tenho conflitos o bastante com meus próprios livros. Minha vida é complicada. Não estou buscando contribuir para a história judaica." Arrastei a mala na direção da via de acesso ao prédio da minha irmã. Mas Friedman ainda não tinha acabado.

"História? Quem falou em história? Os judeus nunca aprenderam com a história. Um dia vamos olhar para trás e ver a história judaica como um mero revés, uma aberração, e o que vai importar então é o que sempre importou: a memória judaica. E ali, no reino da memória, que vai ser sempre irreconciliável com a história, a literatura judaica ainda guarda esperança de ter alguma influência."

Abrindo a porta do carro, ele jogou a bengala de metal para dentro, escorregou para o banco do motorista e deu a partida.

"Venho buscá-la amanhã às dez da manhã", disse pelo vidro abaixado da janela. "Você gosta do mar Morto? Leve uma bolsa para uma noite. Faz frio no deserto depois que o sol se põe."

Então ele ergueu a palma aberta de uma das mãos e partiu, os pneus esmagando vidro quebrado.

Deitada no quarto familiar de minha irmã, eu finalmente adormeci. Quando acordei, foi com uma saudade quase física, como seus sintomas tinham sido físicos para os soldados mercenários do século XVII que tinham adoecido por estarem tão longe de casa, os primeiros a ser diagnosticados com a doença da nostalgia. Embora jamais tão agudo, o anseio por algo de que me sentia separada, que não era nem uma época nem um lugar, mas algo sem forma e sem nome, me acompanhava desde criança. Agora, porém, prefiro dizer que a separação que eu sentia estava, num certo sentido, dentro de mim: a separação de estar e não estar aqui, mas sim *lá*.

Eu tinha passado o início dos meus vinte anos pensando e escrevendo sobre essa dor. Havia tentado, à minha maneira, tratar dela no primeiro livro que escrevi, mas no fim a única cura verdadeira que cheguei a encontrar para isso também tinha sido física: primeiro a intimidade com os corpos de homens que haviam me amado, e depois com meus filhos. Seus corpos sempre me ancoraram. Quando eu os abraçava e sentia seu peso contra mim, sabia que estava ali e não lá, um lembrete renovado a cada dia quando eles subiam na minha cama de manhã. E saber que estar ali também era, num certo sentido, o mesmo que querer estar ali, pois seus corpos provocavam uma reação poderosa no meu, uma ligação que não precisava ser questionada, pois o que poderia fazer mais sentido, ou ser mais natural? À noite meu marido virava de costas para mim e dormia no seu lado da cama, e eu virava de costas para ele e dormia no meu, e por não conseguirmos encontrar um modo de passar para o outro lado, por termos confundido a falta de desejo de fazer a travessia com o medo de atravessar e com nossa incapacidade de fazê-lo, cada um ia dormir buscando outro lugar que não estava lá. E só pela manhã, quando um de nossos filhos se esgueirava para nossa cama, ainda quente do sono, vinha o reparo que nos trazia de volta ao lugar em que estávamos e nos lembrava de nossa forte ligação com ele.

De bruços na cama de minha irmã, tentei acalmar a ansiedade que ia me dominando. Eu a conhecia não só das muitas viagens a trabalho que realizei para longe de casa, mas também de quando deixava meus filhos na escola de manhã e eles achavam difícil dar tchau, quando eu tinha de arrancar suas mãos de mim, secar as lágrimas do rosto deles e então dar as costas e sair pela porta, como os professores sempre nos instruíam a fazer. Quanto mais longa a despedida, mais difícil para a criança, eles diziam, e nesses momentos era preciso, se você queria facilitar as coisas, se separar com um afago rápido e ir embora logo. Havia sempre, à nossa volta, crianças que pareciam não ter problemas com esse exercício diário. Para elas, separar-se dos pais não era vivido como uma ruptura ou como um motivo de angústia. Mas para nenhum de meus filhos tinha sido fácil. Quando o mais velho, aos três anos, começou a frequentar a pré-escola por algumas horas de manhã, ficava sempre tão perturbado com a separação que, lá pelo final de outubro, a psicóloga da escola chamou meu marido e a mim para uma reunião, com a participação dos professores de meu filho e da direção da escola. Atrás da psicóloga, papéis coloridos colados com fita na janela balançavam com a corrente de ar do aquecedor. O choro dele, informou-nos a psicóloga, não era o choro normal de uma criança. Então o que seria?, perguntei. Para nós — e aqui ela lançou um olhar grave para os colegas, a fim de obter apoio —, parece uma questão existencial.

Discuti com a psicóloga. Defendi a felicidade e o bem-estar de meu filho e neguei um desespero que fosse além do circunstancial. Você devia vê-lo em casa, disse a ela. Uma criança cheia de alegria! Cheia de humor, cheia de vida! Para apoiar minha alegação, recorri a uma grande reserva de anedotas. Mas depois, quando a reunião acabou, o comentário da psicóloga continuou a me dar nos nervos.

A dificuldade de se despedir foi diminuindo com o tempo. Meu filho passou a amar a escola, e houve longos períodos em que ele não teve nenhum problema com dar tchau. Mas o medo de se separar nunca o deixou totalmente, e até hoje ainda acontecia, de tempos em tempos, de ele ser tomado por um pânico na entrada da escola. Enquanto me implorava para não o forçar a ir, eu conseguia me manter calma e tranquilizá-lo. Mas depois de meia hora disso — uma vez ele ficou esgotado, resignando-se por fim ao fato de que não havia escolha e entrando pelas portas secando os olhos, enquanto eu seguia para o outro lado sem olhar para trás —, a tristeza tomava conta de mim. Às vezes eu levava horas para conseguir me concentrar no trabalho, e quando já estava perto do horário de buscá-lo, saía bem antes do necessário e me apressava para chegar à escola. E embora fosse fácil dizer que eu simplesmente me sentia mal pelo meu filho, tenho a impressão de que, se tivesse feito um exame atento de mim mesma em todos aqueles anos, teria de admitir a probabilidade de, na verdade, estar em jogo a minha própria ansiedade e solidão, que meus filhos — primeiro o mais velho e depois o mais novo — ecoavam, pois em alguma parte deles havia o entendimento que era só na presença deles, ligada a eles, que eu podia me sentir verdadeiramente ali, e que era por causa deles que eu ficava.

Liguei para casa pelo Skype. Meu marido atendeu, e então o rosto dos meninos surgiu na tela. Nada havia morrido desde a minha partida, eles me disseram; nenhuma das formigas que restavam da colônia de formigas, ou os bichos-da-farinha, ou os porquinhos-da-índia, ou mesmo nosso cachorro velho e cego, embora parecesse que eles mesmos tinham crescido ou então mudado em minha curta ausência. E não devia ser o caso? Cada dia eles substituíam os átomos com que tinham nascido por aqueles que absorviam de seu entorno. A infância é um processo de lenta recomposição de si a partir das matérias emprestadas do mundo. Em um momento qualquer que passa despercebido, a criança perde o último átomo que recebeu da mãe. A troca é completa, e a criança é somente o mundo. Ou seja: está só em si mesma.

Meu filho mais novo me falou da história que tinha escrito no dia anterior, sobre um vulcão com um quadrado entalado no estômago. Ele tinha um problema, meu filho explicou (o vulcão, não o quadrado, pois o quadrado, pelo menos, estava morto). Alguns soldados foram até ele e o instruíram a ir para Tempestade do Amanhecer. Eu já ouvira falar na Tempestade do Amanhecer? Bem, no centro da Tempestade do Amanhecer havia um minúsculo pontinho que é a Tempestade do Destino, e esse, informou meu filho, é o lugar mais quente do mundo.

Atrás dele, vi a imagem familiar dos armários azuis da cozinha, da janela, do velho fogão, e lembrei da sensação que experimentava à noite depois que os meninos tinham pegado no sono, ou então de manhã, ao voltar depois de deixá-los na escola, quando eu tentava detectar, de novo, a presença da outra vida.

Comecei a lhes falar da baleia-cinzenta que tinha se perdido e ido parar na costa de Tel Aviv, mas, mal tendo dito uma frase, eles já começaram a fazer pequenos sons angustiados e percebi que fora um erro. Ei, ei!, exclamei, ainda sem saber direito como resgatá-los dessa pequena perturbação, dessa poça de tristeza em que Deus os livrasse de se afogar, pois jamais tiveram a chance de aprender a nadar. Havíamos feito tanto caso da felicidade deles, meu marido e eu, nos esforçado tanto para fortificar suas vidas contra a tristeza, que eles aprenderam a temê-la tanto quanto seus avós tinham temido os nazistas e a falta de comida. Apesar dos típicos pesadelos judaicos que me atormentavam algumas vezes por ano, de tentar esconder meus filhos debaixo das tábuas do piso ou de carregá-los em meus braços em uma marcha da morte, acontecia com mais frequência de eu me pegar pensando em quanto crescimento pessoal eles poderiam alcançar depois de algumas semanas correndo por suas vidas numa floresta polonesa.

Mas, apressei-me em lhes dizer então, e se os cientistas estivessem completamente enganados? E, em vez de ter cometido um erro, a baleia tivesse vindo para cá por vontade própria, se isolando a grande custo e arriscando a vida para se manter fiel ao que havia de mais original nela? E se a baleia estivesse, na verdade, numa grande aventura?

Salvos de novo, meus filhos logo ficaram agitados. Por fim meu marido reapareceu na tela. Por duas vezes seu rosto pixelado ficou congelado em expressões que não tinham tradução viável. Mas, mesmo inteiro, havia algo de incomum em sua aparência. Nos últimos meses ele também começara a parecer diferente. Quando você olha para algo por tempo suficiente, há um momento em que a familiaridade se transforma em estranheza. Talvez fosse só o resultado do meu cansaço, do cérebro trabalhando menos e desligando a corrente de associações e perspectivas armazenadas que utiliza a cada segundo para preencher os espaços em branco e dar sentido ao que os olhos transmitem. Ou talvez fosse o início precoce do Alzheimer que eu tinha certeza que seria o meu fado, como tinha sido o da minha avó. Qualquer que fosse o caso, cada vez mais eu me pegava olhando para meu marido com a mesma curiosidade com que olhava para outros passageiros no trem, mas com uma intensidade ainda maior, e com uma surpresa extra, pois por quase uma década seu rosto tinha sido para mim o epítome do familiar, até o dia em que saiu dessa órbita e entrou no reino do *Unheimliche*.

Ele vinha acompanhando as notícias e queria saber que clima reinava em Tel Aviv e que rumo as coisas pareciam tomar. Estava calmo agora, falei. Talvez não houvesse um ataque aéreo israelense, embora, ao dizê-lo, eu não acreditasse realmente nessas palavras. Eu não queria voltar para casa?, ele perguntou. Eu não estava com medo? Não por mim, respondi, e repeti o que ouvira outros dizerem: que era mais provável ser atropelado por um carro do que ser atingido por um míssil.

Então ele me perguntou como estavam as coisas comigo e o que eu andara fazendo desde que partira. Essa simples pergunta, tão raramente feita, me pareceu vasta naquele momento. Respondê-la era tão impossível quanto lhe dizer o que eu tinha feito e como as coisas se passaram comigo durante a década em que estávamos casados. Esse tempo todo nós tínhamos trocado palavras, mas em dado momento as palavras pareceram ter perdido seu poder e propósito, e agora, como um navio sem velas, não pareciam mais nos levar a lugar algum: as palavras trocadas não nos aproximavam, nem um do outro nem de qualquer tipo de entendimento. As palavras que queríamos usar, não podíamos usar — a rigidez causada pelo medo as impedia —, e as palavras que podíamos usar eram, para mim, irrelevantes. Ainda assim, tentei: falei do tempo limpo, do mergulho que dei na piscina do Hilton e do encontro com Ohad, Hana e nosso amigo Matti. Falei da atmosfera no abrigo, e dos estrondos altos que às vezes faziam as paredes tremer. Mas não lhe disse nada sobre Eliezer Friedman.

Um dos cantos do apartamento de minha irmã ficava aberto para a folhagem escura e densa de uma árvore, sob a qual o ar se mantinha úmido e sombrio, cheio de aranhas, e nessa pequena sala ao ar livre ela colocara uma poltrona de couro outrora cara que passara um quarto de século no apartamento de nossos avós. Quando chovia no inverno, podiam-se fechar as venezianas de metal, mas, em vez disso, a poltrona que meus avós tinham preservado com um cuidado quase religioso, raramente sentando nela e protegendo-a do sol do Oriente Médio com um lençol, ficava à mercê do clima. Esse ato de revolta ou apenas de desinibição de minha irmã me deixava pasma. Eu vivia sentando na poltrona para refrear o impulso de cobri-la.

Abrindo na primeira página das *Parábolas e paradoxos* de Kafka, comecei a ler:

> Muitos reclamam que as palavras do sábio não passam nunca de meras parábolas que são inúteis na vida diária, que é a única vida que temos. Quando o sábio diz: "Vá em frente", ele não quer dizer que deveríamos de fato nos mover rumo a um lugar real, o que poderíamos fazer em todo caso se o esforço valesse a pena; ele está falando de algum lugar fabuloso, algo desconhecido para nós, algo que ele também não consegue designar de forma mais precisa, não podendo, em última instância, nos ajudar aqui.

Senti uma pequena onda de frustração. Quando, longe de seus livros, eu pensava em Kafka, quase sempre esquecia esse sentimento. Pensava nas cenas icônicas de sua vida, sobre as quais já lera tantas vezes que as via em minha mente como as cenas de um filme: o exercício físico diante da janela aberta, a escrita febril à meia-noite em sua escrivaninha, os dias dolorosos passados nos lençóis brancos e esterilizados de um sanatório após outro. Mas a frustração era mais do que um tema para Kafka, era toda uma dimensão da existência, e no momento em que se começa a lê-lo, entra-se de novo nela. Não há nunca resolução para os cenários primeiro desagradáveis, e então enervantes, que surgem em sua escrita; há apenas sua enorme e incessante presença, a resistência quase tântrica da frustração que não faz nada além de treinar a alma para o absurdo. Mesmo os sábios são afetados: orientam-nos a ir para algum lugar, mas não temos como nos mover na direção desse lugar, e além disso eles não sabem a respeito mais do que nós — não há nem mesmo prova de que esse lugar existe. Não importa se os sábios são apenas finitos e, no entanto, se esforçam para nos direcionar para o infinito. No cálculo de Kafka, que não pode ser exatamente refutado, eles são inúteis. Chamam nossa atenção para o fabuloso além, mas não podem nos levar lá.

Pulei algumas páginas e reli uma passagem que sempre foi, para mim, das mais inesquecíveis que Kafka escreveu, um trecho de *O processo*, que ele escolheu extrair e publicar isoladamente. Um homem vai até o guardião que fica diante da Lei e pede para entrar. Recusam-no, mas não de imediato — o guardião diz que é possível que ele seja admitido mais tarde. O homem não pode avançar, mas também não pode ir embora, então senta no banquinho que o guardião lhe oferece, para esperar diante da porta aberta da Lei. Não tem permissão para passar; de fato, parece que a porta fica aberta só para provocá-lo com a ideia de transpô--la. Ele passa a vida esperando, a vida no limiar da Lei, e todos os pedidos que faz para entrar são negados. O homem envelhece, seus olhos ficam fracos, sua audição falha; sua vida, por fim, está quase acabando, e "tudo o que ele viveu durante toda a sua espera se resume a uma só pergunta em sua mente". Ele reúne seu último resquício de forças para sussurrar ao guardião: todo mundo se esforça para alcançar a Lei, então por que, durante todos estes anos, ninguém tentou passar senão eu? Ao que o guardião, gritando para se fazer ouvir pelo homem moribundo, responde: "Ninguém além de você poderia ser admitido por esta porta, já que ela era destinada apenas a você. E, agora, vou fechá-la".

Do outro lado da rua, desligaram Lady Gaga no jardim de infância, e as crianças começaram a cantar. A melodia era familiar, assim como as palavras, embora eu não conseguisse entender tudo. Cresci ouvindo hebraico — entre outras coisas, era a língua na qual meus pais discutiam —, mas nunca o suficiente para realmente aprender a falar. Contudo, esse som me parecia íntimo, como uma língua materna que eu tinha esquecido, e ao longo dos anos eu havia estudado hebraico diversas vezes. Kafka também tinha estudado hebraico em seus últimos anos, em preparação para a mudança que ele sonhava fazer para a Palestina. Mas é claro que, no fim, ele nunca fez *aliá* — em hebraico, o termo significa literalmente "ascender", e talvez alguma parte dele soubesse que ele jamais "subiria", assim como não se pode "ir" para o além, só sendo possível ficar parado diante da porta aberta. Depois de ver um filme sobre os pioneiros judeus na Palestina, Kafka escreveu em seu diário a respeito de Moisés:

A essência da travessia pelo deserto... Canaã esteve bem diante do seu nariz a vida toda; é difícil acreditar que ele só foi ver essa terra pouco antes de morrer... Não foi por sua vida ter sido curta demais que Moisés não alcançou Canaã, mas sim por se tratar de uma vida humana.

Ninguém jamais viveu no limiar tão plenamente quanto Kafka. No limiar da felicidade; do além; de Canaã; da porta aberta apenas para nós. No limiar da fuga, da transformação. De um enorme entendimento final. Ninguém fez tanta arte com isso. Mas se Kafka nunca é sinistro ou niilista, é porque, até para alcançar o limiar, é preciso ser sensível à esperança e ter um forte anseio. *Existe* uma porta. Existe uma forma de ascendê-la ou transpô-la. A questão é só que dificilmente se vai alcançá-la ou reconhecê-la ou atravessá-la nesta vida.

Naquela noite fui a uma aula de dança em uma velha escola amarela, com esquadrias pintadas de azul-celeste. Adoro dançar, e quando por fim entendi que deveria ter tentado ser dançarina em vez de escritora, já era muito tarde. Cada vez mais tenho a impressão de que é na dança que está minha verdadeira felicidade, e que, quando escrevo, o que realmente estou tentando fazer é dançar, e como isso é impossível, pois a dança é livre de linguagem, nunca estou satisfeita com a escrita. Escrever é, em certo sentido, buscar entender, então é sempre algo que ocorre após o fato, é sempre um processo de peneirar o passado, e o resultado disso, caso se tenha sorte, são marcas permanentes em uma página. Mas dançar é ficar disponível (para o prazer, para uma explosão, para a imobilidade); a dança só acontece no presente — assim que ela acaba, já deixa de existir. A dança constantemente desaparece, Ohad costuma dizer. As conexões abstratas que ela provoca na audiência, de emoção com a forma, e de entusiasmo a partir do mundo de sentimentos e imaginação de cada um — tudo isso deriva do fato de ela desaparecer. Não fazemos ideia de como as pessoas dançavam na época em que o Gênesis foi escrito; nem como foi, por exemplo, que Davi dançou diante de Deus com todas as suas forças. E ainda que soubéssemos, a única forma de essa dança ganhar vida de novo seria no corpo de um dançarino que está vivo hoje, que está aqui para torná-la imediata para nós por um momento, antes de desaparecer de novo. Porém a escrita, que tem como objetivo alcançar um significado atemporal, precisa contar uma mentira para si própria sobre o tempo; basicamente, ela tem de acreditar em alguma forma de imutabilidade, motivo pelo qual acreditamos que as maiores obras da literatura são aquelas que resistiram à prova das centenas, e mesmo milhares, de anos. E essa mentira que contamos para nós mesmos quando escrevemos tem me deixado cada vez mais inquieta.

Então eu amo dançar, mas em nenhum lugar gosto tanto de dançar como nessa aula na escola amarela, naquelas velhas salas com grandes janelas de onde se veem as flores vermelhas de árvores que me dão um prazer infinito, cujo nome jamais me dei ao trabalho de aprender, e onde Ohad ensaia no andar de cima com sua companhia em uma sala com vista para o mar. A professora nos disse que deveríamos tentar sentir pequenos colapsos dentro de nós ao nos movermos, colapsos invisíveis do lado de fora, mas que mesmo assim aconteciam dentro de todos nós. E então, passados alguns minutos, ela acrescentou que deveríamos sentir um colapso contínuo, suave, porém constante, como se neve caísse dentro de nós.

Quando a aula acabou, caminhei até a praia. Sentei na areia e pensei em como aquilo que estava atrás de mim tinha sido um deserto em outros tempos. Um dia um homem teimoso veio e traçou linhas na areia, e sessenta e seis famílias teimosas postaram-se numa duna e sortearam sessenta e seis terrenos com conchas, e depois foram construir casas teimosas e plantar árvores teimosas, e desse ato original de teimosia uma cidade inteira se formou, mais rápido e maior do que ninguém jamais poderia ter imaginado, e agora havia quatrocentas mil pessoas vivendo em Tel Aviv com a mesma ideia teimosa. A brisa marinha era tão teimosa quanto. Desgasta a fachada dos prédios, enferruja e corrói; nada consegue ficar novo ali, mas as pessoas não se importam porque assim podem teimosamente se recusar a consertar o que for. E quando algum ingênuo vem da Europa ou da América e usa seu dinheiro estrangeiro para deixar o branco branco de novo, e o poroso inteiro, ninguém diz nada porque as pessoas sabem que é só uma questão de tempo, e quando, sem demora, o lugar parece decrépito, elas ficam felizes de novo, respiram com mais facilidade ao passar, não por *schadenfreude*, não porque não querem o melhor para ele, seja lá quem for esse sujeito que só aparece uma vez por ano, mas porque o que as pessoas realmente querem, mais até do que amor e felicidade, é coerência. Dentro delas, acima de tudo, e então na vida da qual são uma pequena parte.

A maré trouxera resíduos plásticos esmigalhados pelo mar feito confete. Os pedacinhos coloridos poluíam a areia e rodopiavam na superfície das ondas. A narrativa pode até não ser capaz de sustentar a ausência de forma, mas a vida também não tem grandes chances — foi isso que eu escrevi? O que eu deveria ter escrito é a "vida humana". Porque a natureza cria a forma, mas também a destrói, e é o equilíbrio entre os dois que enche a natureza de uma tal paz. Mas se a força da mente humana é sua capacidade de criar forma a partir do que não tem forma, e atribuir significado ao mundo pelas estruturas da linguagem, sua fraqueza está em sua relutância ou recusa em demoli-la. Estamos apegados à forma e tememos o que não tem forma: somos ensinados a temê-lo desde o princípio.

Às vezes, lendo para os meus filhos à noite, vinha-me o pensamento perverso de que, ao repetir para eles os mesmos contos de fadas, as mesmas histórias bíblicas e mitos que as pessoas contavam há centenas ou milhares de anos, eu não estava lhes dando um presente, e sim tirando algo deles; instalando em suas mentes tão cedo, e de maneira tão profunda, os antigos canais de acontecimentos e consequências, eu os roubava das infinitas possibilidades de dar sentido ao mundo. Noite após noite, eu os instruía nas convenções. Por mais belo e tocante que pudesse ser, era sempre isso. Eis as várias formas que a vida pode assumir, eu estava lhes dizendo. Mas ainda me lembrava da época em que a mente de meu filho mais velho não produzia formas conhecidas nem seguia padrões familiares, em que suas perguntas urgentes e estranhas sobre o mundo nos levavam a enxergá-lo de um jeito novo. Vimos sua perspectiva como algo brilhante, mas continuamos a educá-lo nas formas convencionais, ainda que elas nos incomodassem. Por amor. Para que ele pudesse encontrar seu caminho no mundo onde não se tem escolha senão viver. E, aos poucos, seus pensamentos já não nos surpreendiam tanto, e suas perguntas já tinham que ver sobretudo com as palavras dos livros que ele agora lia. Naquelas noites, lendo de novo em voz alta para meus filhos a história de Noé, ou de Jonas, ou de Odisseu, parecia-me que aquelas belas narrativas que os acalmavam e faziam seus olhos brilhar também eram um tipo de amarra.

Caminhei para casa por uma das ruazinhas que partem do mar, e quando por fim cheguei à rua Brenner já estava tarde e minhas pernas doíam, mas eu ainda não conseguia dormir.

"Preparem-se para saltar", a professora de dança tinha dito. "Mas não saltem ainda."

Lá pelas duas ou três da manhã, as sirenes dispararam. Desci para o térreo e fiquei com uma senhora e sua filha na escada de concreto. O gemido parou e, no silêncio que se seguiu, baixamos a cabeça. Quando a explosão trovejante soou, a velha mulher ergueu os olhos e sorriu para mim, um sorriso tão despropositado que só poderia ser de senilidade. Voltando para a cama, peguei algumas peças de roupa da mala e enfiei-as numa sacola plástica que encontrei debaixo da pia. Só para não ser pega desprevenida, eu poderia dizer. Ou porque era a hora em que eu parecia me preparar para as viagens que não pretendia fazer. Ou porque isso me pouparia de ter de acordar e enfrentar a perspectiva de tentar começar o romance que àquela altura eu já sabia que dificilmente começaria, embora ainda houvesse um mínimo de chance de chegar a fazê-lo. Abrindo meu computador, conferi as notícias, mas ainda não tinham relatado nada. Escrevi um e-mail para meu marido. Eu achava que ia precisar de algum tempo, falei.

Talvez precisasse ficar longe por mais tempo do que tinha pensado. Se não por isso, não dei nenhuma explicação para o que viria a ser o meu silêncio.

Ser e não ser

Epstein entrou na casa. Entrou com uma música na cabeça. Entrou do modo como um homem entra em sua própria solidão, sem esperança de preenchê-la. Um homem como Klausner devia ter seus subordinados, de modo que Epstein não ficou surpreso ao encontrar três ou quatro deles ocupados com os preparativos tanto da chegada do Sabá quanto de Klausner. Vestiam jeans e camiseta e, não fosse pelo quipá, poderiam passar pelos moradores desleixados de qualquer residência universitária dos EUA. Todos com exceção de um, um rapaz negro com costeletas que desciam irregulares até o resto de sua barba desgrenhada, e que já havia colocado o uniforme piedoso de paletó preto e camisa branca. No canto da sala, curvado sobre um violão, ele observou Epstein sem interromper o movimento gracioso dos dedos nas cordas. Como ele teria ido parar ali?, Epstein pensou, tentando identificar a melodia. Imaginou a mãe do rapaz, de cabelo grisalho, parada junto da janela de seu apartamento no Bronx, a árvore de Natal montada. Mais tarde, reunidos em volta de uma

149

mesa posta para dez, foram feitas as apresentações, e Epstein soube que o violonista sentimental se chamava Peretz Chaim. Não se conteve: "Mas qual é o seu nome de verdade?", perguntou. Ao que o rapaz, de finas maneiras, solenemente respondeu que Peretz Chaim era seu nome de verdade, tão verdadeiro quanto Jules Epstein.

Klausner, depois de dar uma última conferida nos e-mails antes do Sabá, em um computador antigo atrás do balcão da recepção, e depois de se certificar de que todas as luzes tinham sido deixadas acesas, apressou-se em conduzir Epstein para fora, guiando-o pelas trilhas estreitas até a velha sinagoga aonde queria levá-lo — para sentir a atmosfera, justificou, esfregando dois dedos num sinal que, aos olhos de Epstein, pareceu mais aludir a dinheiro do que a um ar rico. Para sentir a espiritualidade. Descendo por uma passagem de degraus de pedra, os dois viram-se diante de um grande cemitério vale abaixo. Ciprestes tinham formas cônicas que pareciam moldadas por condições alheias a sol, vento e chuva.

Lá embaixo, os grandes sábios de séculos atrás jaziam sob túmulos pintados de azul. Epstein tinha visto a cor por todas as partes da cidade, em pedras do calçamento e portas, no reboco entre as pedras brutas das casas. Era uma tradição, explicou Klausner, para afastar o mau-olhado. "Um pouco pagão", comentou, dando de ombros, "mas que mal há?"

Chegaram diante de uma porta arqueada na parede e, atravessando um pátio de pedras largas, entraram em um recinto caiado de pé-direito alto, cheio de homens de paletó escuro, com franjas penduradas. Não parecia haver nenhuma ordem no movimento inquieto no lugar, no canto e no balanço de corpos, as barbas eriçadas da tensão na comunicação com o Todo-Poderoso, enquanto outros se davam uma folga, tagarelando e servindo-se a uma mesa com garrafas de refrigerante de laranja e bolo.

Klausner estendeu um quipá de cetim branco a Epstein, que examinou o interior do tecido. Quantas cabeças já o teriam vestido? Estava prestes a enfiá-lo no bolso, mas o homem atrás da mesa, o bedel dos quipás, o observava ferozmente de olhos semicerrados, e assim, rapidamente, Epstein ajeitou a peça na cabeça.

De repente, como se sob o comando de um eletromagnetismo distante, o grupo começou a cantar em uníssono. Epstein, que quis somar sua voz — menos para cantar do que para gritar junto alguma frase desconexa, como se tivesse síndrome de Tourette —, abriu a boca, mas fechou-a quando foi empurrado para o lado pelo trânsito de gente que continuava vindo de trás. Quando a música se transformou de novo em cantos dispersos, Klausner ficou preso numa conversa com um homem ainda maior que ele, com uma barba tão áspera e ruiva quanto a de Esaú.

Vendo-se isolado, Epstein deixou-se levar pela multidão na direção oposta, passando pelas prateleiras com livros de borda dourada e cestas de flores de seda. Pego em um redemoinho de paletós pretos, viu uma enorme cadeira escura de madeira com garras de águia na base das pernas, ligada ao que parecia ser um berço — oh, Deus, será que era ali que eles realizavam as circuncisões? A barbárie daquilo! Nisso reparou numa abertura na parede e, para se afastar da cadeira, desceu para uma pequena sala estilo gruta onde algumas velas oleosas tremulavam. Quando seus olhos se acostumaram com a escuridão, reparou que não estava sozinho: um homem de olhos úmidos empoleirava-se em um banquinho baixo. O ar estava pesado, e o cheiro de mofo misturava-se ao odor corporal do homem. Uma pequena placa de bronze na parede, que Epstein tentou ler no brilho das velhas, celebrava a sala como o lugar onde o famoso Luria tinha orado quinhentos anos antes.

O homem encolhido cutucava-lhe a perna, oferecendo-lhe alguma coisa. Epstein foi tomado por uma onda de claustrofobia.

O ar respirável parecia estar acabando. Um salmo, ele queria recitar um salmo? O que é que o homem queria? Pedir uma benção para o sábio? No colo do velho havia um pacote de biscoitos, e quando Epstein recusou o livro de salmos, o homem estendeu cegamente o pacote, empurrando-o na sua direção. Não, não, ele também não queria um biscoito, e como o homem continuou puxando a perna de sua calça, Epstein inclinou-se, arrancou a garra artrítica e fugiu.

Meia hora depois, de volta a Gilgul, gotas de suor formavam-se novamente na testa de Klausner. Pela segunda vez naquela semana, Epstein viu-se sentado a uma mesa de judeus dominada pela retórica empenhada do rabino. Mas, ao contrário do público de líderes da comunidade judaica norte-americana, vagamente reunidos, a um alto custo, para repetir suas velhas posições, os estudantes em volta daquela simples mesa de madeira pareciam alertas e vivos, abertos a milagres. Olhando em volta com avidez, Epstein esperou que o show começasse. Naquela altitude, sob seu próprio telhado místico, Klausner estava ainda mais à vontade do que estivera no Plaza. E naquela noite Epstein era seu convidado de honra, de modo que o sermão do rabino foi elaborado especialmente para ele — se é que *elaborar* era a palavra, pois as frases pareciam sair de sua boca de forma espontânea. Balançando-se na ponta dos pés, ele começou com ar pomposo:

"Esta noite, temos em nossa companhia um homem que descende do rei Davi!"

Todas as cabeças se viraram para olhar. Epstein, que descendia de Edie e Sol, não se deu ao trabalho de corrigi-lo, assim como ninguém se dá ao trabalho de corrigir um mágico que de repente puxa uma carta extra da manga.

Do rei de Israel, Klausner passou para o Messias, que segundo as escrituras viria dos descendentes de Davi. E do Messias, passou para o fim dos tempos. E do fim dos tempos, passou para o início dos tempos, para o momento em que Deus se retirou a fim de abrir espaço para o mundo finito, pois o tempo só pode existir na ausência do eterno. E da retirada da luz divina de Deus, o rabino, os olhos azuis brilhando com a luz mundana das velas, passou para o espaço vazio, cujo ponto de escuridão continha o potencial para o mundo. E do espaço vazio que continha o potencial para o mundo, ele passou para a criação do mundo, com seus dias e medidas.

No mesmo ritmo, o alto e ágil rabino nascido em Cleveland, transplantado para a antiga terra da Bíblia, passou num salto, feito Jackie Joyner, do infinito para o finito. Epstein acompanhou vagamente. Seus pensamentos eram difusos; seu foco, fugidio. As palavras passavam por ele, sob as notas de uma ária de Vivaldi cujas batidas regulares não saíam de sua cabeça desde que acordara aquela manhã no Hilton.

"Mas o finito lembra o infinito", disse Klausner, erguendo um dedo comprido. "Ele ainda contém o desejo do infinito!"

O desejo do infinito, Epstein repetiu consigo mesmo, avaliando a frase em sua mente como se avalia um martelo para ver se dará conta de cravar o prego. Mas as palavras se desintegraram nele e levantaram apenas poeira.

"De modo que tudo neste mundo anseia retornar para lá. Reparar-se para o infinito. Esse processo de reparação, este belíssimo processo que chamamos *tikkun*, é o sistema operacional deste mundo. *Tikkun olam*, a transformação do mundo, que não pode ocorrer sem *tikkun ha'nefesh*, nossa própria transformação interna. No momento em que entramos no pensamento judaico, no questionamento judaico, entramos nesse processo. Pois o que é uma pergunta senão um espaço vazio? Um espaço que busca ser preenchido de novo com sua porção de infinito?

Epstein olhou de relance para sua pequena e pálida vizinha, a sobrancelha com piercing franzida em concentração. Ela era jovem — mais nova até que Maya — e solene como uma estátua. Tinha o ar de quem havia sobrevivido a um desastre. Saberia o que fazer com sua porção de infinito quando finalmente a conseguisse? Estudando as tatuagens nos nós de seus dedos, Epstein não teve muita certeza. Consultou, melancólico, o relógio: ainda faltava uma hora e meia para a chegada do táxi que iria buscá-lo. Pensou em ligar para Maya, ou dar notícias a Schloss, ou telefonar para a diretora de desenvolvimento do Museu de Israel no jardim perfumado de sua casa em Jerusalém, pedindo desculpas por interromper seu jantar de sexta-feira à noite e anunciando que tinha decidido doar os dois milhões de dólares para encomendar uma escultura monumental em nome de seus pais. Algo vermelho-ferrugem, imutável, grandioso, chamado, simplesmente, *Edie e Sol*.

Seu pai primeiro e, então, subitamente, sua mãe. Seu pai passara anos desfalecendo, agonizava desde que Epstein podia se lembrar, porém sua mãe estava programada para viver para sempre; do contrário como poderia ter a última palavra? Ele havia enterrado o pai, organizado tudo — os primos, por mais distantes que fossem, queriam uma cópia do elogio fúnebre, tão tocante tinha sido, mas não havia nada que ele pudesse lhes dar, pois falara de improviso. Jonah e os primos carregaram o caixão de pinho nos ombros. "Fiquem nas tábuas!", o coveiro gritara. "Nas *tábuas*!" O homem colocara duas tábuas finas de madeira na cova, sobre as quais eles deveriam se apoiar para baixar o caixão com o auxílio de cordas. Contudo, a parentela cambaleava sob o peso, escorregando na terra solta com seus sapatos sociais, sem conseguir ver onde pisavam. Naquela noite, depois que todo mundo deixara a shivá, Epstein chorou sozinho, pensando no modo como seu pai observara as próprias pernas feridas, nuas na cama do hospital, perguntando: "Como foi que eu fiquei tão acabado?".

154

Mas ele ainda era capaz de operar o pesado maquinário do luto, e afastara da mente os lugares que mais causariam destruição. Organizara a vinda, de avião, dos parentes religiosos de Cleveland e da Califórnia, providenciara para que alguém dissesse o kadish diário, pagara a fabricação da lápide um ano antes, mas em todos esses preparativos falhara em se acertar com sua mãe, que sempre tinha feito os próprios arranjos, que não queria a ajuda do filho, que nunca quis a ajuda de ninguém, que se ofendia à mera oferta de ajuda e que, certa manhã, passados menos de três meses da morte do marido, teve um infarto fulminante enquanto descia sozinha no elevador em Sunny Isles. Faleceu na ambulância, sem ninguém a seu lado além do paramédico.

Então Epstein teve de fazer tudo de novo. Agiu no modo automático, como se cercado por um nevoeiro. As pessoas lhe dirigiam a palavra, mas ele mal ouvia, afastando-se no meio das condolências; tudo era desculpado, ele estava em choque. Três semanas depois, voltou para Miami sozinho. Sua irmã, Joanie, não queria chegar nem perto das coisas dos pais. Como com todo o resto, deixou o irmão talentoso cuidar daquilo. Vasculhando seus pertences, ele sabia que procurava alguma coisa, uma espécie de prova para o que sempre soube e que nunca lhe disseram, pois até pronunciar uma palavra sobre o passado de seu pai fora contra as leis do mundo deles. Mesmo então, enquanto mexia com mãos trêmulas nas gavetas do pai, Epstein não era capaz de falar consigo mesmo sobre a esposa e o filho pequeno que seu pai perdera na guerra. Não conseguiria explicar como sabia do fato. As origens desse conhecimento — não, não era um conhecimento, era um senso inato — lhe eram inacessíveis. Mas, até onde se lembrava, sempre tivera essa percepção. Sem tocá-lo, sua consciência tinha, porém, crescido em torno do vácuo do filho original de seu pai.

No fim, não encontrou nada além de uma caixa de sapatos

com velhas fotografias da mãe, que nunca tinha visto, de barrigão, grávida dele, o cabelo açoitado pelo vento, a pele bronzeada pelo sol do Oriente Médio, os traços profundos e marcantes do rosto. Já operando segundo seu próprio sistema. Ela não era desorganizada, mas fazia as coisas à sua própria maneira. Sua ordem interna estava oculta dos outros, e isso dava a impressão de que era impenetrável. Mesmo depois de uma vida com ela, cercado até os joelhos de caixas em seu closet ou mexendo em seus papéis, Epstein não conseguia decifrar o código. Conchita também não foi de grande ajuda. Ele preparou seu próprio café instantâneo enquanto a auxiliar se lastimava no quarto, ligando para Lima do telefone da casa. No armário da cozinha, atrás das caixas fechadas de chá, Epstein reparou em uma lata de Ladurée — presente dele, comprado em uma de suas viagens a Paris. Ao abri-la, descobriu no fundo o que pareciam ser conchas cinzas serrilhadas, mas, derrubando-as na palma da mão, viu com surpresa que eram dentes de leite. Seus próprios dentes, que a mãe, que ele jamais soube ter um pingo de sentimentalismo, havia guardado durante sessenta anos. Epstein ficou profundamente comovido e lágrimas brotaram em seus olhos; sentiu vontade de mostrá-los para alguém, e estava prestes a chamar Conchita. Porém seu celular tocou, e ele guardou os dentes, distraído, no bolso, e só lembrou deles tarde demais, depois que já tinha mandado a calça para a lavanderia a seco. Com um estremecimento, pensou nos minúsculos dentes movendo-se pelos canos com a água do esgoto.

O rabino encerrou seu sermão, abençoando então a chalá. Klausner arrancou pedaços do pão trançado, meteu-os num prato com sal, enfiou um na boca e atirou o restante para a mesa. Era uma forma de rudeza que Epstein costumava louvar: a rudeza da paixão que se recusa a se aborrecer com boas maneiras. Que bem a etiqueta tinha trazido? Assim começava o pequeno discurso que ele gostava de fazer para Lianne no longo trajeto depois das visitas aos pais dela, a densa e velha massa de Connecticut se revelando do lado de fora das janelas. A evolução humana tomara a direção errada, como resultado da lenta drenagem da necessidade na vida. Uma vez que a sobrevivência estava garantida, o tempo se abriu para a frivolidade e o tolo embelezamento, o que resultava nos contorcionismos absurdos da propriedade. Tanta energia inútil era gasta para se alcançar os padrões dos costumes sociais, que no fim não resultavam em nada além de constrição e mal-entendido. A família de Lianne e suas formalidades pedantes eram a inspiração para o seu discurso, mas, depois que começava, não havia como detê-lo até eles entrarem no estacionamento em Manhattan: a humanidade poderia ter ido para o outro lado, deixando seu eu interior exposto!

Lianne, incapaz de virar a maré da evolução, silenciosamente pegava uma edição da *New Yorker* da bolsa e começava a folheá-la. Sempre fora assim. Epstein jamais conseguia ultrapassar essa barreira. Talvez tivesse sido o desejo que o mantivera ali por tanto tempo: ele tentara e tentara se atirar contra aquele muro, entrar no secreto pátio interno dela. Depois de um tempo, perdeu o ânimo para discutir. Seu próprio mundo o cansava. Foram aqueles meses que culminaram no seu anúncio para Lianne de que não poderia mais continuar casado. Enquanto jantavam no Four Seasons no aniversário de dezesseis anos de sua sobrinha, um garçom de paletó branco pegara seu guardanapo caído no chão e o colocara de volta em seu colo. Naquele momento, Epstein teve o ímpeto de se levantar num salto e gritar alguma coisa. Mas o quê? Imaginou os presentes se virando para ele em um silêncio desconcertado, o rosto dos funcionários se contraindo, as cortinas onduladas finalmente caindo, mas em vez disso pediu licença e, a caminho do banheiro masculino, instruiu o maître a levar para sua sobrinha a sobremesa com fios de açúcar caramelizado com um sparkler de faíscas fazendo as vezes de vela.

Agora, pensando no rosto de Lianne, os traços finos tocados por uma leve surpresa como acontecia sempre que ela abria os olhos pela manhã, Epstein sentiu uma pontada de dor. Sempre o incomodara aquela expressão de perplexidade. Ele acordava para o dia, pronto para discutir, tendo ensaiado sua posição a noite toda no sono; ela, porém, dormia e esquecia, acordando perplexa. Por que não era mais parecida com ele? Lembrava como, na noite em que lhe comunicara que não podia mais levar adiante o casamento, Lianne respondera que ele não estava em seu juízo perfeito. Que ainda se recuperava da morte dos pais, e que aquele não era o momento de fazer nada precipitado. Mas, pelo modo como o olho dela se contraiu, Epstein entendeu que a esposa sabia de algo que nem ele ainda tinha realmente captado. Que era o oposto da perplexidade e que chegara a suas próprias conclusões. Algo precisava se quebrar, e ele o sentiu então, os frágeis ossos se partindo um por um sob seus dedos. Não imaginou que seria assim. Achou ser necessário um esforço enorme e quase impossível, mas aquilo não exigiu quase nada. Uma coisinha tão leve e tão delicada, o casamento. Tivesse sabido antes, haveria tomado mais cuidado em todos aqueles anos? Ou o teria quebrado muito tempo antes?

Os pratos fumegantes foram trazidos da cozinha do Gilgul. Em uma panela queimada, uma galinha inteira jazia depenada e amarela, borbulhando em sua própria gordura. Epstein se perguntou meio brincando se Klausner iria arrancar as coxas e atirá-las, também, para a mesa. Mas uma das moças, uma lésbica ao que parecia, aplicou-se ao assado com uma faca de trinchar. Um prato foi passado pela mesa para Epstein, com uma pilha alta de frango e batatas. Ele mal comera desde seu quase afogamento. Seu estômago não poderia suportar. E isso por quê? Porque tinha engolido um pouquinho de mar? Do além-túmulo, sua mãe lhe deu uma bronca. O que havia de errado com ele? A fumaça de um cigarro eterno flutuava em volta dela. Epstein costumava ter um estômago de ferro! Tomou um gole de vinho amargo e encarou a galinha gordurosa. Tomando coragem, enfiou um pedaço na boca. Era só uma questão de esforço mental sobre o corpo. Tempos atrás, quando Jonah e Lucie ainda eram pequenos, ele recebera o diagnóstico de melanoma maligno. Uma pequena verruga em seu peito começara a mudar de cor junto com as folhas, certo outono. Depois que o médico a removeu e a mandou para o laboratório, veio a notícia de que sua morte estivera crescendo ali, revelando suas cores. Apenas em dez por cento dos casos as pessoas sobrevivem, o médico informou com ar sombrio. Nesse ínterim, não havia o que fazer. Saindo do consultório e caminhando pela Central Park West sob o sol revigorante, um trêmulo Epstein tomara uma decisão: iria viver. Não falou para ninguém do diagnóstico, nem mesmo para Lianne. E jamais voltou a ver o médico. Os anos passaram e passaram, e a pequena cicatriz branca em seu peito diminuiu até se tornar imperceptível. Sua morte se tornou imperceptível. Uma vez, passando pelo endereço esquecido, ele bateu o olho no nome do médico na placa de bronze e sentiu um calafrio. Aconchegou a echarpe em volta do pescoço e riu para afastar o incômodo. A mente sobre a matéria! Sim, ele tinha se curado de um ceceio, da fraqueza, de fracassos, de exaustões, de tudo que é tipo de incapacidade e, como se não bastasse, tinha se curado de um câncer. Um estômago e uma vontade de ferro. Onde havia um muro, ele dera um jeito de passar. Sem dúvida poderia fazer aquela comida descer, apesar da náusea que sentia ao mastigá-la.

E assim foi, até que, não demorou muito — pois a refeição continuou por um longo tempo, e depois ainda houve a cantoria conduzida por Klausner, que a encerrou dramaticamente com uma batida alta e ritmada de sua palma gigantesca na mesa, sacudindo pratos e talheres —, um Epstein cheio, incapaz de suportar mais a queimação no intestino, ergueu-se da mesa e, tateando pelo corredor escuro à procura de um banheiro, topou com ela.

A porta, entreaberta, projetava uma luz quente corredor afora. Aproximando-se, ele ouviu o murmúrio suave de água correndo. Não pensou em se afastar. Não era da sua natureza se afastar; sempre fora curioso demais, considerando o mundo algo que lhe fora dado ver por inteiro. Mas, ao espiar pela fresta, o que viu lhe causou uma súbita agitação. Pressionou o estômago e prendeu a respiração, mas a jovem mulher sentada na banheira com o queixo apoiado nos joelhos deve ter sentido sua presença, porque lentamente, quase à vontade, sem erguer a cabeça, virou o rosto. Seu cabelo preto, cortado curto acima da nuca, caiu de trás da orelha, e os olhos calmamente pousaram nele. Seu olhar era tão direto e surpreendente que Epstein o sentiu como uma ruptura. Ao longo de costuras que aguardavam para se romper, mas isso quase não importava. Em choque, ele deu um passo para trás e, ao fazê-lo, perdeu o equilíbrio. Caindo no escuro, estendeu as mãos para a frente. As palmas bateram contra a parede, e o som a fez erguer-se num salto, espirrando água.

Só então ele se deu conta de que a mulher não o tinha visto. Não teria como, no escuro. Mas, por um momento, viu-a inteira, fios d'água correndo por seu corpo. Então a porta se fechou com um baque.

Epstein sentiu o estômago revirar e saiu depressa pelo corredor. Chegando à porta da frente, abriu-a com tudo e atirou-se para fora. A temperatura caíra, e naquele céu enorme as estrelas frias brilhavam endurecidas. Ele saiu andando pelo mato eriçado e selvagem, chegando nos joelhos. Um cheiro de vegetação úmida subiu, vindo das ervas partidas sob seus pés. Curvando--se, começou a vomitar. Aquilo saía e saía, e quando ele achou que tinha acabado, vomitou mais uma vez. Arfando, purgado de seu grande esforço, viu a nuvem de sua própria respiração desaparecendo.

Secou a boca e endireitou-se, as pernas ainda fracas. Realmente devia ligar para um médico no dia seguinte. Algo não estava certo. Olhou para a casa, no clarão da luz da lua. O que fazia ali? Não estava bem. Ao que parecia, não estava em seu juízo perfeito há algum tempo. Tinha dado uma folga de si mesmo. Seria isso? Uma folga de ser Epstein? E será que, dando um tempo de sua lógica de toda uma vida, de sua razão épica, ele não tinha na verdade visto uma aparição?

Não queria voltar a entrar na casa. Abrindo caminho pelas urtigas, seguiu adiante sem saber aonde ia. Foi parar ao lado da casa, onde blocos de pedra e telhas tinham sido deixados em pilhas desordenadas, e uma pá projetava-se enfiada na terra pedregosa. Nada nunca terminava ali: o mundo era reconstruído de novo e de novo no mesmo chão, com os mesmos materiais quebrados. Epstein tropeçou, e a terra solta entrou em seu sapato. Apoiando-se na casa, tirou o mocassim italiano e sacudiu a sujeira para fora. Ainda não estava pronto para ser enterrado. A parede retinha o calor do sol. Tremendo, Epstein tentou absorvê--lo, até que um pensamento o assaltou: e se a mulher não fosse nenhuma aparição, mas a amante de carne e osso de Klausner? Seria possível que o rabino pudesse viver com aquela história de reinos espirituais e a revelação da luz divina, apontando sua varinha mística, quando o tempo todo era tão controlado pelas leis deste mundo quanto qualquer pessoa? Ou será que a mulher era sua *esposa*? O rabino mencionara uma esposa? Será que ela, um mundo em si mesma, ficava sentada ouvindo Klausner com uma longa saia neutra e um suplício de meia-calça, a cabeça coberta por uma peruca sem vida?

Atrás da casa, Epstein viu uma luz vinda de uma janela. O que mais haveria? Devia voltar para Tel Aviv, para o hotel, onde poderia dormir na cama king size, que era a única forma de realeza que queria, e acordar para a sua velha compreensão das coisas. O táxi já devia estar a caminho para pegá-lo. Iria embora como tinha vindo: voltando pelas ruas de Safed agora tomadas pela escuridão, descendo pela já escura encosta da montanha, atravessando o vale, passando ao longo do mar escuro e brilhante, tudo o contrário do que fora na chegada. Afinal, isso é que era viver em um mundo finito, não? Uma vida de opostos? De fazer e refazer, de estar aqui e não estar, de ser e não ser. A vida toda ele tinha transformado o que não era no que era, não tinha? Forçara o que não existia nem podia existir a ter uma brilhante existência. Com que frequência, postado no topo da montanha de sua vida, ele não tinha sentido isso? Nos cômodos iluminados de sua casa, enquanto os garçons do coquetel se espalhavam entre os convidados reunidos para brindar ao seu aniversário. Observando suas lindas filhas, que revelavam confiança e inteligência em cada movimento. Despertando sob as vigas de um telhado do século XVI e enrolado num edredom branco, em um quarto com vista para os Alpes cobertos de neve. Ouvindo o neto tocar o pequeno violoncelo dado pelo avô, o brilho da rica madeira marrom sendo o brilho de uma boa vida. Uma vida plena. Uma vida incansavelmente passando, com luta, da não existência para a existência. Havia momentos em que as portas do elevador se abriam, como as cortinas de um palco, para a casa em que ele e

Lianne tinham criado seus filhos e o mundo ali estava tão perfeitamente construído que Epstein mal podia acreditar. Mal podia acreditar no que sua crença em si mesmo, seu enorme desejo e seu esforço incessante haviam conquistado.

Estava exausto. Sentia o vago desejo de pegar o telefone e encontrar alguém com quem gritar. Mas gritar o quê? O que, já tão tarde, havia ainda para ser corrigido?

Estava prestes a alcançar a janela quando ouviu um farfalhar no mato. A luz o cegara. Mas ele sentia que o que quer que estivesse se movendo ali era mais humano do que animal. "Quem está aí?", perguntou. Só o que ouviu foi o som do cão distante que, sem receber o que queria, continuava latindo. Mas Epstein podia sentir uma presença próxima, e, não estando ainda pronto a se entregar completamente ao inexplicável, chamou de novo: "Ei! Quem está aí?".

"Sou eu", respondeu uma voz grave logo atrás dele.

Epstein virou-se rápido.

"Quem?"

"Peretz Chaim."

"Peretz!", sussurrou Epstein, aliviado, sentindo os joelhos a ponto de ceder. "Você quase me causou um infarto. O que está fazendo aqui?"

"Ia te perguntar a mesma coisa."

"Não dê uma de espertinho. Saí para mijar. O discurso do rabino foi forte. Precisava de um ar fresco."

"E o ar é mais fresco aqui atrás?"

Epstein, mesmo não estando em seu juízo perfeito, ainda não tinha deixado de todo de ser quem era, e instintivamente aceitou o desafio.

"Como é que sua mãe chama você, Peretz?"

"Ela não chama."

"Mas deve ter te chamado de alguma coisa em outros tempos."

"Ela me chamava de Eddie."

"Eddie. Eddie, posso imaginar como é viver com esse nome. Tive um tio Eddie. Eu teria ficado com Eddie, se fosse você."

Mas Peretz também era rápido, sentindo-se encorajado, talvez, pelo vinho do jantar.

"Teria ficado empacado, no caso?"

Epstein lembrou então como seu avô, que ele não chegou a conhecer, aparentemente mudara de nome quatro vezes para fugir do mau-olhado. Mas o mundo era maior naquela época. Era mais fácil não ser encontrado.

"E como é que você veio parar aqui, Peretz Chaim?"

Mas o momento ofereceu uma chance para o rapaz escapar, pois bem naquela hora a luz na janela atrás deles se apagou, mergulhando os dois na escuridão.

"Hora de dormir", sussurrou Peretz Chaim.

Uma onda de exaustão tomou conta de Epstein. Deitaria ali mesmo no chão, aos pés da janela da desconhecida, e fecharia os olhos. De manhã tudo pareceria diferente.

"O rabino está esperando", disse finalmente Peretz Chaim. "Ele me mandou buscá-lo."

Epstein sentiu reprovação em suas palavras. Mas no fim os dois não estavam do mesmo lado? Não tinham ambos chegado depois, inesperadamente, mas por sua própria vontade? Teve uma visão absurda dele mesmo com a barba desgrenhada, usando o paletó escuro, tornando-se a cópia de uma cópia, de maneira a tentar roçar num antiquíssimo original.

Podia sentir o cheiro de suor do rapaz. Estendendo a mão, apoiou-a no ombro largo. "Me diz uma coisa, Peretz, preciso saber. Quem é ela?"

O rapaz cuspiu uma risada, virou-se bruscamente e perdeu-se na escuridão. Suas lealdades estavam em outro lugar. Estava claro que ele não tinha Epstein em alta conta.

* * *

O táxi de Tel Aviv foi dispensado — a tarifa de setecentos shekels foi entregue ao motorista pela janela aberta, com mais cem de gorjeta. O motorista, tentando decidir se deveria ficar irritado, finalmente deu de ombros — que diferença fazia? —, contou o dinheiro e deu meia-volta com o táxi. Epstein esperou até o som do motor ter morrido e a noite ter voltado a se encher com suas distâncias silenciosas e incomensuráveis. Era um erro, ele sabia. Devia ter voltado no carro, ter escapado enquanto podia para as dimensões familiares de seu mundo. No dia seguinte poderia tomar suco de laranja sob o sol, no terraço. Devia ter ido, mas não podia.

De volta à casa, Epstein seguiu o som de vozes até a cozinha. A moça que tinha brandido a faca de trinchar fazia café com a água quente de uma urna, tagarelando orgulhosa para quem quisesse escutar sobre como Maimônides iria se revirar no túmulo se pudesse ouvir o rabino. Pelo modo como a moça falava, ficava-se com a impressão de que tinha conhecido pessoalmente o médico do século XII. Segundo Maimônides, disse ela, a existência de Deus é absoluta. Ele não tem atributos, jamais houve um elemento novo nele. O discurso continuou até o sério Peretz Chaim, cujo nome, explicaram a Epstein, significava "explosão de vida", interveio para dizer que, ainda assim, Maimônides insistia em milagres. Era um homem medieval, Peretz explicava: aceitava tanto a razão quanto a revelação. A moça, porém, não cedeu, e fosse Peretz Chaim fiel a seu nome, as coisas poderiam ter esquentado. Mas o gentil violonista, que ainda não tinha explodido, mas que poderia explodir um dia, desistiu da briga, e por fim a conversa passou para a fabricante de queijos que alguns do grupo visitariam no dia seguinte, cujo marido ortodoxo plantava maconha atrás de casa.

Epstein encontrou o rabino em seu escritório, recusou o convite para tomar um copo de brandy e pediu para ver seu quarto. Klausner ficou encantado. Levaria Epstein para um tour no dia seguinte. Mostraria como restaurara os muros e os arcos, recuperando o lugar de um século de negligência! Mostraria também a sala de aula, a pequena biblioteca com a coleção de livros doada pela família Solokov — ele conhecia os Solokov, da East Seventy-Ninth Street? O filho deles, que antes não tinha nenhum interesse no judaísmo, nenhum interesse em nada, chegara a um grave estado de lassidão, mas no fim o superara e foi estudar filosofia. Em seguida dedicou-se a conhecer as ervas medicinais e por último, depois de mochilar pela Índia, combinou as vertentes de sua iluminação para abrir um centro de ioga Neshama em Williamsburg, onde também vendia tinturas. Profundamente gratos, os Solokov tinham doado três mil livros. E o dinheiro para as prateleiras.

Epstein não disse nada. Observando o aposento que ocuparia, viu que era simples como prometido: cama, cadeira e um pequeno guarda-roupa, vazio senão pelo cheiro de outros séculos. Uma lâmpada projetava sombras quentes na parede. No canto havia uma pia triangular, e ao lado uma toalha dura e rígida pendia de um suporte; quantos peregrinos já a haviam usado? Pairando atrás dele, Klausner começou a abordar o assunto da reunião dos descendentes de Davi. Se recebessem uma pequena doação, talvez pudessem contar com Robert Alter como palestrante principal. Não era sua primeira escolha, mas Alter tinha apelo midiático e estava com viagem marcada para a cidade naquela semana.

E qual teria sido a primeira escolha do rabino?, quis saber Epstein, que em outros tempos conseguia conversar no sono.

O próprio Davi, disse Klausner, virando-se bruscamente. No brilho agora familiar de seus olhos, Epstein pensou ter captado algo mais, algo que poderia ter confundido com um vislumbre de loucura se não estivesse demasiado ciente da nebulosidade em sua própria mente e de seu cansaço.

"Quer dizer então que você acha que eu descendo dele?", perguntou Epstein em voz baixa.

"Eu sei."

Por fim, incapaz de continuar de pé, o peregrino Epstein pendurou seu casaco e afundou na cama. Durante um instante absurdo, imaginou que o rabino se inclinaria para aconchegá-lo nas cobertas. Mas Klausner, tendo por fim entendido a deixa, deu boa-noite, prometendo acordá-lo cedo. Pouco antes de ele fechar a porta, Epstein o chamou.

"Menachem?"

O rabino voltou o rosto para trás, corado de entusiasmo.

"Sim?"

"O que você era antes disso?"

"Como assim? Antes do Gilgul?"

"Algo me diz que você nem sempre foi religioso."

"Eu ainda não sou religioso", respondeu ele com um sorriso. Mas recompôs-se e seu rosto ficou sério de novo. "Sim, há uma história aqui."

"Com todo o respeito, ela me interessa mais do que os arcos restaurados."

"O que você quiser saber."

"E outra coisa", acrescentou Epstein. "Por que você chamou o lugar de Gilgul? Ele fica um pouco entalado na garganta, na minha opinião."

"O nome Livnot U'Lehibanot — construir e ser construído — já estava sendo usado pelo outro centro da rua, junto com uma doação da Federação Judaica de Palm Beach."

"E o que eles fazem lá?"

"*Hitbodedut.* Meditação hassídica. Ao final de cada retiro, mandam os alunos sozinhos para o bosque. Para contemplar. Para cantar e gritar. Experimentar a elevação. De vez em quando acontece de alguém se perder, e aí precisam chamar a unidade de resgate."

Mas Gilgul era melhor do que parecia, disse Klausner, explicando que o termo significava "ciclo" ou "roda", mas que na cabala se referia à transmigração da alma. Para reinos espirituais mais elevados, se a pessoa está preparada. Embora, às vezes, claro, para outros mais punitivos.

Apagando o abajur de cabeceira, a alma de Jules Epstein se remexeu sob os lençóis rígidos e ele voltou à escuridão intratável que tinha contemplado nas incontáveis noites de insônia, quando as discussões continuavam em sua cabeça, a grande coleta de evidências de como tinha razão. E será que a escuridão impenetrável lhe parecia diferente naquele instante, no cessar-fogo que surgira nele ao longo dos últimos meses?

O termo lhe veio espontaneamente, cheio de significado. Pois foi só na arena desse cessar-fogo — em seu silêncio macabro, na suspensão de uma antiga ordem — que ele tivera plena ciência daquilo que precisava reconhecer como uma guerra. Uma guerra épica, cujas muitas batalhas ele não podia mais nomear ou recordar, a não ser pelo fato de que vencera na maior parte das vezes, a um custo que não se dera ao trabalho de calcular. Atacara e defendera. Dormira com sua arma sob o travesseiro e acordara pronto para discutir. Seu dia não começava oficialmente, Lucie disse uma vez, enquanto ele não discordasse de algo ou de alguém. Mas Epstein havia sentido isso como uma forma de saúde. De vitalidade. De criatividade, até, por mais destrutivas que fossem as consequências. Tantas maluquices! Envolvido, pronto para a briga, em um estado permanente de conflito — aquilo só o tinha energizado, nunca o exaurido. "Me deixe em paz!", ele gritava, em algumas ocasiões, no meio de discussões com seus pais ou com Lianne; mas, na verdade, a paz não o atraía, pois no fim isso significava ficar sozinho consigo mesmo. Seu pai costumava surrá-lo de cinto. Batia nele repetidas vezes pelos menores erros, empurrando-o para um canto enquanto puxava o cinto de couro preto da cintura e espancava a pele nua do filho. No entanto, era o espectro do pai deitado inerte na cama com as cortinas fechadas às dez da manhã que despertava sua raiva. O medo que ele sentia quando criança ao passar na ponta dos pés pela porta do quarto do pai se transformou mais tarde em fúria: por que ele não juntava forças e se levantava? Por que não se erguia e saía cambaleando? Epstein não suportava ficar por perto, então começou a passar todo o seu tempo fora de casa, onde as energias vivas zuniam ocupadas. Quando o pai não estava derrubado pela depressão, era impossível de outra maneira — teimoso e cabeça-dura com suas coisas, facilmente irritável. Entre Sol e Edie, que em relação a tudo ficavam perpendiculares e a nada paralelos, que não podiam deixar nada para lá e tinham algo a dizer sobre tudo, Epstein desenvolveu uma solução de extremos. Ou ficava parado apático, ou saía armado e carregado. Lá fora, no ar fresco e sob a luz do sol, entrou na briga. Deu seu primeiro soco. Descobriu que podia ser implacável. "Saul matou milhares, e Davi, dezenas de milhares!" Tão grande ele ficou, tão encantado com seu poder, que uma noite voltou para casa e, quando o pai, parado na cozinha com seu roupão manchado, começou a implicar, virou-se, armou-se e deu um soco com o punho cerrado no rosto de Sol. Bateu nele, e então chorou feito criança enquanto segurava uma pedra de gelo no olho grotescamente inchado do pai caído.

Epstein tocou seu próprio olho por reflexo, então saiu da cama e foi descalço até a janela. O que sabia de relações tocadas pela graça?

Poderia ter voltado para Tel Aviv se quisesse. Poderia ter chamado o táxi de volta, caminhado pelo corredor ainda escuro até o carro, enviado uma mensagem para Klausner com a desculpa de algum compromisso esquecido. Poderia ter finalizado os detalhes de uma doação em memória de seus pais para o Instituto Weizmann ou para o Museu de Israel, fechado a conta do hotel, encerrado as coisas com Moti, que teria ido até o saguão com manchas de suor debaixo dos braços para se despedir dele e receber o envelope usual de dinheiro; poderia ter feito as malas e voltado para o aeroporto, deixando a cidade onde nascera e para a qual voltara inúmeras vezes a fim de recuperar o que jamais teve ideia do que era, voara a mais de novecentos e sessenta quilômetros por hora na direção contrária do coração de Judah Halevi e vira a costa leste dos Estados Unidos emergir da escuridão e do insondável. E depois que o piloto, lutando contra ventos fortes, tivesse pousado o avião obliquamente para o escasso aplauso daqueles que ainda se sentiam, supreendentemente, vivos, ele poderia ter pulado as filas passando pelo guichê do Global Entry, depois passado a toda, de táxi, pela estação Grand Central, vazia às quatro e meia da manhã, olhado para o horizonte de Manhattan e sentido a súbita emoção que vem de retornar, depois de ter estado tão longe, a um lugar onde a chegada parecera quase definitiva. Enfim, podia ter voltado para casa se quisesse isso. Mas não quis. E agora outras coisas iam acontecer.

Epstein sentiu o lastro desaparecer. Tudo e todos que mantinham a estabilidade do padrão de sua identidade desapareceram. Ele apoiou a testa contra o vidro e olhou para fora, para o imenso reino do céu, preso embaixo pela linha dentada de massas primordiais. Sentiu-se empolgado não só pela vista, mas por sua própria receptividade. Algo tinha se deslocado, e na cavidade os nervos conduziam um sentimento bruto sem propósito. Ele a explorou com ternura e descobriu, como se descobre com todas as ausências, que o vazio era muito maior do que aquilo que outrora ocupara seu lugar.

Kadish para Kafka

De manhã tudo estava calmo de novo, o céu tranquilo e sem nuvens. Eu mal tinha dormido e, como sempre acontecia em noites de insônia, sentia que a costa da razão, com suas colinas e seus pontos de referência familiares, ficava cada vez mais distante, e me sentia dominada pelo medo de que, de algum modo, eu é que estava me afastando por vontade própria, escolhendo a insônia como método. Fiquei sentada na varanda do apartamento de minha irmã, tomando café amargo. A luminosidade irritava meus olhos, mas dali eu poderia avistar Friedman, que, em minha exaustão, eu tinha uma leve esperança de que não fosse aparecer. Sentada na poltrona de minha avó, pensei em como costumava me levar para o mar Morto quando eu era criança. Ela preparava nosso almoço, depois pegávamos o ônibus da Estação Central para o deserto, e dali a duas horas estávamos boiando de barriga para cima no remanescente azul elétrico e salgado de um mar extinto, com as montanhas antigas de Moabe atrás de nós. Boiando em uma concentração de história reduzida pela longa evaporação do tempo, assim ficava minha avó com sua touca de banho branca decorada com flores de plástico. Imaginei Friedman boiando lá, também, com seus óculos escuros, controlando a transmissão da literatura nacional enquanto seu cabelo branco ondulava de um lado para outro, como plantas subaquáticas.

Às dez em ponto ele chegou com estrépito em seu Mazda branco, outra sinfonia soando janelas afora. Ergui-me da velha poltrona e enfiei o *Parábolas e paradoxos* na sacola plástica em que tinha guardado minha muda de roupa. Sem pensar muito, peguei meu maiô e guardei-o também. Lancei um olhar para o computador que tinha deixado aberto na mesa depois do meu e-mail para casa no meio da noite, fechei a porta atrás de mim, trancando as fechaduras de cima e de baixo, conforme minha irmã me instruíra a fazer toda vez que fosse ficar mais tempo fora de casa. A escada estava fria e escura quando desci, e a súbita mudança na luminosidade me deixou tonta, como se o telhado sobre meus pensamentos tivesse subitamente se erguido, deixando entrar uma corrente fria de espaço. A exaustão deveria trazer algo mais, assim como dizem que a fome traz uma clareza e uma lucidez elevadas. Mas eu sempre tinha preferido ler a respeito de estados alterados do que arriscar vivê-los. Minha mente, sozinha, já era permeável demais; as poucas viagens psicodélicas que eu tinha feito me levaram a passar demasiado rápido de um estado de euforia para outro de pânico. Sentei nos degraus e pus a cabeça entre os joelhos.

Um vento quente entrava pelas janelas abertas do carro em movimento. Friedman tinha me trazido uns *rugelach* de chocolate da padaria e, sentindo-me melhor, comi-os, um depois do outro, enquanto a cadela ficava com a cabeça apoiada em meu ombro, respirando no meu ouvido. Quando jantei com Matti duas noites antes e lhe falei do outro Friedman que tinha conhecido, que poderia ou não ser um antigo agente do Mossad, Matti rira e comentara que, se todo mundo em Israel que insinuava trabalhar para o Mossad de fato trabalhasse, então a agência seria o maior empregador do país. Pense em todos os segredos domésticos banais involuntariamente encobertos pelo Mossad, sugeriu ele. A verdade é que àquela altura eu não acreditava realmente que seria chamada para escrever o final da "peça" de Kafka. A ideia parecia tão absurda que não era necessário considerá-la a sério. O cachorro e os biscoitos, o saco amassado com cadernos se desintegrando, os gatos, o Mossad e Friedman, que talvez só estivesse buscando uma forma de se entreter em sua aposentadoria — tudo me parecia uma quase brincadeira. Eu também tinha me aposentado, pelo menos por enquanto, do meu antigo propósito. O propósito de escrever um romance, no caso, embora nunca seja realmente um romance o que se sonha escrever, mas algo muito mais abrangente a que chamamos *romance* para disfarçar delírios de grandeza ou uma esperança que carece de clareza. Eu não conseguia mais escrever um romance, assim como não conseguia me forçar a fazer planos, pois no fim o problema com meu trabalho e minha vida era o mesmo: eu passara a desconfiar de todas as possibilidades de dar forma às coisas. Ou então eu tinha perdido a fé até de que era capaz de fazer isso.

Eu estava ali pelo passeio, falei para mim mesma enquanto Friedman trocava de marcha. Para escapar das sirenes por um tempo, e porque gostava do deserto da Judeia tanto quanto gostava de qualquer lugar: seu cheiro e sua luz, seus milhões de anos, milhares dos quais tinham sido escritos em mim por fontes conhecidas e desconhecidas, inscritos num nível tão profundo que era impossível diferenciá-los da memória. Se eu não perguntava para onde exatamente estávamos indo ou por quê, era porque não queria saber. O que eu queria era encostar a cabeça e fechar os olhos, me colocar nas mãos de outra pessoa por um momento para poder descansar e não pensar.

Descansar, mas também, eu arriscaria dizer se não estivesse tão terrivelmente cansada, para que eu pudesse ser levada na direção de algum lugar aonde eu não planejara ir. Já fazia muito tempo que eu não permitia que isso acontecesse. Tinha a impressão de que vinha fazendo planos para mim desde sempre. Verdade, eu era excelente tanto no planejamento quanto na execução: passo a passo, meus planos se concretizavam com tanta exatidão que, se eu tivesse olhado mais de perto, teria visto que o que estava por trás do meu rigor era uma espécie de medo. Quando eu era nova, achava que viveria minha vida com a mesma liberdade dos escritores e artistas que tinha como heróis. Mas, no fim, não fui corajosa o bastante para resistir à corrente que me arrastava para a convenção. Eu não chegara a me aprofundar o suficiente na educação laboriosa, amarga e brilhante do eu para saber o que era e não era capaz de suportar — para saber qual era a minha capacidade para a constrição, para a desordem, para a paixão, para a instabilidade, para o prazer e a dor — antes de me acomodar a uma narrativa para minha própria vida e me comprometer a vivê-la. Escrever sobre outras vidas pode, por um tempo, obscurecer o fato de que os planos que a pessoa fez para si a isolaram do desconhecido em vez de aproximá-la. No fundo, eu sempre soube disso. Mas, se à noite meu corpo estremecia enquanto eu tentava dormir, como aconteceu na noite em que aceitei me casar com meu futuro marido à beira de um brilhante lago negro, eu tentava ignorar isso, do modo como se tenta ignorar o parafuso inexplicável que sobra após a montagem da cama em que se vai deitar. E não só porque eu não tinha coragem de admitir as coisas que sentia a meu respeito, ou a respeito do homem com quem concordei em ligar minha vida. Ignorei isso porque também ansiava pela beleza e pela solidez da forma, aquela para a qual a natureza toda (e alguns milhares de anos de judeus) reserva o maior louvor: a mãe e o pai e o filho. De modo que dei as costas para a contabilidade que teria exigido de mim a previsão do que aconteceria conosco depois que a forma tivesse sido montada, depois que todos os átomos tivessem se alinhado em nós. Em vez disso, temerosa do tipo de emoção violenta que conhecera na infância, com minha família, eu me prendi a um homem que parecia ter uma capacidade sobrenatural para a constância, não importa o que acontecesse dentro ou fora. E então me prendi ao hábito e à rotina de uma vida altamente organizada, disciplinada e saudável como se tudo dependesse disso, como se o bem-estar e a felicidade dos meus filhos exigissem essa submissão não só de todas as minhas horas e de todos os meus dias, mas de meus pensamentos, de todo o meu espírito. Enquanto isso a outra vida sem forma e sem nome ficava cada vez mais apagada, cada vez menos acessível, até eu conseguir fechar a porta para ela em definitivo.

Seguimos pela rua King George, passando pela entrada de um parque aonde eu costumava levar meus filhos para brincar com gatos de rua e montar em um enorme brinquedo de cordas de cujo topo eles diziam que podiam ver o mar. Precisávamos fazer uma rápida parada antes de seguir viagem, disse-me Friedman. Pensei que ele talvez tivesse esquecido alguma coisa em casa, e comecei a especular sobre sua vida. Vi em minha mente seu apartamento cheio de livros antigos, e imaginei uma esposa de seios fartos, prática, com a cabeça de cabelo grisalho raspado, tão comum em um tipo de mulher israelense com mais de sessenta. Cabelo de kibutz, uma amiga minha chamava, embora a meu ver aquilo sempre fizesse lembrar campos de concentração, ou faria lembrar se, com tanta frequência, a severidade não fosse acompanhada de brincos enormes e um neto. Uma Yehudit ou Rute originária de Haifa. O pai um médico da Alemanha, a mãe uma pianista que dava aulas, ambos sobreviventes, de cuja escuridão esta Yehudit ou Rute precisou se libertar, embora no fim ela tenha se tornado psicóloga e passado a vida adulta tentando entender os traumas das outras pessoas. O tipo de mulher em cuja cozinha as pessoas gostavam de sentar para conversar quando ela não estava ocupada no trabalho, que fazia uma caminhada com as mesmas duas amigas todas as manhãs há quarenta anos. Eu já a amava, esta Yehudit ou Rute; já estava pronta para tomar meu lugar à mesa de sua cozinha, coberta com uma toalha floral de plástico, e lhe contar tudo. Mas não era para o apartamento de Friedman que estávamos indo, e sim para a rua com o nome do polidor de lentes holandês.

Friedman estacionou o carro em frente ao prédio a que me levara dois dias antes, onde Kafka e os gatos viviam juntos em um estado de impiedade, esperando um veredicto dos tribunais. Achei que ia ouvir outro discurso, mas dessa vez ele me pediu para esperar. Só ia levar uns minutos, prometeu, e, antes que eu pudesse protestar, bateu a porta do Mazda e saiu com sua bengala.

A cadela ganiu, observando Friedman desaparecer dentro do prédio; depois começou a uivar como se diante de uma terrível injustiça. Ficou andando de um lado para outro no banco de couro rachado, retalhado de um longo histórico de esperas agitadas. Tentei acalmá-la, mas, sem saber seu nome ou que palavras entenderia, não consegui. Quando pareceu que ela estava prestes a sufocar com sua própria respiração acelerada, passei por cima do câmbio e fui para o banco de trás. A cadela caminhou por mim algumas vezes até se resignar à sua catástrofe, deitando com as patas da frente apoiadas no meu colo. Acariciei suavemente a pele folgada de seu pescoço, como fazia com o cachorro com o qual já vivia há quase tanto tempo quanto com meu marido.

Dez, quinze minutos se passaram. Pensei na história que um amigo tinha me contado muitos anos atrás, sobre uma viagem que havia feito a Praga quando era jovem. Uma noite ele tomou um porre e ficou convencido de que precisava sair e beijar a Altneuschul, a Sinagoga Velha Nova, do outro lado da rua do local onde se hospedara. Na manhã seguinte acordou ileso, ainda abraçando a *shul*, vigiado, imaginava, pelos restos mortais do golem supostamente enterrado no porão. Naquela tarde decidiu ir ao cemitério judaico de Straschnitz para visitar Kafka. O escritor foi enterrado ao lado do pai, meu amigo me disse, o que era praticamente o pior insulto que ele poderia imaginar. Meu amigo decidiu dizer o kadish para Kafka. Quando terminou, virou-se para ir embora, e então viu, logo atrás, uma lápide idêntica. Ficou ali parado, perplexo. Alguns minutos depois, alguns garotos chegaram e explicaram que tinham acabado de fazer uma réplica da lápide de Kafka para um filme e que a haviam deixado ali enquanto iam almoçar. Meu amigo dissera o kadish para a réplica. Ajudou os jovens a colocá-la na caminhonete que dirigiam. O decalque que tinham feito da lápide real estava ali, e meu amigo perguntou se podia ficar com ele.

Perguntei a mim mesma o que Friedman estaria fazendo lá dentro. A respiração quente da cadela se estabilizou e tornou-se ritmada. Imaginei os quartos entulhados atrás das grades da janela, úmidos de plantas caseiras com as folhas amarelas lentamente caindo na desordem dos manuscritos de Kafka a desbotar, cujas páginas deviam estar impregnadas do fedor de feromônios felinos. Frustrada por não poder ver isso tudo com meus próprios olhos, eu finalmente cutuquei o cachorro para fora do meu colo e saí do carro. Os gatos não estavam ali — reunidos lá dentro, talvez, para rolar em tinta de Praga —, mas seu cheiro continuava no ar, e as pequenas tigelas sujas colocadas no chão sugeriam que não ia demorar muito para eles voltarem. Encontrei o nome de Eva Hoffe na campainha de cima, mas, espiando o vestíbulo de sua porta, e imaginando o olho ampliado da solteirona de cabelo escorrido piscando para mim pelo olho mágico, dei meia-volta e mergulhei embaixo das largas folhas de figueira, arrancando uma teia de aranha pegajosa que grudou no meu rosto.

Na noite após meu primeiro encontro com Friedman, li na internet sobre o julgamento em torno do espólio de Kafka. Tudo o que ele tinha me dito foi corroborado ali: o caso, que ainda estava sendo julgado, no fim se resumia à questão sobre se os manuscritos de Kafka — em um certo sentido, se o próprio Kafka — eram um bem nacional ou propriedade privada. Até então nenhum veredicto fora dado, mas nesse ínterim o tribunal deferira o pedido da Biblioteca Nacional para que os papéis em posse de Eva Hoffe fossem inventariados. Eva, que não raro se referia ao arquivo como uma extensão de seus próprios membros, comparou isso a um estupro. Depois que dois recursos foram negados, por fim conseguiram arrancar dela chaves para cofres de banco. Elas, porém, não entravam nas fechaduras. No dia em que os cofres foram finalmente abertos pelos advogados, Eva foi vista perseguindo-os no banco, gritando que os papéis eram dela. Mas, por mais louca que às vezes parecesse ser, por mais bizarras que fossem as histórias sobre seu comportamento, por mais difícil que deveria ter sido para o Estado de Israel aceitar que um escritor judeu que significava tanto para tanta gente pudesse ser outra coisa que não propriedade nacional, a alegação dela não deixava de ter certa força legal. Os resultados do inventário ainda não tinham sido divulgados, mas o *Haaretz* havia confirmado que Eva estava em posse de uma enorme quantidade de originais de Kafka. E, ou isso era de todo mundo e de ninguém, ou era de Israel, ou só dela.

Aproximando-me da fileira de janelas do piso térreo, vi que, por trás da grade de pesadas barras brancas, havia uma segunda camada de tela metálica, do tipo usado para prender animais pequenos. Estava escuro demais lá dentro para enxergar alguma coisa. Virando na lateral do prédio, as condições eram ainda mais extremas: as amplas janelas, projetadas para uma espécie de solário aberto, estavam grotescamente bloqueadas pelas barras enferrujadas e pela tela imunda, remendada ou reforçada nos cantos com o cuidado enérgico que nasce da paranoia. Ou talvez isso fosse menos o reflexo de uma mente doentia que perdera a noção da realidade, pensei, do que o reflexo da realidade absurda daquilo que, contra todas as probabilidades, estava ali dentro: algo tão raro e valioso que havia quem fizesse qualquer coisa para pôr as mãos em tal tesouro. O apartamento supostamente tinha sido arrombado uns dois anos atrás, embora as notícias do incidente nos jornais israelenses insinuassem a probabilidade de um trabalho interno.

Ouvi alguma coisa se mexendo. Tentando mudar o foco de minha visão, de modo que a tela metálica se dissolvesse no fundo, vi o gato preto magricela se enfiando entre as barras e o arame e se esgueirando pelo estreito espaço entre eles. Se eu acreditasse nessas coisas — e acho que acreditava, sim, nesse tipo de coisa —, poderia ter interpretado aquilo como um presságio. No momento seguinte ouvi algo pesado sendo arrastado pela escada, tão pesado quanto um corpo, e quando corri de volta para a frente do prédio, Friedman tinha saído e arrastava uma pesada mala preta atrás de si. As costuras da mala estavam soltas, prestes a rebentar, e a alça tinha remendos de fita adesiva. Era um objeto mais adequado a um vendedor de porta em porta de taça de *kidush* do que a um agente de Mossad, ou um ex-agente do Mossad, ou mesmo um ex-agente do Mossad do renegado departamento de literatura judaica. Não que isso tivesse me impedido de acreditar, com o coração batendo forte, que havia algo de Kafka perdido ali dentro.

O que quer que fosse, Friedman não quis revelar. Não ainda, ele disse, olhando de relance para o espelho retrovisor enquanto nos afastávamos de carro. Primeiro ele precisava me contar algumas coisas. Poderíamos parar em Jerusalém no caminho para o deserto e almoçar num pequeno e calmo restaurante vegetariano na Confederation House, em Yemin Moshe, com vista para as muralhas da cidade velha. Ali poderíamos conversar sem ser incomodados.

Se as coisas já não estivessem estranhas, ficaram ainda mais a partir do momento em que a mala entrou em nossa posse. Parecia que, antes da mala, eu operava em um mundo de leis familiares e circunstâncias incomuns, mas, depois dela, as leis familiares começaram a tremer e a se curvar um pouco. Mais do que isso, tive a impressão de que me movia na direção dessa curva há muito tempo, sem saber, ou seja, seguia rumo à mala, da qual, em certo sentido, eu estava ciente desde os sete anos de idade, quando me contaram uma história. Mas tive de esperar todos esses anos para que ela finalmente se abrisse em minha vida.

A história me foi contada pela mulher que cuidava de meu irmão e de mim quando éramos crianças. Ela morou conosco por quase uma década, desde quando tinha vinte e dois anos, mas seria impossível chamá-la de "babá" ou mesmo "tia": era selvagem demais para isso, muito livre e pouco convencional. Também era mística e, embora tivesse sido criada como católica, suas crenças provinham de fontes diversas e não seguiam nenhuma regra. Seu quarto em nossa casa era cheio de cristais e das pinturas com aerógrafo que ela fazia de deusas, feiticeiras e personagens da Disney, e de seu pescoço pendia uma pequena imagem de Jesus com uma coroa de espinhos da qual escorriam gotas de sangue que provocavam ao mesmo tempo fascínio e náusea em nós dois. Mas não vimos nenhuma evidência de uma vida piedosa ou zelosa em Anna; as muitas histórias que ela nos contou sobre sua infância eram sempre subversivas, não só em relação às autoridades mas ao que vivia segundo as regras da normalidade, negando a mágica que ela via nas bordas de tudo. Essa história em especial era sobre um trabalho para o qual Anna fora contratada aos dezenove anos, poucos anos antes de vir morar conosco. Uma operação seria um termo melhor para descrevê-lo, pois só o que ela precisava fazer era pegar uma mala preta no meio da noite em algum lugar, e depois dirigir três horas para entregá-la em outro. Não lembro exatamente que palavras Anna usou para descrever a natureza do conteúdo da mala, mas nós entendemos se tratar de algo ilícito, e que ela se arriscava ao aceitar fazer o trajeto. A história que Anna nos contou tinha a ver principalmente com a tensa viagem por uma estrada escura e sinuosa, durante a qual um carro, réplica exata daquele que ela dirigia, começou a segui-la. Nós imploramos para saber o que havia dentro da mala, mas Anna se recusou a revelar. Meu irmão imaginou que estivesse cheia de dinheiro, ao passo que para mim continha um colar mágico. Anna, que em certos aspectos nos conhecia melhor do que nossos próprios pais, disse que teríamos de esperar até o bar mitzvah de meu irmão, dali a quatro anos, para saber a resposta.

Os anos se passaram, e de vez em quando meu irmão e eu mencionávamos a mala para ver se Anna finalmente revelaria seu conteúdo secreto. Ela, porém, apenas nos lembrava que teríamos de esperar até o momento combinado. E então veio o bar mitzvah de meu irmão — veio e passou, e nós não perguntamos nada. Provavelmente esquecemos, ou já tínhamos idade suficiente para desconfiar qual era a resposta sem que nos dissessem, e queríamos evitar o constrangimento de perguntar. Mas, com isso, o mistério tornou-se permanente, e o que Anna nos deu, na forma de uma história e uma mala, superou as outras inúmeras coisas que recebemos naqueles anos e que depois perdemos ou esquecemos.

Com Kafka no porta-malas, Friedman seguiu para a rodovia. Ali passamos por palmeiras e ciprestes, por campos onde bandos escuros de estorninhos de súbito mudavam de direção em uníssono, virando bruscamente para o outro lado de novo. Passamos pela cidade nova de Modi'in, depois da qual a paisagem ficava mais antiga, deixando ver por baixo da relva o crânio branco do mundo. Passamos por encostas de colinas ladeadas por muros quebrados de terraços há muito abandonados, mas onde antigas oliveiras continuavam crescendo; passamos por vilas árabes e por um pastor movendo-se habilmente colina abaixo, na esteira de suas ovelhas. Uma cerca de metal surgiu dos dois lados da rua, com círculos de arame farpado no topo, e passamos por um posto de inspeção com guardas de capacetes de proteção e uniformes escuros engrossados por coletes à prova de bala. Alguns quilômetros adiante, a cerca foi substituída por muros altos de concreto que se estendiam até os arredores de Jerusalém, antes de dar lugar a florestas de pinheiros. Entrando na cidade, vimos o Parque Sacher e atravessamos as ruas de Rehavia, passando pelo moinho de Montefiore restaurado e pelo hotel King David restaurado, outrora bombardeado, outrora terra de ninguém, outrora, não muito tempo atrás, o local onde meu irmão se casou.

Friedman deixou o carro em um pequeno estacionamento ao lado de um parque, enxotou a cachorra do banco de trás e me conduziu por uma extensa colina, pontilhada de corvos. O edifício de pedra da Confederation House era a única estrutura na área, cercada por um jardim de oliveiras e palmeiras e envolta em um perfume de lavanda. O restaurante estava vazio, e o único garçom nos conduziu a uma mesa junto da janela, de onde se via o estreito vale até as muralhas construídas por Solimão, o Magnífico. A cadela deitou com um gemido nas sandálias do tutor. Enquanto o garçom ia buscar uma tigela d'água para ela, Friedman concentrou-se em ajeitar as fotocópias amassadas enfiadas em uma pasta de couro que tinha trazido do carro. Só depois que a ordem foi estabelecida, e que o garçom, que também parecia ser o cozinheiro, desapareceu na cozinha, Friedman finalmente se inclinou para a frente e, dando uma última olhadela gratuita pelo restaurante vazio, baixou a voz e começou a falar.

Ao longo das duas horas seguintes, ouvi sua história extraordinária. Era tão absurda que, a princípio, fiquei convencida de que Effie, o fabulista, tinha me deixado nas mãos de outro de sua espécie, e ainda por cima potencialmente delirante. Decidi esperar até ele ter terminado — era uma história sensacional demais para não ouvir até o fim —, mas, quando a refeição acabasse, eu pediria licença e ligaria para Effie. Ele tinha me metido naquilo, e devia me tirar. No mínimo, podia me dar uma carona de volta para Tel Aviv.

E, no entanto, quanto mais Friedman falava, menos certeza eu tinha quanto àquilo em que devia acreditar. Sabia quão altamente improvável era o que ele me contava. E se aquilo de fato acontecera, seria impossível ter ficado em segredo esse tempo todo: quase noventa anos tinham se passado desde a morte de Kafka em um sanatório perto de Viena. Mas, diante da eloquência persuasiva e do ar de autoridade de Friedman, assim como do que parecia ser um conhecimento exaustivo de Kafka, peguei-me começando a considerar a possibilidade distante e absolutamente extraordinária de que o que ele me dizia poderia ser verdade. E suponho que, como com todas as coisas implausíveis para as quais nos abrimos, eu queria acreditar nessa possibilidade: de que Kafka poderia realmente ter enfim cruzado o limiar, se esgueirado por uma fenda na porta que se fechava e desaparecido futuro adentro. De que, trinta e cinco anos depois de seu funeral em Praga e de sua viagem secreta para a Palestina, ele poderia ter morrido em paz enquanto dormia em uma noite de outubro de 1956, conhecido apenas, se é que era conhecido, como o jardineiro Anshel Peleg. De que, em Tel Aviv, não muito longe do apartamento de minha irmã, poderia haver uma casa, e atrás da casa um jardim, e nesse jardim, agora selvagem e tomado pelo mato, uma laranjeira que o próprio Kafka tinha plantado. Friedman contou que, da última vez que esteve lá, um corvo tombou do céu e caiu morto a seus pés, sem explicação.

II

Gilgul

O nome hebraico Anshel era tudo o que ele tinha mantido de sua antiga vida. Trata-se de um diminutivo iídiche para Asher, variante de Amshel, que também deriva de *amsel*, o termo alemão para melro-preto. Esse nome poderia facilmente ter sido descartado em favor de outro mais comum entre os escolhidos pelos que imigravam para a Palestina, como Chaim, Moshe ou Yaakov, se não tivesse o eco do sobrenome do qual ele teve de abrir mão, e que um dia iria se tornar mais famoso do que ele jamais poderia ter imaginado. *Kavka*, em tcheco, significa gralha, um termo tão comum que Hermann Kafka escolheu essa espécie de corvo para o logotipo de seu negócio de tecidos e roupas. O fato de seu filho, Franz, ter se sentido atraído pela transmigração entre humano e animal, e de que às vezes o escritor se identificava mais com o lado animal, fica evidente em obras que um dia seriam lidas no mundo todo. O fato de, com seu capacete brilhante de cabelo preto caído sobre a testa como um gorro austero, com seus olhos penetrantes e quase fixos e seu nariz tipo bico, o escritor parecer, entre todos os animais, justamente com uma gralha, é talvez um daqueles acidentes do acaso, que em suas muitas histórias Kafka revelava, de maneira magistral, como projeção de um desejo interior em conflito. O fato de o sobrenome que ele assumiu, Peleg, ser comum entre os que chegaram durante a terceira *aliá*, sugere que a escolha visou o anonimato, provavelmente por alguma autoridade que não viu motivo para objetar o nome Anshel, ou não conseguiu enxergar o melro que Kafka havia contrabandeado ali dentro.

Por muito pouco ele não sobreviveu à viagem. Quando o navio aportou em Haifa, os marinheiros, que haviam se apegado ao homem pálido, gentil e incrivelmente magro, tiveram de carregá-lo nas costas, de modo que sua primeira visão da Terra Prometida foi do céu azul, brilhante e sem nenhuma nuvem que se arqueava sobre ela. Uma criança que estava nas docas esperando um parente distante começou a chorar, achando que os marinheiros carregavam um corpo. Por isso, a primeira frase em hebraico que Kafka ouviu na Palestina foi "Como ele morreu, pai?". E o homem incrivelmente magro, o rosto voltado para o céu, que sempre fora póstumo de si mesmo, sorriu pela primeira vez em uma semana.

Ele vinha encenando a própria morte há anos, não vinha? "Para longe daqui, simplesmente para longe daqui!" Lembra da frase?, Friedman perguntou, os óculos projetando sombras lamacentas sobre seus olhos. É a resposta que o cavaleiro de uma das parábolas de Kafka grita quando lhe perguntam para onde vai, mas poderia muito bem ter sido o epitáfio gravado na lápide do escritor no cemitério judaico de Praga. A vida toda ele sonhou em escapar, mas permaneceu incapaz até de sair do apartamento dos pais. Estar preso e confinado em um ambiente desconcertante, hostil às suas condições internas, no qual você está fadado a ser estupidamente mal compreendido e maltratado porque não consegue enxergar a saída — a partir disso, não preciso lembrá-la, lembrou-me Friedman, Kafka criou a melhor das literaturas. Ninguém — nem Josef K., ou Gregor Samsa, ou o Artista da Fome ou o rato que foge enquanto o mundo se estreita acuando-o para uma armadilha, sem perceber que ele só precisava mudar de direção —, nenhum deles consegue escapar de suas condições existencialistas absurdas; só o que lhes resta é morrer por causa delas. Seria coincidência Kafka acreditar que suas melhores passagens eram encenações de sua própria morte? Ele disse uma vez a Brod que o segredo delas estava no fato de que, enquanto seus substitutos fictícios sofriam, sentindo a morte como algo cruel e injusto, ele próprio se regozijava com a ideia de morrer. Não porque quisesse pôr fim à vida, disse Friedman, baixando a voz enquanto se inclinava na minha direção por sobre a mesa, mas porque sentia que jamais tinha realmente vivido. A luz refletia, difusa, no cabelo branco e macio de Friedman, e por um momento formou como que um halo em sua cabeça. Ele prosseguiu: quando Kafka imaginou seu próprio funeral em uma carta para Brod, descreveu-o como um corpo que sempre fora um cadáver sendo finalmente mandado para o túmulo.

Demorou, mas a tuberculose que o teria matado em Praga começou a ceder na Palestina. E embora se fique tentado a creditar essa recuperação ao cuidado de seus excelentes médicos, ou às estadias frequentes no deserto, onde o ar seco era um bálsamo para seus pulmões, fazê-lo, disse Friedman, seria atribuir à realidade poderes que na verdade pertenciam ao próprio Kafka. Ele sempre tinha dito que sua doença pulmonar, como sua insônia e suas enxaquecas, não passavam de um transbordamento de sua doença espiritual. Uma doença causada por sentimentos reprimidos e sufocados, sem o ar que ele precisava para respirar ou o refúgio para escrever. Já na primeira hemorragia, quando o sangue saiu sem parar, ele sentiu uma onda de empolgação.

Nunca estivera tão bem, escreveu mais tarde, e naquela noite dormiu como há anos não fazia. Para Kafka, essa terrível doença foi como a realização de um profundo desejo. E ainda que muito provavelmente ela o fosse matar, disse Friedman, até que a hora chegasse foi um escape para o escritor: do casamento, do trabalho, de Praga e de sua família. De imediato, sem delongas, ele rompeu seu noivado com Felice. E assim que fez isso, solicitou a aposentadoria imediata de seu trabalho na Companhia de Seguros contra Acidentes de Trabalho. Recebeu apenas uma licença temporária, mas os oito meses que se seguiram foram, como Kafka com frequência dizia, os mais felizes de sua vida. Ele os passou na fazenda de sua irmã Ottla, em Zürau, em um estado de quase euforia, trabalhando no jardim e nos campos, dando de comer aos animais e escrevendo. Kafka sempre considerou que os distúrbios nervosos de sua geração se deviam ao fato de as pessoas terem sido arrancadas das zonas rurais onde viveram seus pais e avós, alienados de si próprios nos limites claustrofóbicos da sociedade urbana. Mas foi somente durante sua convalescença em Zürau, disse-me Friedman, que Kafka teve a oportunidade de experimentar em primeira mão os efeitos restauradores do contato com a terra. Apaixonado pelas escolas agrícolas sionistas abertas por toda Europa, ele tentou convencer Ottla e alguns de seus amigos a se matricular. Naquele mesmo ano começou a aprender hebraico sozinho, e em Zürau completou diligentemente as sessenta e cinco lições de seu livro, progredindo o bastante para conseguir escrever em hebraico para Brod. Entrelaçados, disse Friedman, o anseio por uma relação perdida com a terra e o anseio por uma língua antiga se fundiram em algo mais concreto, e foi nessa mesma época que Kafka começou a desenvolver seriamente sua fantasia de emigrar para a Palestina.

Ele pode até não ter sido um sionista tão ardente ou envolvido quanto seus amigos mais próximos, disse Friedman. Max

Brod, Felix Weltsch e Hugo Bergmann, o amigo mais antigo da escola, tiveram papéis ativos no movimento, envolvendo-se primeiro no grupo de estudantes Bar Kochba em Praga, depois publicando ensaios, proferindo palestras e comprometendo-se a fazer *aliá*. Mas a frase mais famosa de Kafka sobre o sionismo — "Admiro o sionismo e sinto náusea dele" — tem mais a ver com sua personalidade do que com qualquer outra coisa, uma personalidade que não suportava se conformar a nenhuma ideologia. Ele lia os jornais e revistas sionistas compulsivamente e publicou contos neles. Participou do congresso sionista em Viena e até prometeu promover as ações do Hapoalim, o Banco dos Trabalhadores. Foi por meio do contato com pensadores como Buber e Berdyczewski, cujas palestras ouviu em Praga, que Kafka veio a conhecer os contos populares hassídicos, as histórias do Midrash e o misticismo cabalístico, que exerceram uma influência tão profunda em sua escrita. E quanto mais fascinado e consumido ele ficava por esses textos, explicou Friedman, mais se apaixonava por aquela terra natal distante e perdida da qual eles se originavam e a que faziam referência.

Mas, acrescentou Friedman, erguendo um dedo grosso, para compreender verdadeiramente por que Kafka teve de morrer para ir para a Palestina, e por que estava disposto a sacrificar tudo para fazê-lo, seria preciso entender um ponto crítico. E é o seguinte: não foi nunca a *realidade* potencial de Israel que inspirou as fantasias do escritor. Foi sua *irrealidade*.

Aqui Friedman fez uma pausa, deixando seus olhos cinzentos e úmidos pousarem em mim. Tive de novo a impressão de que ele estava me avaliando, de que ainda não havia chegado a uma conclusão a meu respeito, embora parecesse ser tarde demais, pois já estávamos sentados um na frente do outro, com a mala de Kafka no carro e seu segredo esparramado na mesa.

Friedman perguntou se eu lembrava da primeira carta que

Kafka escreveu para Felice. Mas ele tinha escrito umas oitocentas cartas para Felice: não, falei, eu não lembrava da primeira. Bem, os dois haviam se conhecido algumas semanas antes, continuou Friedman, e, como que para retomar o assunto, Kafka lembrou-a da promessa que ela fizera de acompanhá-lo à Palestina. Em um certo sentido, o relacionamento de ambos começou nesse espírito de fantasia, e pode-se dizer que ele continuou nessa linha durante cinco anos, pois em parte devia saber que não ia ou não podia se casar com Felice. Depois que o relacionamento epistolar já se havia iniciado, e que ela pediu desculpas por não responder rápido o bastante, Kafka lhe disse que a culpa não era dela, que o problema vinha de a namorada não saber para onde ou para quem escrever, pois ele próprio não podia ser encontrado. Ele, que nunca tinha realmente vivido, que só sentia que existia na irrealidade da literatura, não tinha endereço neste mundo. Você entende?, perguntou Friedman. De certa maneira, a Palestina era o único lugar tão irreal quanto a literatura, porque outrora foi inventada pela literatura e porque *ainda estava para ser inventada*. De modo que, se fosse para Kafka ter um lar espiritual, um lugar onde pudesse de fato viver, só podia ser ali.

A fantasia de um relacionamento com Felice talvez tenha começado com a fantasia de uma vida na Palestina, continuou Friedman, mas foi só da fantasia de uma vida na Palestina que Kafka nunca desistiu. Ao longo dos anos ela apenas mudou de forma. O escritor se imaginou fazendo trabalho manual num kibutz, vivendo de pão, água e tâmaras. Até escreveu um manifesto para um tal lugar, "Trabalhadores sem posses", propondo um dia de trabalho de não mais de seis horas, os pertences limitados a alguns livros e roupas e a ausência completa de advogados e tribunais, visto que os relacionamentos pessoais seriam baseados somente na confiança. Mais tarde, depois que Hugo Bergmann fez *aliá* e tornou-se diretor da Biblioteca Nacional judaica em Jerusalém, Kafka imaginou uma mesinha de encadernador para si próprio num canto, onde seria deixado em paz em meio a livros velhos e ao cheiro de cola.

Mas a última fantasia de Kafka, a que ele manteve viva no último ano antes de sua morte na Europa, era a que Friedman achava mais bonita, talvez por ser a mais kafkiana. Nesse último ano, ele conheceu e se apaixonou pela filha de um rabino hassídico chamada Dora Diamant, que compartilhava de seu sonho de emigrar para a Palestina. Decidiram ter um restaurante em Tel Aviv, onde Dora ia cozinhar e Kafka servir às mesas. Ele passou a falar cada vez mais desse sonho, especialmente para sua jovem professora de hebraico, Puah Ben-Tovim, que anos depois comentou que Dora não sabia cozinhar e que Kafka teria sido um péssimo garçom, mas que naqueles anos Tel Aviv estava cheia de restaurantes dirigidos por casais assim, e que de certo modo a fantasia surreal de Kafka era mais real do que a princípio se poderia pensar. Consegue imaginar isso?, perguntou-me Friedman com um sorriso divertido. As mesas de madeira e o pôster desbotado do Castelo de Praga ironicamente pendurado na parede, a cuca sob uma tampa de vidro no balcão? E o garçom com entradas no cabelo preto usando um curto paletó escuro, esmagando uma mosca com um sorrisinho zombeteiro?

Falando em voz baixa para não ser ouvido pela progênie de Kafka secando copos junto da máquina de café expresso, Friedman me disse que, há cerca de trinta anos, um dos biógrafos de Kafka tinha ido atrás de Puah Ben-Tovim em Jerusalém e publicado uma entrevista com ela no *New York Times*. Tratava-se da dra. Puah Menczel e contava quase oitenta anos, e ler nas entrelinhas do artigo era ver em ação "a máquina de fumaça de Kafka", como Friedman chamou, uma máquina alimentada por Brod mas que teria sido impossível sem Bergmann e Puah, ambos essenciais no plano para levar Kafka em segredo para a Palestina. Puah fora contratada para trabalhar na biblioteca de Bergmann aos dezoito anos, e a história é que, quando ele percebeu que a funcionária era demasiado qualificada para o trabalho, mandou-a a Praga para estudar matemática, e foi ainda mais longe, arranjando para que ela morasse com seus próprios pais. É esse detalhezinho que salta aos olhos, disse Friedman. Ou saltaria, caso a pessoa olhasse com desconfiança para a biografia oficial, segundo a qual Bergmann mandou Puah para Praga não como emissária, não para começar a trabalhar num plano clandestino que já vinha tomando forma, mas apenas porque era extremamente bondoso. Somente mais tarde ele decidiu enviá-la para encontrar Kafka, a quem ela começou a dar aulas particulares de hebraico duas vezes por semana.

Quando Puah chegou, em 1921, Kafka já estava muito doente. Na entrevista que deu ao ingênuo biógrafo que a encontrou sessenta anos depois, ela descreveu os dolorosos acessos de tosse que interrompiam as aulas e os enormes olhos escuros de Kafka implorando para que a lição continuasse e a professora lhe desse mais uma palavra, e depois outra. No fim, Kafka já tinha progredido o bastante para ler, com Puah, parte de um romance de Brenner. Mas, no artigo do *Times*, o biógrafo do escritor também comenta que, depois que ela largou seus estudos de matemática e mudou-se para a Alemanha, Kafka a seguiu até lá, instalando-se no acampamento para crianças judias onde a professora trabalhava. Mas Puah Ben-Tovim subitamente sumiu do mapa e nunca o viu de novo. Entre os montes de recordações que surgiram depois, na esteira da fama póstuma de Kafka, a maioria incorreta ou de autoridade duvidosa, não há uma só palavra de Puah, comenta o biógrafo. E quando ele por fim a localiza em Jerusalém, e é convidado a visitar o apartamento forrado de livros da professora, recebe uma explicação simples para seu afastamento: Kafka se debatia como um homem se afogando, disposto a agarrar-se a quem chegasse ao alcance de sua mão. E Puah tinha sua própria vida para viver; não possuía vontade ou força para ser enfermeira de um homem muito doente, vinte anos mais velho que ela, nem mesmo se soubesse, na época, o que agora sabia dele. Em outras palavras, sua resposta foi impecável, disse Friedman. Ela conseguiu tirar o corpo fora, satisfazendo de uma vez por todas a curiosidade do biógrafo. E não se pode perguntar mais nada a Puah Ben-Tovim, pois ela está morta.

No entanto, não fosse por essa mulher — e, sobretudo, não fosse por Hugo Bergmann —, o fim teria chegado exatamente como Kafka o imaginara. Como Kafka imaginara, acentuou Friedman, e como Brod mais tarde disseminou: o corpo definhado baixado à terra, a cena de morte bem ensaiada enfim se realizando de maneira irrevogável. O escritor que produziu uma das histórias mais perturbadoras e inesquecíveis de metamorfose deixou este mundo sem jamais ter, ele próprio, se transformado. Isso, contudo, não aconteceu graças ao pequeno conluio encabeçado por Bergmann. Junto com Puah e Max Brod, o grupo incluía Salman Schocken, sem o qual tanto o transporte para a Palestina quanto as subsequentes décadas em que Kafka viveu em Israel teriam sido financeiramente impossíveis. O nome de Schocken é conhecido por causa da editora que mais tarde publicou toda a obra de Kafka na Alemanha e nos Estados Unidos. Quando Bergmann entrou em contato com ele, no verão de 1923, Schocken era apenas o rico proprietário de uma rede de lojas de departamento alemã. Mas, junto com Buber, Schocken também fundou a revista cultural sionista *Der Jude*, de periodicidade mensal, que publicou dois contos de Kafka. Ele também era conhecido como patrono da literatura judaica — àquela altura, era o único benfeitor de Agnon havia quase uma década. Então Bergmann escreveu para ele, contou Friedman, e no outono de 1922 Brod viajou para Berlim a fim de encontrar Schocken pessoalmente e discutir a situação de Kafka.

Mais tarde, Brod levou o crédito por ser o salvador de Kafka. Se alguém se lembra de Hugo Bergmann, é como o primeiro reitor da universidade hebraica e como o professor de filosofia que escreveu sobre a transcendência. Diferente de Brod, Bergmann nunca buscou nenhum reconhecimento por seu papel no salvamento de Kafka. Pelo contrário, disse Friedman; ele estava disposto a servir de bode expiatório, o vilão egoísta para o herói magnânimo de Brod. Segundo a história escrita por Brod, foi graças ao forte encorajamento de Bergmann que Kafka fez planos definitivos de emigrar para a Palestina em outubro de 1923, de viajar para lá com a esposa de Bergmann e ficar com a família deles em Jerusalém até se recuperar e se adaptar. Mas, com a data da viagem se aproximando, Bergmann parece ter mudado de ideia. Temendo que Kafka pudesse contagiar seus filhos com a tuberculose, e que uma pessoa tão doente fosse um peso excessivo para sua esposa, ele voltou atrás no convite. O fato de ninguém jamais ter questionado a implausibilidade de uma virada tão súbita e insensível de alguém que durante mais de vinte anos foi um dos amigos mais próximos de Kafka, sugeriu Friedman, talvez possa ser atribuído ao Holocausto, que àquela altura já havia saturado o mundo com as histórias das inúmeras pessoas que recusaram um porto seguro até para os mais próximos por medo de se comprometer. Mas a verdade é que, sem Hugo Bergmann, Kafka jamais teria conseguido chegar à Palestina, aceitaria sua pena perpétua sem jamais escapar da tirania do pai e não sairia da Europa, onde, se tivesse sobrevivido à tuberculose, teria sido, mais tarde, assassinado pelos nazistas junto com suas três irmãs. Em 1974, Bergmann recebeu o Prêmio Israel por sua "contribuição especial à sociedade e ao Estado de Israel", falou Friedman.

Mas apenas um pequeno grupo de pessoas sabia da real extensão dessa sua contribuição especial.

Em 1924 Max Brod era o único que ainda vivia em Praga. Por isso era o único com chances razoáveis de herdar os manuscritos de Kafka após sua morte e assumir o papel de controlador de seu destino, começando por supostamente desobedecer ao último pedido de Kafka de queimar tudo. Como Brod era escritor, e visto ser necessário distanciar todos os outros do caso, ele também se tornou o guardião da lenda de Kafka. E visto que a lenda ainda não existia, e que Kafka ainda era praticamente um desconhecido, Brod tornou-se seu único autor. Mais tarde ele descreveria como, logo após a morte do amigo, ficou arrasado demais para começar a trabalhar numa biografia. Além disso, estava sobrecarregado com o laborioso trabalho prático de pôr toda a papelada de Kafka em ordem, criando uma bibliografia e preparando os manuscritos para publicação. Assim, em lugar da biografia, Brod escreveu o que chamou de *eine lebendige Dichtung* — "uma criação literária viva" —, um *roman à clef* em que apresentava o retrato original do santo sofredor e doente no qual cada retrato posterior de Kafka se baseou desde então.

Zauberreich der Liebe, disse Friedman, se o título já não deixa claro — *O reino mágico do amor* —, é um romance lixo que teria sido relegado ao monte da poeira literária no dia seguinte à sua publicação se não fosse pelo personagem de Richard Garta. Quando o romance começa, o escritor Garta já morreu em Praga. Então nós mesmos jamais chegamos a encontrá-lo, só podemos conhecê-lo através das lembranças do protagonista da história, Christoph Nowy, o amigo íntimo de Garta e atual executor de seu espólio literário. Nowy tem constantes recordações de Garta, lembra-o de forma quase obsessiva, consultando-o internamente e chegando até a fornecer as respostas de seu amigo morto. Nesse sentido, o romance apresenta não só o retrato ori-

199

ginal de Kafka, mas também o raciocínio de Brod para construir uma imagem de Kafka por meio de suas próprias lembranças purificadas. Assim como os leitores de *Zauberreich der Liebe* jamais podem conhecer o santo Garta a não ser pela mediação de Nowy, também o mundo, ainda hoje, jamais conheceu Kafka senão pelo prisma do Garta de Brod.

Friedman começou a vasculhar a pasta de couro que tinha trazido do carro até encontrar uma fotocópia amassada. "Garta", começou ele a ler, que "de todos os sábios e profetas que passaram pela terra, era o mais silencioso", que, "se ao menos tivesse tido autoconfiança suficiente, haveria de se tornar um guia para a humanidade." Friedman fez uma pausa e olhou para mim com as sobrancelhas erguidas. "É um belo lixo, não?", disse ele, a boca curvando-se num sorriso. No entanto, considerando apenas o nível da estratégia, continuou, há algo de genial nisso, tanto quanto na história de recusar a última vontade de um Kafka moribundo, de pegar cada papel que ele deixara para trás e queimar tudo sem ler. Quando o mundo lentamente despertou para o Kafka de Brod, ele provou-se irresistível. E ainda que a lenda tenha sido obra do próprio Brod, nas décadas que se seguiram ela se expandiu e foi embelezada pelas hordas de kafkólogos que continuaram do ponto onde Brod havia parado, produzindo alegremente mais mitologia sobre Kafka sem jamais questionar sua fonte. Quase tudo — *tudo* — que se sabe a respeito de Kafka pode ser associado a Brod, incluindo qualquer coisa tirada de suas cartas e diários, uma vez que, claro, foi Brod quem os reuniu e editou. Ele apresentou Kafka ao mundo, controlando, portanto, cada mínimo detalhe de sua imagem e reputação até ele próprio morrer em 1968, deixando o espólio de Kafka nas mãos de sua amante, Esther Hoffe, num estado de confusão e desordem suficiente para garantir que, até hoje, sua autoridade jamais fosse passada adiante ou compartilhada, e que o golem de Kafka que ele moldou com suas próprias mãos continuasse a vagar pela terra.

Mas Brod nos deixou uma pista enorme. "Ele não podia evitar, acho", supôs Friedman. A tentação de divulgar tudo e revelar a genialidade de sua própria obra era grande demais, de modo que ele escondeu a verdade à vista de todos. Em *Zauberreich der Liebe*, Nowy parte para a Palestina a fim de encontrar o irmão mais novo de Garta, que fizera *aliá* e morava num kibutz. Por meio dele, Nowy descobre que Garta era sionista — não só simpatizava com o movimento, mas suas convicções e atividades sionistas eram absolutamente centrais para sua vida e para o senso de si próprio. Trata-se de uma revelação e tanto para Nowy, que nem desconfiava dessa paixão secreta de seu amigo mais próximo. Além disso, o irmão de Garta diz a Nowy que Garta secretamente escrevia em hebraico, e foi o "conteúdo espetacular" desses cadernos em hebraico que o convenceu a fazer *aliá* e a se tornar um pioneiro. Como assim?, comentou Friedman, erguendo as pesadas sobrancelhas de novo. Cadernos em hebraico? Se alguém estivesse lendo *Zauberreich der Liebe* em busca de notícias de Kafka, poderia parar e perguntar: "*Que* cadernos em hebraico?".

Quando Brod enfim conseguiu escrever a biografia real de Kafka, descreveu a "reserva solitária" do amigo. Só depois de alguns anos de amizade, por exemplo, Kafka revelou-lhe que escrevia. Contudo, em certo sentido, o romance laudatório de Brod, e toda a mitologia subsequente para a qual ele serve de fundamento, esconde um jogo mais sutil, revelando e obscurecendo ao mesmo tempo o verdadeiro Kafka. Nem um único crítico foi atrás da referência a aqueles cadernos em hebraico, disse Friedman, ou da sugestão de que Kafka poderia ter escrito em hebraico. Os únicos cadernos "em hebraico" conhecidos são os quatro caderninhos in-oitavo usados em suas aulas com Puah, incluindo o de capa azul caindo aos pedaços que está nos arquivos da Biblioteca Nacional de Israel, onde Brod o depositou. Nele há listas de palavras em alemão traduzidas para o hebraico na letra conhecida de Kafka, termos que não poderiam corresponder melhor à lenda. Friedman remexeu nos papéis da pasta, tirou outra fotocópia com orelhas nas pontas e foi apontando para cada palavra conforme ia traduzindo:

Inocente

Sofrimento

Doloroso

Repugnância

Assustador

Frágil

Gênio

Alguém que estivesse desprevenido poderia pensar que essa é uma paródia para o Kafka sofredor de Brod, aquele que aparentemente morreu em um sanatório aos quarenta anos. "Mas há outra história a ser contada", disse Friedman. "Você entende?", perguntou de novo, mas, como eu ainda não entendia plenamente, como, de modo tão estranho, entender me parecia algo cada vez mais distante, eu só podia continuar olhando para ele com o que esperava ser um olhar de compreensão. Uma história da vida após a morte em hebraico de Kafka, disse Friedman. Uma história em que ele escapou para aquela língua antiga e nova, assim como seu corpo escapou para uma terra antiga e nova. Em que faz a "travessia" para o hebraico, que é a tradução literal de *Ivrit*, derivado de Abraão, o primeiro hebreu, ou *Ivri*, que atravessou o rio Jordão para Israel. Em hebraico, a tradução de *A metamorfose* é *Ha Gilgul*. "Você sabe o que *gilgul* significa, não sabe?", indagou Friedmann. O título iídiche — *Der Gilgul*

— é praticamente o mesmo. Ou seja, para os judeus *A metamorfose* sempre foi uma história não sobre a mudança de uma forma para outra, mas sobre a continuidade da alma através de diferentes realidades materiais.

Friedman finalmente silenciou, virando-se para olhar a paisagem. Acompanhei seu olhar até as torres da igreja e o portão de Jafa, tentando absorver tudo o que acabara de ouvir. Mas não eram somente a autoridade de Friedman e a apresentação metódica da evidência que dificultavam as coisas, impedindo que eu o descartasse como um acadêmico empolgado que saiu dos trilhos. Sob o encanto de Friedman, disposta a acreditar no que a princípio parecera inacreditável, eu podia sentir em meu próprio corpo a claustrofobia de Kafka e seu anseio por um outro mundo, e como, para ele, a única fuga possível só podia ser definitiva e irreversível. E porque, entre duas histórias da vida e da morte de Kafka, a que Friedman esboçara me parecia ter a forma mais bela — mais complexa, mas também mais sutil; portanto, mais próxima da verdade. À luz dela, a história conhecida soava tola, exagerada e cheia de clichês.

Se algo não parecia se encaixar, era apenas a passividade de Kafka quanto ao destino de sua obra. A edição de Brod foi notoriamente intrusiva. Ele cortou, editou, reordenou e pontuou a seu bel-prazer. Publicou livros que Kafka considerou inacabados. Uma coisa é ser transformado num santo, mas como esperar que se acreditasse no silêncio de Kafka diante de um Brod bancando o açougueiro?

"O que te garante que as edições não foram de Kafka?", perguntou Friedman. "Ou que não havia razões extraliterárias para as decisões editoriais de Brod? Você já questionou por que o romance *Amerika* não foi publicado com o título do próprio Kafka, *Der Verschollene*? Sabe o que *Der Verschollene* significa? *O homem que desapareceu*. Ou mesmo *O homem que sumiu*.

Passados apenas três anos da morte de Kafka em Praga, um título desses estava absolutamente fora de cogitação.

"Quanto à publicação das ditas obras inacabadas", continuou Friedman, "não percebe quão brilhante foi isso? Pense só: que escritor não iria querer que seus contos, livros e peças fossem publicados sob a alegação de que permaneceram inacabados? De que ele morreu, ou então foi impedido, antes de poder deixá-los no estado de perfeição que imaginara, que existia dentro dele, e que ele teria podido revelar em sua obra se ao menos tivesse tido mais tempo?"

O garçom veio até a mesa retirar nossos pratos, mas, apesar de já ter se passado uma hora, nenhum de nós dois tinha tocado na comida. Então o homem encheu de novo nossos copos com água e voltou para a cozinha.

Perguntei onde Kafka tinha morado, e Friedman me disse que, logo que chegou, ele ficou hospedado numa casa perto dos Bergmann. Sua saúde foi melhorando de maneira progressiva ao longo do verão. O sigilo era primordial e, fora do pequeno círculo cabalístico diretamente envolvido, a única pessoa que sabia era a irmã de Kafka, Ottla. No instante em que desembarcou do navio em Haifa, ele já não era mais o escritor Kafka. Era um simples judeu magro e debilitado de Praga, convalescendo no clima quente de seu novo país. Naquele outono, Agnon retornou à Palestina depois de doze anos na Alemanha — um incêndio tinha atingido sua casa lá, destruindo todos os seus manuscritos e livros —, mas nada sugere que os dois escritores chegaram a se encontrar. Schocken instalou Agnon em Talpiot, e alguns meses depois mudou Kafka para uma casa no novíssimo subúrbio-jardim judaico-alemão de Rehavia, onde seu quarto dava para o terreno atrás da moradia. À tarde, depois da *Schlafstunde*, durante a qual a tranquilidade tinha de reinar em todas as ruas e escadarias de Rehavia, ele com frequência saía para sentar debaixo de uma árvore no terreno cheio de mato que durante séculos ficara abandonado. Começou a mexer ali — arrancando ervas daninhas de um lado, cortando e podando do outro —, e logo descobriu que, se na Europa tinha sido apenas um jardineiro medíocre, ou nem isso, na Palestina tudo o que tocava parecia prosperar. Else Bergmann o presenteou com alguns catálogos de sementes, e ele começou a encomendar bulbos de açafrão e íris-argelino. Um visitante que espiasse o jardim à tarde poderia encontrar o homem magro da tosse curvado, embebendo a raiz de algumas rosas em sais de Epsom ou retirando pedras do solo. Em pouco tempo, o terreno atrás da casa em Rehavia começou a florescer.

Recentemente, Friedman revelou ter deparado com as seguintes frases nos *Diários* de Kafka: "Você tem a chance, única na vida, de recomeçar. Não a desperdice". E algumas páginas depois: "Ah, belíssima hora, situação magistral, jardim luxuriante. Você dá as costas para a casa e vê, correndo na sua direção na trilha do jardim, a deusa da felicidade". As entradas datavam dos primeiros dias em Zürau, mas Friedman não podia deixar de acreditar que foram escritas, na verdade, depois que Kafka mudou-se para a casa em Rehavia.

Diante da minha confusão, ele vasculhou uma última vez a pasta de couro e tirou outra fotocópia, que empurrou sobre a mesa. O trecho em questão estava sublinhado com uma caneta trêmula. "Por que eu quis deixar este mundo?", dizia.

Porque "ele" não me deixava viver nele, em seu mundo. Embora eu não deva realmente emitir um juízo tão preciso, pois agora sou um cidadão deste outro mundo, que está para o mundo ordinário como a selva está para a terra cultivada (passei quarenta anos vagando para longe de Canaã); olho para trás e vejo-o como um estrangeiro, ainda que neste mundo também — é a herança paterna que carrego comigo — eu seja a mais insignificante e tímida das criaturas e só consiga me manter vivo graças ao seu funcionamento especial.

Leio esse trecho extraordinário três vezes. No canto superior direito da página estava o título do livro do qual fora extraído, *Cartas para Felice*. Quando ergo os olhos de novo, Friedman me observava. "Preciso lembrá-la", sussurrou ele, "que Schocken só foi publicar estas cartas em 1963?" Tentando acompanhá-lo, perguntei se ele estava sugerindo que Kafka tinha escrito textos *depois* de 1924 e que Brod os metera entre os papéis dos diários e cartas que publicou. O canto da boca de Friedman ergueu-se em um sorriso. "Diga-me, minha cara", falou ele, "você realmente acreditou que Kafka escreveu oitocentas cartas para uma única mulher?"

Uma ideia do que Friedman talvez estivesse querendo de mim lentamente começou a se formar: não se tratava de escrever o fim de uma peça real de Kafka, mas sim o fim real de sua vida. Max Brod, sua fumaça e sua escrita lixo já haviam sido enterrados no passado. Logo Eva Hoffe também ficaria para trás. Nesse ínterim, o caso por fim seria decidido pelo Supremo Tribunal, e se Eva Hoffe perdesse, o que era quase certo, os arquivos ocultos de Kafka seriam entregues ao Estado de Israel, e sua falsa morte e a viagem secreta para a Palestina, reveladas ao mundo. Será que Friedman queria se adiantar à história para controlar como ela seria escrita? Moldar, pela ficção, a história da vida após a morte de Kafka em Israel, como Brod tinha moldado a história canônica de sua vida e morte na Europa?

Como se tivesse pressentido minha percepção, Friedman rapidamente se encaminhou para o fim da história. O então recém-construído bairro de Rehavia, disse-me, logo ficou cheio de intelectuais de Berlim e de Viena que jogavam tênis na quadra, encontravam-se nos cafés que eles mesmos abriram e nas casas que construíram no estilo art déco, parecidas com as que tinham deixado para trás na Renânia. Kafka mudara-se para lá em 1925, no mesmo ano que Brod publicou *O processo* na Europa. Se o risco de topar com alguém em Rehavia que o conhecia de casa já o assombrava, no ano seguinte, quando *O castelo* foi publicado na Europa, a situação se tornou insustentável. A pedido dele próprio, Kafka foi transferido para um kibutz no Norte, perto do Mar da Galileia. Ali recebeu uma casa simples, à beira dos limoeiros, e assumiu um trabalho, também a seu pedido, sob o comando do jardineiro principal. A vida no kibutz lhe caía bem. Mesmo que, no início, as pessoas tivessem estranhado sua reticência e seu pendor para a solidão, com o tempo ele ganhou uma reputação de jardineiro muito habilidoso, que passava longas horas entre as plantas; depois que encontrou um modo de tratar a antiga figueira doente, sob cuja sombra profunda os membros com frequência se reuniam, não houve mais dúvidas quanto a seu valor e ele foi deixado em paz para fazer o que bem entendesse. Era amado pelas crianças por causa das pequenas bonecas e aviões de pau-de-balsa que costumava fazer para elas e por seu astuto senso de humor. Como adorava nadar, pelo menos uma vez por semana Kafka tomava banho no mar da Galileia, onde ia tão para o fundo que, para quem estava na costa, tornava-se apenas um pontinho preto na água.

Ao longo dos quinze anos seguintes, ele viveu na obscuridade no kibutz. Mesmo enquanto o escritor Kafka ganhava fama no resto do mundo, disse Friedman, em Israel ele continuou desconhecido. A primeira tradução para o hebraico de um romance de Kafka — *Amerika* — só veio a ser organizada por Schocken em 1945. *O processo* só foi traduzido para o hebraico em 1951, e *O castelo*, em 1967. Schocken tinha bons motivos para adiar as publicações por tanto tempo, mas, mesmo depois que o textos ficaram disponíveis em hebraico, Kafka não foi abraçado em Israel. Era um escritor *Galut* — que encarnava a inadequação do exílio, e que tinha engolido a sentença de um pai tirano —, e isso o distanciava completamente da cultura enérgica do sionismo, que exigia uma ruptura total com o passado, uma deposição do pai. Foi só em 1983, no centenário de seu nascimento, que uma conferência sobre Kafka foi enfim organizada em Israel, mas até hoje ainda não há uma edição em hebraico de sua obra completa. Contudo, foi essa negligência que permitiu que Kafka preservasse seu anonimato e sua liberdade.

Hermann Kafka, que quase teve um colapso no funeral de Franz, jamais superou a perda do filho: sua saúde rapidamente se deteriorou, confinando-o a uma cadeira de rodas. Em 1931, o cruel e dominador pai, em cuja tirania e rude falta de compreensão Kafka pôs a culpa pela maioria de seus sofrimentos, morreu como um homem acabado. Impossível pensar que Kafka não tivesse sentido um outro tipo de sofrimento ao saber que a morte que havia imaginado com todo cuidado, e o luto que infantilmente fantasiara, tinham apressado a morte de seu pai. O fato talvez o tivesse levado a questionar se o pai fora realmente metade do monstro que ele tanto temia. Em março de 1939, as tropas de Hitler entraram em Praga, e em 1941 as duas irmãs mais velhas de Kafka e suas famílias foram mandadas para o gueto de Lodz. Ottla permaneceu em Praga até agosto de 1942, quando foi transportada para Theresienstadt. É quase certo que irmão e irmã trocaram cartas, mas, se algo dessa correspondência ainda existe, deve estar escondido no tesouro da rua Spinoza. Em outubro do ano seguinte, disse-me Friedman, Ottla ofereceu-se, como voluntária, para acompanhar um grupo de crianças de Theresienstadt para o que acreditava ser a segurança no exterior. Em vez disso, eles foram levados para Auschwitz e assassinados nas câmaras de gás. A última carta que se conhece de Ottla foi escrita para o marido, que não era judeu e, portanto, pôde ficar em Praga com as duas filhas do casal. Ela lhe disse que estava bem. Provavelmente escreveu algo parecido para o irmão. Quase seis meses se passaram até Kafka receber a notícia de sua morte. "Acredito que ele nunca mais foi o mesmo depois disso", falou Friedman. Kafka deixou o kibutz pouco tempo depois e, após 1944, morou em diferentes apartamentos em Tel Aviv, circulando inquieto pela cidade, assombrado pela ideia de que seria descoberto e exposto. No final de 1953, o jardineiro Anshel Peleg mudou-se pela última vez. Apaixonara-se pelo deserto em suas primeiras estadias lá, quando os médicos prescreveram aquele ar seco para seus pulmões. Depois de quinze anos no kibutz, e das constantes mudanças pela cidade, ele tinha bem poucos pertences. Max Brod, que àquela altura também morava em Tel Aviv, ficou com todos os seus papéis. Assim, carregando pouco mais que uma pequena mala e uma mochila cheia de livros, ele partiu para o deserto no jipe que Schocken havia fornecido.

Florestas de Israel

Epstein sonhou que caminhava por uma floresta antiga. Fazia frio, tanto frio que sua respiração pairava, congelada, no ar. As agulhas pretas dos pinheiros estavam salpicadas de neve, e no ar havia um perfume de resina. Tudo era escuro — o chão úmido, os ramos grandes e elevados das árvores banhados em uma luz baça e silenciosa, a casca, as pinhas penduradas no alto —, tudo exceto a neve branca e o par de pantufas vermelhas em seus pés. Cercado pelas altas árvores, ele teve a sensação de estar protegido, a salvo de qualquer coisa que pudesse querer lhe fazer mal. Não havia vento. O mundo estava imóvel, uma imobilidade muito próxima da alegria. Epstein caminhou por um longo tempo, esmagando a neve sob seus pés, e foi só quando tropeçou numa raiz que olhou para baixo e reconheceu as pantufas. De feltro vermelho, compradas na Europa pela prima de sua mãe, mais bonitas do que práticas, as solas tão finas que mal cumpriam a função de proteger seus pés do frio. A sensação de ver algo há muito esquecido mas intensamente familiar o dominou, e naquele instante ele se deu conta de que, afinal, não tinha crescido. De alguma forma, sem que ninguém soubesse, principalmente ele mesmo, permanecera criança esse tempo todo.

Por fim chegou a uma clareira, e ali no centro viu um pedestal de pedra. Curvando-se, limpou a neve, e as letras douradas apareceram sob seus dedos congelados de frio:

EM MEMÓRIA DE SOL E EDIE

O SOL E A TERRA

Quando acordou, tremendo, Epstein sentiu os lençóis encharcados de suor. Saiu da cama tropeçando pelo quarto de hotel e desligou a corrente gelada do ar-condicionado. Abrindo as pesadas cortinas, viu que já havia amanhecido. Empurrou a porta corrediça de vidro da sacada e uma brisa quente entrou, carregando o som das ondas se quebrando. Ele sentiu o sol na pele e inalou o ar salgado. Em seu pijama úmido, inclinou-se sobre a balaustrada, piscando diante da luz oleosa que brilhava forte na superfície da água. Pensou em ir nadar. Seria bom depois da estranha intensidade dos últimos dias. Recordou de novo o russo que o havia tirado de debaixo das ondas, um homem que apenas riu e lhe deu um tapinha nas costas quando Epstein ofereceu recompensá-lo, e que disse que, se ele ficasse fora da água, já seria pagamento suficiente. Mas por que Epstein não deveria mergulhar outra vez? Pelo contrário, justamente *por causa* de seu quase afogamento é que devia entrar na água sem titubear, antes que o medo tivesse a chance de acumular tensão e se solidificar num impasse. Ele nadava bem, sempre fora um bom nadador. Dessa vez prestaria mais atenção. E, de toda forma, o mar estava mais calmo.

Mas, assim que voltou ao quarto gelado para pegar seu calção de banho, o sonho da floresta voltou à sua mente, a escuridão e a neve branca tão vívidas quanto antes. De súbito ele captou algo de sua essência, detendo-se empolgado diante da cama desfeita. Afundou no edredom apenas para erguer-se num salto no instante seguinte e começar a andar de um lado para outro. Mas por que não pensara nisso antes? De volta à sacada, inclinou o corpo para absorver a vista toda. Mas é claro — sim — que belo sentido fazia!

Vasculhou os lençóis úmidos à procura do celular e veio-lhe uma imagem fugaz do aparelho perdido. Vai saber onde ele estava... Em algum lugar de Ramala, fazendo ligações para Damasco. Não havia nada na cama amarfanhada. Ele verificou a escrivaninha, depois voltou e ergueu o livro que tinha deixado virado para baixo na mesa de cabeceira antes de dormir, descobrindo o telefone novo sob as páginas. Ligou para sua assistente, Sharon, mas depois do segundo toque lembrou que era madrugada em Nova York. Após o sexto toque, desistiu e ligou para seu primo.

“Moti, é Jules.”

“Só um segundo —‏ חרא! חרא חתיכת‎! — Inacreditável! O filho da puta simplesmente desligou na minha cara. O que foi que você disse? Pode falar, estou ouvindo.”

“Com quem eu falo sobre plantar...”

“‏נבלה‎!”

“Quê?”

“Vá em frente, falar com quem sobre o quê?”

“Árvores. Plantar árvores.”

“*Árvores*? Tipo pra, como é que chama...”

“Árvores! Como tem sido feito desde antes da criação do Estado. Minha mãe costumava me mandar pelo bairro com uma caixa de coleta azul e branca.” Epstein lembrava de como as moedas tilintavam na caixa de metal enquanto ele ia de casa em casa, mas não conseguia lembrar o nome da fundação. “Árvores para as encostas de Jerusalém, acho. Não sei, para o monte

Hebron. Depois, na escola hebraica, eles nos mostraram a foto de crianças com o *kova tembel* plantando as mudas para as quais tínhamos arrecadado dinheiro nos Estados Unidos."

"O que, o Keren Kayemet LeIsrael?"

"Isso, espera...o Fundo Nacional Judaico, certo? Você poderia me colocar em contato com alguém de lá?"

"Você quer plantar *árvores*, Yuda?", perguntou Moti, usando o apelido hebraico da infância de Epstein.

"Não árvores", disse Epstein, com doçura, "uma floresta inteira." Um arrepio percorreu seus braços enquanto ele lembrava da imobilidade condensada sob os delicados galhos escuros.

"Já temos árvores o bastante. Agora o problema é água. A última notícia que tive é que eles estavam trabalhando para transformar água do mar em fruta. Não me surpreenderia se tentassem te convencer a cavar um buraco no chão em vez disso. O Reservatório Memorial Edith e Solomon Epstein."

Epstein imaginou o buraco de seus pais, a chuva de inverno caindo nele.

"Mas é claro que eles ainda estão plantando árvores", retrucou. "Você pode me arranjar um número ou não? Se não, eu falo com a recepcionista."

Mas para Moti seria impensável deixar Epstein pedir para outra pessoa um favor que ele próprio podia fazer e que mais tarde poderia recompensá-lo. "Me dê meia hora", disse, acendendo um cigarro e exalando no telefone. Quando chegasse a Petah Tikva, faria umas ligações. Achava que conhecia alguém que tinha um contato lá. Epstein não duvidou: não havia nada que Moti — que lutara em três guerras, casara e se divorciara duas vezes e que tinha mais profissões do que Epstein podia se lembrar — não pudesse arranjar.

"Diga a eles que quero construir uma floresta. Pinheiros, até onde a vista pode alcançar."

"Claro, uma floresta de dois milhões de dólares, vou avisá-los. Mas, Deus me perdoe, isso dói. Caso você mude de ideia, há um lugar que posso lhe mostrar, que é só vidro e mármore italiano, e uma Jacuzzi com uma vista que vai até a Sicília."

Mas, quando Moti ligou de volta naquela tarde, disse a Epstein que já estava tudo acertado. "Temos um encontro com eles amanhã", disse. "À uma da tarde no Cantina."

"Obrigado. Mas não precisa se preocupar em ir. Não é o seu tipo de coisa. Não vai haver nenhuma mulher pelada."

"É isso que me preocupa. O que você faz com sua vida é problema seu, mas você tem sessenta e oito, Yuda, não vai viver para sempre, está finalmente divorciado, livre, e fica pensando em rabinos e florestas, esquecendo o fato de que há sempre mulheres peladas por toda parte. Estou olhando para uma agora mesmo, com um vestido amarelo. E, vou te falar, esse é um tipo de alegria que você jamais vai encontrar numa floresta em memória de seus pais, que, até onde me lembro, não tinham nenhum interesse por árvores. Estou enganado, Yuda? Mas uma mulher, isso é algo que seu pai, que Deus o tenha, poderia ter entendido. Pense no que estou te dizendo. Te encontro amanhã à uma", disse ele, e antes de voltar para a shivá da família enlutada que visitava, ligou para o dono do Cantina pedindo-lhe para separar a garrafa mais cara de Chardonnay do restaurante.

Alguns dias depois, Epstein estava no topo de uma montanha, flanqueado pela chefe do departamento de expansão do fnj, por uma das especialistas em silvicultura deles e por Moti, que tinha insistido em tirar uma folga da agência imobiliária em que trabalhava para acompanhar o primo. A diretora de desenvolvimento do fnj estava no exterior, mas Epstein tinha se recusado a esperar, de modo que mandaram em seu lugar a gerente do departamento de expansão, uma publicitária pequena de óculos de sol baratos que saíra com os sapatos errados. Ela passara o dia dirigindo e, tendo-o levado a três lugares diferentes, já expandira ao máximo os limites de sua capacidade e começava a perder a paciência. O último lugar que mostrou tinha sido devastado por incêndios florestais e precisava desesperadamente de reabilitação. A doação de Epstein bastaria para replantar a área toda, explicou a gerente. Um dia os filhos dele caminhariam ali sob a sombra fresca da floresta de seus avós, e os filhos de seus filhos e, se Deus quisesse, os filhos deles também.

Mas, observando a paisagem de tocos carbonizados, Epstein balançou a cabeça. "Não é essa", murmurou, voltando na direção do carro.

O que exatamente ele estava procurando, então?, quis saber a gerente de expansão, enérgica, correndo atrás dele.

"Você ouviu", Moti exclamou, atirando-se mais uma vez no banco de trás ao lado da especialista em silvicultura, uma jovem de bermuda cáqui, fluente em todas as coisas arbóreas, que, no que se referia a Moti, era a única coisa que tinha tornado o dia suportável. "Ele disse que não serve, então não serve. *Yalla*."

Afastando a tira de sua sandália, a gerente de expansão esfregou o calo em seu calcanhar no banco do motorista enquanto Epstein se limitava a repetir que saberia qual era o lugar quando o visse. Então ela engoliu a frustração e deu a partida, ligando o aparelho de ar condicionado no máximo e secando o suor da testa com um lenço, que ficou manchado com sua maquiagem alaranjada. Atrás dela, Moti começou a tirar um cigarro de seu maço amassado, mas, sentindo o olhar desaprovador de Galit, a especialista em silvicultura, enfiou o maço de volta no bolso, tossiu e conferiu o celular mais uma vez para ver se havia sinal. Inclinando-se para a frente, Galit falou para Epstein sobre o trabalho de reflorestamento que a fundação fazia nos uádis, para deter a erosão. Mas Epstein não estava interessado em plantar nos uádis, e depois de um tempo ela também se calou, recostando-se em seu assento. Já dissera a Epstein quase tudo o que sabia sobre a região mediterrânea, as regiões irano-turaniana e do Saara-Sind, sobre árido e semiárido, precipitação média anual, mudas por *dunam*, qualidade do solo, encostas e planícies, a fenda do vale do Jordão, a litologia do monte Hebron, as vantagens do carvalho do Mediterrâneo, do pistache, da alfarrobeira, do tamarisco, do pinheiro-de-alepo e da coroa-de-cristo, nomes que, aos olhos dela, pareciam roçar em algo nas profundezas dele, sem jamais tocar no que ele realmente queria saber.

Vinte minutos depois, entraram de novo numa zona com sinal e o celular da gerente de expansão tocou com uma mensagem do escritório sugerindo um último local. Moti afundou no banco com um grunhido e atirou a cabeça para trás, ou por causa das mensagens que tinham acabado de chegar no seu próprio celular, ou porque já havia considerado que o dinheiro de Epstein estava a salvo e seu trabalho terminado naquele dia.

Virando lentamente a cabeça, ele abriu os olhos e olhou para Galit.

"Querida", disse baixinho em hebraico, "há alguma coisa além de árvores de que você gosta? Porque, se der um jeito para que esta floresta não aconteça, posso conseguir uma semana num hotel em Eilat com seu namorado. Meu amigo tem um lugar lá bem de frente para o mar Vermelho. Vocês podem fazer mergulho, deitar na praia, e você verá como consegue esquecer rapidinho todo esse negócio de erosão." E, como Galit apenas revirou os olhos, Moti voltou o rosto para o outro lado e olhou para o deserto.

Depois de seguirem pelo vale do Jordão até o monte Hebron, finalmente, quase às cinco da tarde, chegaram à encosta de uma montanha no Neguebe do norte. E ali, onde não havia nada além do céu e da terra rochosa ficando vermelha e depois dourada no pôr do sol, Epstein foi convidado a imaginar uma floresta.

A luz encheu sua cabeça. Encheu-a até a borda, ameaçando derramar-se. Quando a sensação passou, e a luz escorreu, o encanto ficou para trás como um sedimento, uma areia fina tão antiga quanto o mundo. Tonto, ele afastou-se dos outros para ficar sozinho num afloramento da encosta da colina, e viu fileiras infinitas de mudas se estendendo sob o sol escaldante.

Houve um tempo, Galit havia lhe dito, em que todo o sul e o leste do Mediterrâneo, do Líbano até o norte da África e a Grécia, eram cobertos de florestas. Mas, a cada guerra, elas foram sendo devastadas, sua madeira transformada em frotas que, no final, acabaram no fundo do mar com seus afogados. Assim, pouco a pouco, conforme as árvores eram arrancadas e o solo arruinado, a terra secou, e o solo fértil foi soprado para longe por ventos quentes, ou levado embora pela chuva e pelos rios. E onde outrora seiscentas cidades tinham florescido na costa do norte da África, a população foi diminuindo, a areia soprou e cobriu com dunas as ruínas de cidades vazias. Já no século IV a.C. Platão escreveu sobre a devastação das florestas que antes cobriam toda a Ática, deixando para trás apenas o esqueleto da terra. E foi isso que aconteceu ali também. O monte Líbano foi arrasado para a construção dos templos de Tiro e Sídon, e depois para o primeiro e o segundo templos de Jerusalém; a destruição das florestas de Saron, Carmelo e Basã foi o tema do profeta Isaías em 590 a.C., e Josefo escreveu sobre a devastação generalizada de enormes extensões de florestas durante as Guerras Judaicas cerca de quinhentos anos depois. Jerusalém, igualmente, em outros tempos era cercada por florestas de pinheiros e amendoeiras e oliveiras, assim como toda a região das montanhas da Judeia até a costa: outrora isso tudo era coberto por uma escura e exuberante floresta. A palavra "floresta",

Epstein se deu conta, depois de uma vida pronunciando-a na ignorância, trazia em si a ideia de descanso: *for rest*.

Moti chegou por trás dele, acendeu um cigarro e exalou com vontade. Ficou mudo diante da expansão ilimitada. Os dois homens ficaram juntos em silêncio, como velhos amigos que tinham falado sobre muitas coisas pessoais ao longo da vida, quando, na verdade, apesar de todos os anos em que se conheciam, jamais tinham conversado realmente sobre nada.

"Qual é a dos judeus com os montes?", perguntou Epstein por fim, mais para si mesmo do que para Moti. "Eles vivem subindo para ter experiências importantes neles."

"Só para depois descerem correndo de novo." Moti apagou a ponta de seu cigarro numa rocha. "A menos que tenham de ser carregados para baixo em sacos para cadáveres, como de Massada, ou de Beaufort, como o filho de Itzy. Pessoalmente, prefiro nem subir." Mas Epstein estava de costas para ele, e por isso então Moti não pôde ver sua resposta, se é que havia uma.

"Yuda", disse ele de novo após uma longa pausa, "o que a gente está fazendo aqui? É séria a pergunta. A vida toda eu o conheço, mas você não parece mais o mesmo ultimamente. Anda esquecendo as coisas — esses dias não conseguia lembrar que Chaya se chamava Chaya, apesar de conhecê-la há cinquenta anos, e aí você esqueceu a carteira na mesa depois de pagar. E perdeu peso. Você foi ver um médico?"

Mas Epstein não ouviu, ou escolheu não ouvir, ou não quis responder. Minutos se passaram, em que eles ficaram sentados, olhando em silêncio para as colinas rubras ao longe, até que por fim Epstein falou.

"Lembro de quando tinha sete ou oito anos, logo depois que nos mudamos para os Estados Unidos. Um garoto, dois ou três anos mais velho, começou a implicar comigo na saída da escola. Um dia cheguei em casa com o nariz sangrando, e meu pai me agarrou no corredor e arrancou a história de mim. Ele ficou lívido. 'Você volta lá agora mesmo com um pau e racha a cabeça dele!' Minha mãe ouviu isso e veio correndo para a sala. 'O que é que você está dizendo?', gritou. 'Estamos nos Estados Unidos. Não é assim que as coisas funcionam aqui.' 'Então como é que as coisas funcionam?', meu pai berrou de volta. 'As pessoas vão falar com as autoridades', disse minha mãe. 'As *autoridades?*', respondeu meu pai, zombando dela. 'As autoridades? E o que você acha que as autoridades vão fazer? Em todo caso, isso é dedurar, e nosso Yuda não é nenhum dedo-duro.' Minha mãe gritou que eu jamais seria um bruto como meu pai. Ele então se virou para mim e pude ver que repensava a sugestão. 'Escuta', falou finalmente, apertando os olhos. 'Esquece o pau. Você vai direto até ele, e o agarra assim', disse, e com sua mão enorme me pegou pelo pescoço e colou meu rosto no dele. 'E avisa o moleque: *Faça isso de novo e eu te mato'.*"

Moti riu, aliviado em ouvir algo do velho e conhecido contador de anedotas.

"Você acha que sua mãe teria querido isso?", perguntou, apontando com o queixo para a encosta árida. "É por esse motivo que está fazendo isso?"

"Faça o que quiser, você é livre", a mãe costumava gritar para ele. Era sua maneira de dizer: "Faça o que quiser se quiser me matar". Dentro da bainha da independência do filho Eddie costurou sua autoridade, de modo que, em seus maiores momentos de liberdade, ele sentia o peso dela puxando para baixo como a gravidade. Mesmo quando se afastava, ia na direção dela. Tudo o que era leal e sedicioso nele tinha origem na luta para lidar com a montanha-russa de emoções daquela época, ainda que depois ela tenha se direcionado para outras coisas. Não, sua mãe não fora uma força apaziguadora. Sua joia favorita era um colar duplo de pérolas, e, nas ocasiões em que ela o colocava no pescoço, Epstein não podia deixar de sentir que o que as ligava era a irritação em seu âmago, que havia continuado até produzir aquele brilho. Eddie desenvolvera uma intensidade nele por meio da provocação.

"Ela queria um banco num parque imundo em Sunny Isles. E olhe lá."

"Então por quê? Não entendo, Yuda, realmente não entendo. Não é da minha conta, mas seus pais eram pessoas simples. Eles não gostavam de desperdiçar. Uma árvore, duas. Mas quatrocentas mil? Para quê? Você se lembra de quando fui para os Estados Unidos pela primeira vez, aos vinte e um anos? Sua mãe não me deixava jogar fora as aparas das unhas."

Epstein não lembrava de tal visita. Àquela altura estava casado, e Jonah e Lucie já tinham nascido. Preocupava-se com seu próprio trabalho no escritório e via-se obrigado a matar um leão por dia.

"Eles me levaram para visitar você e Lianne. Cheguei a seu apartamento na Park Avenue, e era como algo saído de outro mundo. Nunca tinha visto ninguém viver daquele jeito. Você me levou para almoçar fora num restaurante caro e insistiu em pedir lagosta. Porque queria me agradar, ou me impressionar, ou porque estava se divertindo um pouco às minhas custas, eu não saberia dizer. E o garçom trouxe para a mesa aquela criatura enorme vermelho-escarlate, aquele inseto assustador, e colocou na minha frente, e eu só conseguia pensar nos enxames de gafanhotos vermelhos gigantes que aparecem a cada sete anos e tomam conta da praia. Você se levantou para ir ao banheiro, me deixando sozinho com ela. E, depois de um tempo, não consegui mais suportar aqueles olhinhos pretos me encarando, então cobri a cabeça da lagosta com meu guardanapo."

Epstein sorriu. Não tinha nenhuma lembrança disso, mas parecia o tipo de coisa que faria.

220

"Naquela noite, voltei para a casa de Long Beach. Sua mãe me pôs no seu antigo quarto. E, deitado lá na sua cama, ouvindo seus pais batendo boca na cozinha, não consegui parar de pensar naquela lagosta. Pela primeira vez desde que tinha chegado, senti saudade de casa. Só o que eu queria era voltar para Israel, onde a gente até podia ter pragas de gafanhoto, mas eram os meus gafanhotos, e pelo menos eu sabia o que eles significavam. Fiquei deitado lá ouvindo seus pais discutindo alto e pensando em como deveria ter sido pra você. De repente, ouvi algo bater com tudo contra a parede, com um baque. Depois silêncio. Eu já era um homem-feito àquela altura, tinha acabado de sair do exército, com os reflexos de um soldado, e levantei num salto da cama e corri para a cozinha. Vi sua mãe apoiada contra a parede, as mãos no rosto, e entendi que algumas coisas eram iguais em todos os lugares, e foi como se eu estivesse de volta na cozinha da minha infância de novo, com minha própria mãe."

Epstein ergueu os olhos para o céu, sangrando a oeste. Se estivesse mais acostumado com esse lado de Moti, escondido sob a postura casca-grossa e os comentários afiados, ou se o pensamento em si não fosse tão abstrato, poderia ter dito algo sobre como, do caos, às vezes surgem umas poucas imagens singulares que parecem ser, em sua vivacidade gritante, a soma de sua vida, e tudo o que você vai levar dela quando se for. E as imagens dele eram quase todas de violência: do pai, ou dele próprio.

Em vez disso, Epstein começou: "Lembro de meus pais agora e penso, meu Deus, quanta discussão. Quantas brigas. Quanta destruição. É estranho, mas quando olho para trás, percebo que meus pais nem uma única vez me encorajaram a fazer nada. A construir nada. Só a destruir as coisas. Ocorreu-me esses dias que somente discutindo eu me sentia verdadeiramente criativo. Porque foi sempre a partir disso que eu me defini... Primeiro contra eles, depois contra tudo e contra todos".

"O que você quer dizer, então? Que é disso que se trata? Um desejo tardio de parar de brigar e fazer algo? Yuda, vamos nos matricular num curso de cerâmica, por favor. Vai te poupar um dinheirão. Pensando bem, conheço um pintor que tem um estúdio em Jafa. Por uma pequena soma, ele aceitaria numa boa passar um mês no Rio e liberar o lugar pra você."

Mas Epstein não riu.

"O.k., é só que eu não entendo. Você tem três filhos. Foi um ótimo advogado. Construiu uma vida enorme. Isso não é criação bastante? Se estivéssemos falando de mim, um fracasso total em quase tudo, aí seria outra história."

"Em tudo?", perguntou Epstein, com genuíno interesse.

"É uma parte de mim, muito fortemente ligada à judaicidade, ao fato de que eu venho de uma tribo amaldiçoada."

Epstein virou-se para fitar o primo, mas nesse momento Moti se levantou, puxando para cima a calça jeans folgada e tirando uma foto da paisagem com seu celular, e naquela expressão indolente Epstein viu que não havia chance de ser entendido. Voltou-se para o deserto, incendiado pelo pôr do sol.

"É aqui", disse baixinho. "Vá dizer a ela que este é o lugar."

O carro estava silencioso na viagem de volta. A escuridão desceu sobre as colinas, e a temperatura caiu. Epstein abriu a janela e o ar frio encheu seus pulmões. Começou a cantarolar baixinho o Vivaldi. Como era mesmo? *Cum dederit* não sei o quê, alguma coisa *somnum*. Ouviu o contratenor e viu o pastor-alemão da mulher cega com os olhos fechados, ouvindo para além da audição humana.

O telefone começou a vibrar em seu bolso, e ele o ignorou. Mas, quando o celular recomeçou a tocar com uma nova urgência, ele mudou de ideia e viu que era Klausner tentando entrar em contato, e que já tinha perdido três ligações dele. Reparando na data, deu-se conta de que o rabino devia estar ligando por causa da reunião. Olhou para fora, para a paisagem cada vez mais escura, e contra sua convicção natural sentiu um pequeno estremecimento ao pensar que o verdadeiro Davi devia ter caminhado e lutado, amado e morrido em algum lugar da expansão ali fora.

Quando seu telefone tocou de novo, ele cedeu e atendeu para acabar com aquilo.

"Jules! Cadê você? Já chegou a Jerusalém?"

"Não."

"Onde é que você está, então?"

"No deserto."

"No deserto? O que está fazendo no deserto? Começamos em uma hora!"

"É hoje à noite, não? Andei ocupado."

"Que bom que consegui falar com você. Estava começando a ficar preocupado. Ainda dá tempo. Estou no salão agora, supervisionando os preparativos... Só um segundo... os músicos acabaram de chegar."

"Escuta, estou voltando para Tel Aviv agora. Foi um dia bem longo."

"Venha por meia hora. Só pra sentir a atmosfera. Comer alguma coisa. Jerusalém não fica tão fora do seu caminho. Não quero que você perca isso, Jules."

Epstein sentiu a mão calejada do homenzinho no santuário em Safed se estendendo mais uma vez para agarrar a perna de sua calça. Mas dessa vez não tinha nenhuma intenção de ceder.

"E pensar que o Messias pode estar ali na lista de convidados... Mas não, sério, não vou poder."

Klausner não se ofendeu com a piada e, sem querer aceitar não como resposta, disse que ligaria de novo em meia hora. Epstein despediu-se e desligou o telefone.

"O que foi isso?", perguntou Moti.

"Meu rabino."

"Deus do céu, o que foi que eu te disse?"

Epstein estava realmente exausto. A viagem, o sol e o longo dia na companhia de pessoas tinham sugado suas forças. O que ele queria era lavar a poeira e deitar sozinho sob o ar-condicionado, pensando na floresta que um dia cobriria a encosta da montanha, farfalhando viva sob a lua. Moti não era capaz de entender. Nem Schloss. Nem Lianne, que jamais o entendeu, que no fim não quis realmente ver, apesar de ele ter tentado de novo e de novo se revelar para ela. Não tinha mais necessidade de ser entendido. A noite estava mais espessa lá fora. Epstein baixou a janela toda para que o vento abafasse o som da voz de seu primo, e inalou o cheiro perfumado do deserto.

Ele não foi à reunião, mas, naquela noite, por mais exausto que estivesse, não conseguiu dormir, e ficou acordado lendo o livro gasto de sua mesa de cabeceira. Caminhando uma tarde pela rua Allenby, ele o vira em uma vitrine cheia de livros em inglês desbotados pelo sol, todas as cores se azulando. Tinha dobrado no estreito beco e entrado na livraria abarrotada e empoeirada para perguntar sobre ele. O dono ouvia jazz no rádio e fazia a contabilidade em uma mesa atulhada de coisas. O conteúdo da vitrine não chamava a atenção de ninguém havia eras, e levou um bom tempo até a chave ser encontrada. Mas por fim o vidro foi aberto, liberando o cheiro úmido de tempo preso e papel se desintegrando. O proprietário esticou a mão e pegou o *Livro de Salmos*, e Epstein enfiou-o debaixo do braço, saindo de novo para a rua cheia de gente e seguindo na direção do mar.

Havia um herói mais complicado na Bíblia do que Davi? Davi, que manipulou o amor de Saul, de Jônatas, de Mical, de

Betsabeia, de todos que chegaram perto dele. Um guerreiro, um assassino, com fome de poder, disposto a fazer o que fosse preciso para se tornar rei. Trair não era nada para ele. Matar também não. O que quer que estivesse no caminho de seus desejos era destruído. Ele pegava o que queria. E então, para deixá-lo descansar do que tinha sido, os autores de Davi lhe atribuíram a mais melancólica poesia já escrita. Fizeram-no, no fim de sua vida, se deparar com a descoberta do que havia de mais radical nele próprio. A graça.

De manhã, Epstein dormiu até tarde, e foi despertado pelo toque do telefone do hotel. Era da recepção. Alguém estava esperando por ele lá embaixo.

"Quem?", perguntou, ainda na névoa do sono. Não esperava ninguém: não tinha mais nenhum dinheiro para dar.

"Yael", informou a recepcionista.

Epstein tentou se concentrar e ver as horas no relógio. Eram só oito e pouco da manhã. "Que Yael?", perguntou. Ele não conhecia nenhuma Yael, com exceção da prima de sua mãe, enterrada em Haifa. Houve um som abafado, e então uma voz de mulher entrou na linha.

"Alô?"

"Sim?"

"É Yael." Ela fez uma pausa, como se esperando que a memória dele despertasse. Será que estava tão mal assim?, Epstein perguntou a si mesmo, esfregando os olhos com o nó seco do dedo.

"Tenho uma coisa pra você. Meu pai pediu para eu me certificar de que você a receberia."

Ainda atordoado, Epstein lembrou como, ao primeiro sinal de luz no domingo de manhã, incapaz de aguentar mais um minuto na cama pequena e dura do Gilgul, ele tinha jogado água fria no rosto e saído em busca de uma xícara de chá para acalmar seu estômago ainda sensível. No caminho, quase deu de cara com Peretz Chaim, que saía do próprio quarto. Peretz tinha arregaçado a manga da camisa e estava enrolando a tira preta de seu tefilin em torno do bíceps feito um viciado amarrando um torniquete. Mas foi Epstein quem sentiu o anseio: a fome da veia que vai direto para o coração. Tocou no peito com os dedos, sobre o músculo batendo que não conseguia lidar com seu sangue espesso.

"Quer que eu deixe aqui na recepção?", perguntou ela. "Estou com um pouco de pressa."

"Não! Não precisa", disse Epstein afobado, já de pé e procurando a calça. "Espere. Estou descendo."

Com os dedos trêmulos, ele fechou os botões da camisa, escovou os dentes, jogou água no rosto e parou por um momento diante de sua imagem pingando no espelho, surpreso em ver que seu cabelo tinha crescido tanto.

Epstein a avistou na recepção antes de ela o vir, a cabeça curvada sobre o telefone, a testa alta e pálida franzida. Usava calça jeans e uma jaqueta de couro, e agora que estava totalmente vestida ele viu que seu nariz de Betsabeia tinha um minúsculo piercing de diamante. Mas, ao se aproximar, foi surpreendido por algo familiar em seu perfil, uma semelhança que não tinha reparado naquela noite, duas semanas antes. Quando disse seu nome, Yael ergueu a cabeça, e os olhos de ambos se encontraram pela segunda vez. Mas, se ela lembrava, não deixou transparecer.

Yael trabalhava em um roteiro sobre a vida de Davi, e tinha participado da reunião do pai em Jerusalém com o diretor do filme. Ao final da noite, enquanto se preparava para pegar a estrada de volta para Tel Aviv, o rabino pediu-lhe para entregar uma encomenda — e de sua bolsa tirou uma pasta dourada. Na capa, as palavras DINASTIA DAVÍDICA, em cima das quais havia um escudo com o leão do reino de Judá e a estrela de Davi. Yael a estendeu, mas Epstein permaneceu imóvel.

"Você está fazendo um filme?" perguntou, maravilhado. "Sobre Davi?"

"Por que a surpresa? Quando conto para as pessoas, é sempre a mesma reação. Mas até hoje não fizeram um filme bom sobre Davi, ao contrário de Moisés, apesar de ele ser a personagem mais complexa, elaborada e fascinante de toda a Bíblia."

"Não é isso. É só que, por acaso, eu..." Mas ele se conteve e não confessou que há várias noites vinha lendo os Salmos. Que algo nele, forte e falho, talvez remontasse a uma história longínqua. "Estou interessado em Davi."

"Você deveria ter estado lá ontem à noite, então."

"É mesmo?"

Com um sorriso divertido, ela descreveu como os convidados tinham entrado sob o falso arco de pedra, guardado por dois mensageiros com vestes reais que anunciavam a chegada de cada um, seguido de um toque de suas trombetas. Uma harpista com um longo vestido de veludo dedilhava cordas douradas no saguão. Impossível criar um cenário melhor.

Lançando outro olhar para o telefone, ela disse que realmente precisava ir; estava atrasada para encontrar alguém.

"Aonde você precisa ir?", perguntou Epstein.

"Jafa."

"Também estou indo naquela direção. Posso te dar uma carona de táxi? Quero saber mais sobre o filme." Epstein evitou comentar que queria saber por que a filha do rabino, que olhava com ironia o projeto favorito do pai e que parecia ter se distanciado o máximo possível da religião, iria querer fazer um filme sobre Davi.

Ela pôs os óculos de sol e esboçou um sorriso para algo além do ombro dele enquanto erguia a pesada bolsa do chão.

"Mas já nos conhecemos, não?"

Algo para carregar

Estávamos na estrada havia apenas dez minutos, depois de deixarmos o restaurante na Confederation House, quando uma fileira de veículos verdes do exército apareceu, bloqueando a passagem. O tráfego a noroeste estava impedido, e cada carro era parado e inspecionado pelos soldados. Friedman mudou para a estação das notícias no rádio, que inundaram o interior com uma urgência barulhenta. Quando perguntei o que estava acontecendo, ele disse que poderia ser qualquer coisa: violação do muro, ameaça de bomba, um ataque terrorista na cidade.

A atmosfera foi ficando cada vez mais carregada à medida que nos aproximávamos, esperando alcançar a frente da fila. Quando finalmente chegou a nossa vez, dois soldados com armas automáticas penduradas no peito circularam nosso veículo, olhando para dentro de todas as janelas e por baixo do carro com um espelho preso na ponta de um bastão comprido. Eu não conseguia entender nem as perguntas deles nem as respostas de Friedman, que me pareciam bem mais longas do que o necessário para satisfazer aqueles adolescentes de farda, seguindo ordens que não deviam significar nada para eles. A garota era alta e tinha as pernas tortas, ainda lutando contra a acne, mas com a promessa de se tornar bonita um dia, e o rapaz era atarracado, peludo e arrogante, interessado demais no poder que a situação lhe conferia. Friedman, já tenso, foi ficando cada vez mais irritado com o interrogatório, e isso só serviu para provocar a arrogância do rapaz — realmente não dava para chamá-lo de homem, e talvez esse fosse o problema, ou um dos muitos problemas. Esperei que Friedman revelasse suas ligações secretas, que resultariam em nossa liberação imediata e em uma série de pedidos de desculpa constrangidos. Mas, quando ele finalmente pegou a carteira de um dos bolsos volumosos de seu colete, o cartão que tirou e estendeu com a mão direita trêmula era um simples documento de identidade. O soldado apanhou-o, estudou-o brevemente, depois se virou e se dirigiu para mim em hebraico.

"Sou americana."

"O que você está fazendo com ele?" O rapaz apontou para Friedman com o queixo, que tinha uma covinha, feito uma impressão digital, onde o pelo escuro e intratável se recusava a crescer.

"Fazendo?"

"De onde você o conhece?"

"Nos conhecemos há uns dois dias."

"Por que motivo?"

Friedman tentou interromper em hebraico, mas o soldado o silenciou com uma palma erguida e algumas palavras ásperas. "Por que você o encontrou?", inquiriu ele de novo.

Várias respostas passaram pela minha mente. Pensei em dizer que Friedman era uma espécie de parente distante com quem meu pai me pedira para entrar em contato, uma mentira que tinha, pelo menos, uma relação oblíqua com a verdade.

"Não temos o dia todo."

"Ele tem um projeto no qual achou que eu poderia estar interessada", falei por fim, uma resposta que me pareceu inofensiva o bastante até as palavras saírem da minha boca.

O soldado ergueu as pesadas sobrancelhas, juntando-as de modo a formar uma só barra peluda em sua testa, depois deu a volta até a traseira do carro e abriu o porta-malas.

"Você não me deixou terminar", falei por trás, tentando corrigir meu erro enquanto mantinha a ilusão de que não estava nem aí para o que ele pensava, de que seu tantinho de poder não me afetava em nada. "Sou uma escritora, se quer saber. Escrevo romances." Mas a frase e seu significado me pareceram patéticos.

"Você mesma fez essa mala?" Ele apontou para a mala da rua Spinoza.

"Eu mesma?", repeti, tentando me esquivar. À nossa volta, os outros carros eram liberados com um aceno, os passageiros nos olhando curiosos, desconfiados. Achei que seria bom se um deles me reconhecesse, saindo do veículo para me dizer que havia dado o nome de um dos meus personagens para uma pobre criança. Mas, conforme os carros passavam a uma certa distância, ficou claro que minha fantasia tinha poucas chances de se realizar, o que, num sentido cósmico, era melhor, pois o momento em que os leitores se tornam úteis para os escritores deve ser sempre suspeito.

"Ela esteve em sua posse o tempo todo? Alguém lhe deu algo para carregar?"

Eu sabia que devia ter mentido sem titubear, mas em vez disso falei: "Não, não fiz essa mala. Nós a pegamos uma hora atrás em Tel Aviv. Mas há apenas papéis aí dentro. Vá em frente e veja com seus próprios olhos". Pensei em perguntar se ele já tinha lido Kafka. Sem dúvida *A metamorfose* ou *Ha Gilgul* ou seja lá qual fosse o nome que tinha em Israel, havia sido leitura obrigatória em seu ensino médio em Ra'anana ou Givatayim.

"Isso não passa de um simples mal-entendido", continuei. "Tudo vai ser esclarecido se você apenas abrir..."

Senti a pressão da mão de Friedman no meu braço, mas já era tarde. O soldado tinha tirado o walkie-talkie do cinto e começado a se comunicar com seu superior. Uma resposta ininteligível, com uma voz profunda e cheia de estática, veio como se de muito longe. O soldado escutou, os olhos fixos na mala, e quando chegou sua vez de responder, ele pareceu proferir um discurso, não apenas sobre a mala desgastada, tirada do apartamento da idosa filha da amante de Max Brod, mas sobre muitas outras coisas — os padrões da história, a natureza falha das relações humanas, a ironia do incomensurável, o gênio de Kafka. Duas vezes ouvi-o dizer, dando as costas para nós e gesticulando expansivamente na direção do pé das colinas, onde pedaços de rocha branca apareciam na terra vermelha feito osso: "Kafka", e então de novo, "Franz Kafka", embora mais tarde eu tenha questionado se na verdade não ouvi a palavra *davka*, que não dá para traduzir senão por seu significado literal, *exatamente*, mas que resume o modo judeu de fazer algo só para ser do contra.

"Você não pode fazer nada?", sibilei para Friedman, já perdendo a paciência com tudo que me pediram para, ou que me permiti, suportar. "Por que não pede para falar com algum superior?"

O soldado, ainda gesticulando no telefone, agarrou a mala do carro e puxou-a para o chão, onde ela caiu com um baque desagradável. Agarrando a alça se despedaçando, ele empurrou-a para a soldado mulher, que avaliou seu peso com um olhar cético, como se desconfiasse que o cadáver do próprio Kafka estivesse enfiado ali dentro. Lentamente, começou a arrastá-la na direção da fileira de veículos do exército.

"Acha que eu não tentei?", disse Friedman, parecendo resignado, até melancólico. Se eu havia conseguido lhe dar uma certa autoridade até então, ela agora desaparecia diante de meus olhos.

Ele não só parecia velho, mas indefeso, e o plural invencível — o "nós" que ele usou quando falou em orgulho do meu trabalho — tinha se dissolvido num singular excêntrico. "Ele queria criar um problema, então criou um. Deveria deixar a gente esperançoso, não? Saber que eles não atormentam apenas os árabes."

Os soldados voltaram para o meu lado.

"Você está com seu passaporte?"

Vasculhei minha bolsa de mão até encontrá-lo no fundo. O rapaz estreitou os olhos e olhou da fotografia para mim, e então de novo. É verdade que já fazia alguns anos desde que a foto fora feita.

"Tire os óculos."

Tudo se transformou num borrão.

"Você está melhor na foto", disparou, guardando o passaporte no bolso de sua camisa.

Ele nos mandou sair do carro. A cadela, que até então tinha permanecido calma, começou a latir freneticamente assim que Friedman pôs a mão na maçaneta, fazendo o soldado se retrair, as mãos voando, por reflexo, para o rifle. Preparei-me para o pior, imaginando uma bala atravessando o crânio do animal. Mas um momento depois ele relaxou os dedos, colocando cautelosamente a mão aberta pela janela e dando um afago no cachorro. Um sorriso vago atravessou seus lábios.

"Espere aqui", ordenou-me ele, ainda segurando o rifle. "Alguém virá."

Foi só quando vi Friedman se afastar, agarrando sua pasta de couro gasta contra o peito, e desaparecer na traseira de um caminhão do exército, lançando um olhar para mim por cima do ombro, que comecei a considerar, com um pânico crescente, que ele talvez não tivesse o direito de tirar o que havia tirado do apartamento de Eva Hoffe. Revivi em minha mente a cena em que ele saiu apressado do vestíbulo da rua Spinoza, e o suor secou da testa ao dar a partida no carro.

233

No que é que eu tinha me metido? Por que não o questionei quando o vi deixar a fortaleza fanaticamente protegida do apartamento de Eva, arrastando a mala? O que importava quem ele era? Mesmo que fosse o próprio David Ben-Gurion, que diferença teria feito para uma mulher que guardava de maneira obsessiva aqueles papéis desde a morte de sua mãe, que alegava sentir uma ligação biológica com eles, que tinha lutado com unhas e dentes para mantê-los em sua posse, que só deixaria, como tinha dito, que eles fossem levados se passassem por cima de seu cadáver? O que me fez aceitar que Friedman, entre todas as pessoas, com seu colete de safári e seus óculos escuros, teria obtido privilégios especiais, teria recebido permissão para tirar nem que fosse uma página, quanto mais uma mala inteira?

Mas já era tarde demais para fazer perguntas. A soldado de pernas tortas tinha voltado, e sem uma palavra fez sinal para que eu a seguisse. Andava com o corpo inclinado, uma daquelas garotas que durante anos vai se mover pela caverna estreita e de teto baixo de sua vida até o dia em que, se tiver sorte, finalmente sairá para um céu aberto. Ela me levou para um jipe coberto, com bancos dos dois lados, que devia ser usado para o transporte de soldados.

"Entre."

"Aqui? Acho que não. Não vou a lugar algum até alguém me explicar o que está acontecendo. Tenho o direito de falar com alguém", respondi. "Quero que me coloquem em contato com a embaixada dos Estados Unidos."

A garota estalou a língua, mexendo os ombros para mudar a posição da alça do pesado rifle.

"Você vai falar, vai falar. Acalme-se. Não há nada com que se preocupar. Você pode ligar para quem quiser. Tem um celular, não?"

"Sou uma escritora publicada no mundo todo", falei estupidamente. "Vocês não podem me levar sem mais nem menos, sem um motivo válido."

"Sei quem você é", disse ela, afastando uma mecha de cabelo do rosto. "Meu ex-namorado me deu um de seus livros. Se quer saber, não era o meu estilo. Sem ofensa. Mas relaxa, tá bem? Fica tranquila. Quanto antes entrar no jipe, antes vai poder ir embora. O Schectman aqui vai cuidar de você."

Ela trocou uma piada em hebraico com o soldado alto esperando na traseira do jipe, com um rosto igual à de metade dos garotos com quem cursei o ensino médio. Ele estendeu a mão para me ajudar a subir, e o gesto me inspirou uma confiança confusa, ou talvez eu apenas estivesse cansada demais para continuar discutindo. Sob o teto de lona, o veículo cheirava a borracha, mofo e suor.

Quando o motorista ligou o jipe, a garota deu um tapa na testa. Pediu para Schectman esperar um minuto, e ele gritou para o motorista. Então, enquanto ela corria atrás do que quer que tivesse esquecido, Schectman cruzou as mãos sobre o joelho e sorriu para mim.

"E aí", disse ele, "você gosta de Israel?"

Quando a soldado voltou, trazia a cadela de Friedman pela coleira. Protestei, tentando explicar que ela não era minha, que pertencia a Friedman, mas a soldado parecia não fazer ideia de quem Friedman era; já tinha esquecido que ele existia. Que cachorro fofo, falou, acariciando-a atrás das orelhas murchas. Ela também queria ter um cachorro assim um dia, quando finalmente desse o fora dali.

"Vá em frente", falei, esperançosa, "pode pegar este."

Mas Schectman desceu do jipe, pegou a velha cadela no colo e colocou-a dentro do veículo, e por um momento, enquanto ela estava deitada em seus braços, achei que parecíamos, nós três, uma espécie de presépio demente. Então a cadela deslizou para o chão e, como se soubesse de algo que eu não sabia — como se ela, também, tivesse esquecido da existência de Friedman —, lambeu meus joelhos, deu duas voltas e enrolou-se aos meus pés. A soldado estendeu minha sacola plástica, a que eu tinha trazido do apartamento da minha irmã com uma muda de roupa e meu maiô, e Schectman a colocou cuidadosamente sob seu assento, ao lado da mala de Friedman.

O jipe deu a partida com um rugido e saímos balançando pelo acostamento de cascalho até as enormes rodas agarrarem a pista de asfalto. Mas, em vez de virar e pegar a estrada de volta para Jerusalém, continuamos na direção que Friedman tinha tomado antes, rumo a onde tudo o que era planejado e construído acabava e, de maneira bem súbita e irrevogável, o deserto começava. E ao fazermos isso, me veio a imagem incongruente dos jardins de Kafka, jardins que, segundo Friedman, ele cultivou em todos os lugares que morou, no kibutz do norte e atrás das várias casas que ocupara em Tel Aviv, antes de se tornar famoso o bastante e — porque nunca envelheceu de fato, porque nunca deixou de parecer exatamente como o Kafka por quem você se apaixona um pouco de maneira inevitável quando o vê num cartão-postal pela primeira vez — ter de deixar a cidade para sempre. Imaginei seus jardins cheios de rosas e madressilvas, cactos e enormes lilases perfumados. Enquanto nosso veículo militar seguia pelas colinas amarelas, vi Kafka com uma clareza surpreendente, inclinando delicadamente sua pequena espátula contra um muro de pedras e erguendo os olhos para o céu como se buscasse sinais de chuva. E de repente — sempre chegam de súbito, esses clarões brilhantes da infância — lembrei-me de algo que tinha acontecido um ano depois que meu irmão encontrou o brinco na piscina do Hilton. Estávamos hospedados na casa dos meus avós em Londres enquanto nossos pais viajavam pela Rússia, e uma tarde meu irmão e eu fomos tomados pelo desejo de um chocolate que era vendido numa loja ali perto. Não sei por que não pedimos o dinheiro para minha avó: devíamos ter pensado que ela ia recusar, ou talvez tenhamos nos empolgado com a ideia de obter o chocolate sub-repticiamente. No jardim em frente à casa geminada deles, meu avô plantava rosas que continuam sendo, para mim, o arquétipo da rosa; não posso pensar ou dizer a palavra sem lembrar daquelas flores inglesas delicadas e perfumadas. Encontramos a pesada tesoura de metal de minha avó na cozinha, e fomos cortando os caules com as lâminas, bem debaixo da sépala das flores, até as grandes cabeças caírem rolando. Com frieza, embalamos os tocos de caule com papel alumínio e decidimos que seria preciso mentir para convencer as pessoas a comprá-las. Postamo-nos na rua e começamos a cantarolar: "Rosas à venda, rosas à venda, rosas para a caridade infantil!". Uma mulher parou. Lembro-me dela como alguém adorável, com um cabelo escuro e arrumado sob a touca de lã. Ela deixou no chão as sacolas que carregava. "Têm certeza que é para a caridade?", perguntou-nos. Mais tarde foi essa a pergunta que nos arruinou. Ela nos dera a chance de reconsiderar e falar a verdade, mas, em vez de repensarmos, afundamos ainda mais. Assentimos: com certeza, sim. A mulher então pegou a carteira e nos aliviou de nosso punhado de rosas: seis ou oito delas. Meu irmão pegou as moedas e começamos a caminhar rápido, em silêncio. Mas, enquanto seguíamos na direção da loja, uma culpa negra e esmagadora veio sobre nós. Tínhamos feito algo que não podíamos desfazer: decapitado as rosas de nosso avô, vendido-as, mentido para uma estranha, tudo para servir ao nosso desejo. Era imenso o peso da sensação de que nosso erro era permanente e de que jamais seríamos capazes de corrigi-lo. Não lembro se fui eu que me virei para o meu irmão e por fim falei, ou se foi ele que se virou para mim, mas lembro claramente das palavras: "Está sentindo o que eu estou sentindo?". Não havia mais nada a dizer. Nos abaixamos na terra ao lado da calçada, cavamos um buraco e enterramos as moedas. Que jamais diríamos uma palavra do que havíamos feito para ninguém estava implícito. Um dia, contei a história para meus filhos. Eles adoraram, e quiseram ouvi-la de novo e de novo. Continuaram a mencioná-la durante dias. Mas por que vocês enterraram o dinheiro?, queria saber meu filho mais novo. Para nos livrarmos dele, falei. Mas o dinheiro ainda está lá, disse ele, balançando a cabeça. Até hoje, se vocês forem para aquele lugar e cavarem, as moedas ainda vão estar lá.

De tempos em tempos, enquanto o vento entrava pela traseira do jipe, erguendo as laterais de lona e fazendo-a bater feito um pássaro preso, Schectman encontrava meu olhar e então arriscava sorrir para mim, um sorriso gentil e sabido, possivelmente até tocado pela tristeza, e a cadela, cujo nome eu jamais perguntei, soltava um gemido como se já tivesse vivido mil anos e soubesse o final de cada história.

O último rei

Epstein, para quem tudo voltava a ser novo — a ardente luz branca nas ondas, o grito do muezim ao raiar do dia, a perda de apetite, o corpo mais leve, certa libertação da ordem, um afastamento da racionalidade; para quem voltavam a ser novos os milagres, a poesia —, alugou um apartamento onde nunca em mil anos teria morado, se tivesse vivido mil anos, coisa que, sendo novo acima de tudo seu próprio eu, ele poderia ter feito. O sol não o acordava porque ele já estava desperto, as janelas todas escancaradas para que as ondas ressoassem como se estivessem quebrando bem ali, dentro de seu quarto. Agitado, andando descalço de um lado para outro, ele descobriu que o piso todo se inclinava na direção do ralo do chuveiro, como se a casa tivesse sido construída para o momento em que o mar finalmente tentaria inundá-la. O corretor mal tinha aberto a porta quando Epstein anunciou que ficaria com o lugar, oferecendo na hora três meses de aluguel em dinheiro. Com seus sapatos engraxados, ele deve ter parecido deslocado no apartamento caindo aos pedaços, encaixando-se, portanto, perfeitamente no estereótipo. Quantas vezes o corretor já o vira? O americano abastado, vindo a Israel para mergulhar na rica e autêntica veia judaica que todos aqueles dólares americanos acabaram protegendo, para saber que ainda estava vivo e que não precisava se arrepender de muita coisa; vindo para se excitar de novo na estimulante atmosfera da paixão do Oriente Médio. O corretor tinha sido esperto o bastante para inflacionar o aluguel, ao mesmo tempo que alegava estar lhe fazendo um preço especial por ele ser amigo de Yael. Mas só de ver o enlevo de Epstein enquanto ele se rendia ao horizonte, o homem se arrependeu de não tê-lo aumentado ainda mais. Ainda assim, ele sabia bem demais que não devia confiar no primeiro acesso de entusiasmo americano. Sabia como eles vinham, e por uma semana ficavam apaixonados pela urgência e a discussão e o calor, pelo modo como todo mundo senta nos cafés e fala e se mete na vida dos outros; o modo como, mesmo que externamente Israel fosse tão obcecado com fronteiros, dentro a vida era sem fronteiras. O modo como a doença da solidão não existia ali, e cada taxista era um profeta, e cada vendedor do *shouk* contava a história de seu irmão e sua esposa, e quando menos se esperava o cara atrás de você na fila se metia na conversa também, e logo a má qualidade das toalhas já não importa mais, pois as histórias e a bagunça e a loucura — toda aquela vida! — são muito mais essenciais. Eles iam para Tel Aviv e achavam a cidade tão sexy, o mar e a força, a proximidade da violência e a fome pela vida, e como, mesmo que os israelenses estejam vivendo uma crise existencial o tempo todo, e sintam que seu país está perdido, pelo menos eles vivem num mundo onde tudo ainda importa e pelo qual vale a pena lutar. Acima de tudo, eles se apaixonam pelo modo como se sentem ali. É daqui que nós viemos, eles pensam enquanto atravessam os túneis sob o Muro das Lamentações, se esgueiram pelos túneis cavados por Bar Kochba, escalam Massada, ficam sob a luz do sol do Levante, caminham pela Judeia, acampam no Neguebe, vão para Kinneret, onde as crianças que poderiam ser seus filhos crescem selvagens e descalças e ligadas ao passado sobretudo por atos de descontinuidade: era isso que não sabíamos que estávamos perdendo.

Mas o corretor sabia muito bem que, depois de uma semana ou duas, eles começavam a se sentir diferentes, esses americanos. A força adquiria um ranço de agressão, e a franqueza se tornava invasiva, começava a mostrar como os israelenses eram mal-educados, como não tinham nenhum respeito pela privacidade alheia, nenhum respeito por nada, e ninguém fazia nada em Tel Aviv além de ficar sentado conversando e indo para a praia? A cidade realmente é um buraco, não é, tudo o que não é novo desmorona, o lugar inteiro fede a urina de gato, há um problema de esgoto bem debaixo da janela e por uma semana ninguém pode consertá-lo, e na verdade é impossível lidar com os israelenses, tão teimosos e intratáveis, tão frustrantemente imunes à lógica, grossos pra cacete, e no fim a maioria não dá a mínima para nada judaico, seus avós e pais fugiram o máximo que podiam disso, e aqueles que de fato se importam são extremistas, aqueles colonos, loucos até não poder mais, e sinceramente o país inteiro não passa de um bando de racistas antiárabes. E assim, num piscar de olhos, antes de fazerem o depósito para um apartamento de dois quartos no novo arranha-céu de vidro assomando sobre o Neve Tzedek, eles já estão de volta no táxi para o aeroporto com suas malas perfumadas de za'atar e carregadas de prata judaica da Hazorfim, as chaves de seus Lexus recém-penduradas num *hamsá*.

De modo que o corretor, acendendo um cigarro, deixando a fumaça sair rodopiando da boca e entrando de volta pelas narinas, olhou de soslaio para seu cliente endinheirado e disse que o trato estava feito caso ele se dispusesse a dirigir até o caixa eletrônico naquele instante. Ele havia estacionado a moto ali na frente, acrescentou, abrindo bem a janela para que o cheiro do mar pudesse ajudar Epstein a pensar. Mas Epstein não precisava pensar, e cinco minutos depois estava agarrando o corretor pela cintura enquanto eles passavam voando pelos buracos na rua, não se importando nem um pouco se alguém em algum lugar pudesse confundi-lo com um clichê.

Naquele fim de tarde, com o céu passando do laranja ao violeta, Epstein ficou sem camisa diante do mar e sentiu uma exuberância, uma liberdade de pássaro, e acreditou que por fim entendia a serviço de que todas as suas privações e doações estavam: aquele mar. Aquela luz. Aquele anseio. Aquela ancestralidade. A flexibilidade de se tornar uma pessoa bêbada das cores de Jafa, esperando seu celular se iluminar com uma mensagem do outro lado; de uma existência maior; de Moisés no Monte Sinai que tinha visto tudo e agora descia correndo para lhe contar; de uma mulher a quem ele não tinha mais nada para dar além de si mesmo; das pessoas a quem rogou que levassem quatrocentas mil árvores até uma encosta estéril de uma montanha no deserto.

Seus dias se tornaram difusos. A linha que separava a água e o céu se perdeu; a linha entre ele próprio e o mundo. Ele observava as ondas e também se sentia infinito, renascido, cheio de uma vida invisível. As frases dos livros em sua mesa escapavam das páginas diante de seus olhos. Ao entardecer, ele saía para caminhar, agitado, esperando, perdido entre ruas estreitas até que, virando uma esquina e deparando-se com o mar de novo, perdia a própria pele.

O produtor de locação o convidara e falava rápido diante de um segundo expresso enquanto eles esperavam Yael chegar ao café em Ajami. Epstein estava acordado desde as quatro da manhã, e fazia dias que não falava com ninguém. Mas o produtor de locação, com o cabelo cortado num fino moicano para disfarçar a calvície, magricela o suficiente para sofrer de vício, mas afável demais para precisar disso, enchia tanto o silêncio de Epstein que ele não precisava fazer nada. O cinema israelense, anunciou, vivia o auge de sua criatividade. Até os anos 2000, o grande talento israelense não produzia filmes. Quando Epstein perguntou o que o grande talento israelense fazia antes dos anos 2000, o produtor de locação pareceu perplexo.

Meia hora se passou sem que Yael aparecesse, e então o produtor de locação pediu um terceiro expresso para a jovem garçonete, pegou o celular e começou a mostrar para sua audiência cativa clipes e registros de seu trabalho. Epstein estudou a fotografia de uma velha casa em Jerusalém, a sala de estar escura e com piso rebaixado cheia de livros e pinturas a óleo, um pequeno jardim murado visível da janela. Não havia nada de extraordinário em relação à sala, pensou, e no entanto todos os elementos se combinavam formando algo indiscutivelmente caloroso, inteligente e convidativo. O produtor de locação confessou ter visitado cinquenta casas antes de topar com aquela. No momento em que entrou nela, soube que era o lugar certo. Nada precisava ser alterado para o set, nem uma peça de mobília. Até o cachorrinho enrolado na cadeira era perfeito. Mas que trabalho foi convencer os donos! Ele teve de voltar quatro vezes, na última com uma peça obsoleta que o casal precisava para sua torneira pingando há séculos, e que ele tinha conseguido com um encanador em cuja loja havia filmado uma cena, certa vez. Foi isso que selou o acordo: um pequeno círculo de cobre que há anos os donos procuravam. Mas, assim que o produtor conseguiu ganhá-los, a vizinha ao lado se meteu no caminho. A velha mulher fez tudo o que podia para atrapalhar a filmagem. O dia inteiro ficava sentada em sua janela gritando com eles e recusando-se a manter o gato dentro de casa. Pelo contrário, ela deliberadamente o soltava no momento em que as câmeras começavam a rodar. Com frequência as cenas precisavam ser interrompidas por causa dessa mulher impertinente, que ameaçava deixar maluco o diretor já irritado. Mas ele, Eran, tinha dado um jeito. Tinha escutado e escutado, e aos poucos entendeu que a velha mulher estava com inveja, e que, como uma criança, se sentia deixada de fora, ignorada, e só o que ele teve de fazer foi lhe oferecer um minúsculo papel de figurante para que de uma hora para outra ela passasse a cooperar. Foi preciso repetir dez vezes a tomada em que a vizinha era empurrada pela calçada em uma cadeira de rodas arranjada pelo produtor de objetos, porque toda vez ou ela abria um largo sorriso para a câmera ou tentava meter uma fala improvisada. Mas no fim valeu muito a pena: daquele momento em diante a velha mulher ficou caladíssima, e guardou seu gato como se ele fosse uma serpente que — Deus o impedisse de escapar — poderia devorar seu papel no filme. Sim, encontrar a locação certa era realmente a menor parte de seu trabalho, apesar do que se poderia pensar. A verdadeira essência de seu trabalho estava em gerenciar as fronteiras entre este mundo e aquele que o diretor tentava criar. Baseado na realidade presente de casas e ruas, mobília e clima, o diretor buscava criar outra realidade, e, por mais longa que fosse a tomada, cabia a ele, Eran, proteger as fronteiras entre elas. Certificar-se de que nada indesejável do mundo real penetrasse naquele outro mundo, ou de alguma forma interrompesse ou ameaçasse dissolver suas delicadas condições. E, para tanto, era preciso ter inúmeros talentos. Mas, acima de tudo, era preciso ter habilidades relacionais. Depois que semanas de filmagem chegavam ao fim, disse o produtor de locação, essa habilidade ficava tão desgastada que só o que ele queria era viver como um ermitão ou um misantropo. E o que você faz então? Epstein perguntou.

244

Nesse momento Yael chegou, pedindo desculpas mas serena, como se tivesse acabado de sair de uma pintura. Se antes Epstein já não morria de vontade de falar, percebeu de novo que ficava praticamente mudo diante dela. Yael vinha acompanhada de Dan, o diretor, que estava na casa dos quarenta e tinha os olhos pequenos e o nariz afilado e protuberante de um animal que passava a maior parte do tempo debaixo da terra, eternamente tomado por um desejo frenético de cavar até sair para a luz. Epstein já o tinha visto, e de cara antipatizou com ele. Suas intenções com Yael eram óbvias. Pensar nela nos braços com tatuagens tribais daquele homem fazia Epstein ter vontade de chorar.

O produtor de locação começou a descrever, empolgado, o lugar que tinha descoberto: umas cavernas perto de onde os manuscritos do mar Morto tinham sido encontrados, mas longe o suficiente de qualquer sítio arqueológico para que eles pudessem filmar lá sem precisar de autorização, e com uma vista tão intocada que era puramente bíblica. As cavernas eram incríveis por causa da iluminação que recebiam, com um buraco no topo que deixava entrar raios de luz solar. Era bem possível que o próprio Davi tivesse se escondido nelas. No mínimo, os essênios provavelmente as ocuparam dois mil anos atrás, enquanto se preparavam para a guerra dos Filhos da Luz contra os Filhos das Trevas.

Mas o diretor e Yael, filho das trevas e filha da luz, estavam cabisbaixos, e nenhuma caverna, por mais autêntica que fosse, seria capaz de animá-los. Naquela manhã tinham recebido más notícias: nem a Hot nem a Yes iria apoiá-los. Yael explicou a Epstein que, com base na sinopse e no argumento que escrevera, tinha conseguido obter financiamento para a produção tanto da Jerusalem Film Fund quanto da Fundação Rabinovich. De início pareceu suficiente, mas, depois que eles entenderam que tipo de orçamento seria preciso para realmente fazer o filme direito, viram-se sem dinheiro. Esperavam que uma das grandes empresas de TV a cabo apoiasse o projeto, mas nenhuma delas aceitou. A filmagem começaria em duas semanas, e se algo mais não aparecesse logo, eles teriam que suspender tudo.

De quanto precisavam?, Epstein perguntou por reflexo.

As árvores cresciam num kibutz no Kinneret. Um mês depois de Epstein ter assinado a doação de dois milhões de dólares, foi levado para vê-las. A diretora do FNJ, tendo voltado de suas viagens na América do Sul, foi acompanhá-lo pessoalmente. Jantaram sob uma parreira que o kibutz alugava para casamentos e beberam o vinho produzido pelo kibutz vizinho, do outro lado do vale. A taça de Epstein foi enchida de novo, e depois, tonto, ele foi para os campos em um trator. O cheiro de estrume impregnava o ar, mas a vista era ampla e fértil, com campos verdes, relva amarela e colinas marrons. Epstein ficou parado, os mocassins afundando na terra, e viu fileiras após fileiras de mudas balançando. Está tudo aqui?, perguntou. As quatrocentas mil? Parecia-lhe que, mesmo com tantas, ainda não era o bastante. A diretora do FNJ verificou com sua assistente, que confirmou que outras cento e cinquenta mil mudas de árvores frondosas, e não de pinheiro, seriam trazidas de outro kibutz, mas que ele estava vendo, bem ali na sua frente, o coração da Floresta Sol e Edith Epstein.

Seus livros jaziam abertos na mesa. Ele lia Isaías e Kohelet. Estava lendo o agadah no *Livro das lendas* de Bialik. O homem atrás da escrivaninha atulhada no sebo da rua Allenby entendeu qual era a mina que seu cliente cavava e tinha sempre algo à espera. Mas agora, quase meia-noite no apartamento em Jafa,

Epstein largou as páginas e começou mais uma vez a andar de um lado para outro. As mudas ainda precisavam de seis semanas antes de ser transplantadas. Em março, com a primavera, o vale seria tomado por flores, ranúnculos e cíclames cobrindo as colinas, e as mudas estariam prontas. Elas seriam desenterradas e enroladas em sacos de juta, transportadas até a montanha no Neguebe do norte e então plantadas por um exército de trabalhadores. Em Israel, onde o sol quente quase sempre brilhava, as árvores cresciam duas vezes mais rápido que nos Estados Unidos. No verão elas já estariam batendo no peito de Epstein, e no outono o teriam ultrapassado. Galit supervisionava o projeto; Epstein havia insistido nesse ponto. Em sua impaciência, ligava uma vez por dia para ela. Sua energia com o tema de árvores e florestas era inesgotável, e só Galit conseguia acompanhar seu ritmo. A palavra *húmus* — que ela usou para se referir ao rico solo que as árvores mantinham, e que reabasteciam ao morrer, enchendo-o dos minerais que extraíram das profundezas da terra — causava um arrepio na espinha de Epstein. Ele desenvolveu um grande interesse pelo tema da erosão, não só nos uádis, onde a chuva de inundações subitamente se derramava pelas encostas estéreis atrás do caminho mais curto para o mar, mas mundo afora, e através do tempo. Como o dono do sebo da Allenby não conseguiu lhe arranjar livros sobre silvicultura, Galit providenciou a entrega de alguns títulos ao apartamento em Jafa, e neles Epstein leu sobre como os grandes impérios de Assíria, Babilônia, Cartago e Pérsia foram todos destruídos pelas inundações e pela desertificação causada pelo desmatamento em massa de suas florestas. Leu sobre como a derrubada de florestas na antiga Grécia foi logo seguida pelo desaparecimento de sua cultura, e sobre como o mesmo desmatamento destrutivo das florestas virgens da Itália mais tarde resultou na queda de Roma. E o tempo todo, enquanto ele lia, e o mar chegava pelas janelas com suas grandes ondas escuras, suas próprias mudas cresciam, as folhas desabrochando, os troncos se estendendo na direção do céu.

Epstein pegou seu livro: "Salva-me, ó Deus, pois a água está subindo ao meu pescoço".

Seu telefone tocou.

Sem nada que me afirme;
estou entrando no mais fundo das águas,
e a correnteza me arrastando.

Era Sharon, estupefata por ter conseguido contato, pois ele quase não atendia mais as chamadas. Ela ainda não tinha desistido da busca pelo celular e o casaco perdidos. Parado no piso frio em Jafa, aquilo tudo pareceu já muito distante para Epstein: Abbas no Plaza, a atendente do guarda-volumes mancando, o assaltante que passou a faca brilhante sobre seu peito. Mas Sharon não havia esquecido e — na ausência de Epstein, sem instruções contrárias — continuou trabalhando obstinada no caso. Empolgada, ela contou que havia rastreado o telefone até Gaza.

Gaza?, repetiu Epstein, virando para o sul e olhando pelas janelas escuras.

Usando o BUSCAR IPHONE, explicou, conseguira rastreá-lo por GPS. E depois de muitas horas ao telefone com um técnico em Mumbai, acionara o MODO PERDIDO e ativara um aplicativo instalado quando o celular era novo, e que permitia controlá-lo remotamente para tirar fotos. Em questão de horas, Sharon anunciou com orgulho, no máximo no dia seguinte, as fotos tiradas pelo celular itinerante seriam transmitidas para o computador dela.

Epstein imaginou lugares bombardeados arquivados na memória do celular perdido ao lado da torrente de fotografias que Lucie tinha mandado dos netos dele.

A voz de Sharon assumiu então um tom de preocupação.

Como ele estava? Fazia duas semanas que não tinha notícias do patrão; as mensagens que deixara não tiveram retorno. Epstein queria que ela reservasse seu voo de volta?

Ele garantiu que estava bem e que não precisava que Sharon fizesse nada no momento. Sem desejar dar-lhe mais corda, apressou-se a encerrar a ligação, sem parar para lhe perguntar o que pretendia fazer depois que as fotos de seu celular em Gaza finalmente chegassem.

Epstein vestiu um casaco e desceu pela escada escura, sem se preocupar em acender as luzes. Quando chegou ao patamar do andar inferior, um gato escapou por uma porta aberta e se enrolou em suas pernas. Sua vizinha de baixo apareceu, pediu desculpas, pegou o gato ruivo no colo e convidou-o a tomar uma xícara de chá. Epstein recusou educadamente. Precisava tomar ar, explicou. Talvez outra hora.

No quebra-mar feito de pedras e blocos de concreto, alguns árabes pescavam no escuro. "Estão tentando pegar o quê?", Epstein perguntou em seu hebraico rudimentar. "Comunistas", responderam. E como ele não entendesse, os homens aproximaram polegar e indicador para demonstrar quão pequeno era o peixe que buscavam. Epstein ficou algum tempo parado, vendo-os arremessar a linha. Então tocou no cotovelo do mais novo e apontou para o sul, na direção do mar aberto. "Qual a distância até Gaza?", perguntou. O rapaz sorriu e enrolou a linha no carretel. "Por quê?", quis saber. "Quer visitar?" Mas Epstein só estava tentando medir a distância, uma habilidade que, junto com outras, ele parecia perder lentamente.

Epstein era conhecido na Sotheby's. Conhecido pelos diretores das áreas de pinturas dos velhos mestres, de desenhos de mestres, de arte moderna, de tapetes. Conhecido pelo curador de escultura primitiva e vidro romano. Pedindo seu cappuccino no décimo andar, ele foi interceptado pelo especialista em tapeçaria, que tinha uma peça da oficina de Bruxelas que realmente precisava ser vista. Nas exposições prévias, ele ficava fora do alcance das placas de "não toque" e tinha permissão para pôr o dedo no que quisesse; quando chegava a algum leilão, sua placa de lance estava sempre esperando. Mas, por mais conhecido que fosse, e por mais ansiosos que os diretores estivessem em oferecer sua extraordinária *Anunciação* — que eles também conheciam bem, tendo vendido o painel de altar do século xv para Epstein dez anos antes —, não poderiam buscar a pintura por conta própria, por questões de responsabilidade legal. Tampouco haveria tempo de organizar um transporte terceirizado, caso ele quisesse incluí-la no próximo leilão: o catálogo fechava dali a dois dias.

Schloss estava fora de cogitação, assim como os três filhos de Epstein, pois cada qual dispararia um sinal de alarme diferente. E a preocupação de Sharon com ele era tal que Epstein não podia correr o risco de vê-la ligar para Lianne ou Maya quando descobrisse que o chefe decidira vender a *Anunciação* para financiar um filme sobre o Davi bíblico. Epstein resolveu ligar para a recepção do prédio na Fifth Avenue. Na primeira vez Haaroon não estava trabalhando, só o pequeno cingalês cujo nome ele esquecera de novo assim que o homem o dissera. Se Jimmy tivesse atendido, o japonês esguio e introvertido que operava o elevador envolvido em uma privacidade reservada e que nunca dizia uma palavra, Epstein talvez tivesse ido em frente e explicado o que queria. Mas o cingalês sempre demonstrara curiosidade demais para que se confiasse nele. Epstein ligou de novo algumas horas depois; Haaroon já tinha chegado para seu turno e atendeu após o primeiro toque. Pediu que Epstein esperasse enquanto pegava o bloco de notas amarelo e a caneta que deixava na gaveta do balcão da recepção.

"Sim, senhor", disse, apoiando o bloco de notas no braço enquanto segurava o telefone com o ombro e punha-se a anotar as instruções. Ah, não, nenhum problema, ele poderia embalá-lo naquela noite... Sim, seria extremamente cuidadoso... quase seiscentos anos... que extraordinário, sim, verdade, senhor... amanhã cedo levaria para a Sotheby's, entre a Seventy-Second e a York... ah, iria carregá-lo como a um recém-nascido... sim, a Virgem, senhor, haha, muito engraçado... é mesmo, uma Madona!... com certeza, sr. Epstein, nenhum problema.

Eram cinco da manhã quando o turno de Haaroon acabou e ele pendurou o uniforme no escritório do porão, pegou a chave reserva do apartamento de Epstein, subiu de elevador e tocou no tapete de orações de Isfahan diante da porta, feito para as pessoas se curvarem prostradas nele e não para limparem os pés sujos. Tirou os sapatos e alinhou-os debaixo do banco com pés de bronze. Destrancando a porta, procurou o interruptor no escuro, mas, ao reparar na vista deslumbrante do apartamento, deteve-se. Maravilhado de novo, atravessou a sala de estar vazia, do tamanho das casas de seus dois irmãos no Punjab. Olhou para o parque. O falcão ainda estaria dormindo em seu ninho a essa hora. A nova parceira da ave estaria se preparando para pôr seus ovos, e logo Haaroon teria de vigiar o céu atrás de bandos de corvos vorazes. No ano anterior um filhote caíra de uma árvore bem na frente do prédio, e ele correra para resgatá-lo, parando o trânsito, mas, após um momento de susto, a avezinha se endireitara e saíra voando de novo. O porteiro fiel apertou o nariz contra o vidro frio, mas não conseguiu ver nada no céu ainda escuro.

Encontrou a pintura no quarto principal, conforme Epstein havia descrito. Era menor do que esperava, e, no entanto, seu esplendor era tal que ele não conseguiu tocá-la de imediato. Parado quase em cima do quadro, tinha a sensação de estar se intrometendo em algo intensamente privado. Mas não era capaz de desviar o olhar da menina Maria e do anjo. Só depois de um tempo reparou que no canto, a metade para fora do quadro, havia uma terceira figura, um homem que também estava olhando, os dedos compridos unidos em devoção. A presença do homem à espreita o incomodou. Quem ele representaria? José? O inútil José, que teve de se insinuar na cena? Mas não, ele não tinha nenhuma semelhança com José; um homem com um rosto desses certamente não poderia ter nenhuma relação com a menina iluminada de joelhos diante do anjo.

O céu já começava a clarear quando Haaroon saiu pela entrada de serviço do prédio com o pacote enfiado debaixo do braço. A primavera não tardaria, mas ainda estava frio o bastante para ele ver sua respiração congelada sob a luz dos postes. Ainda faltavam três horas para a Sotheby's abrir; então ele entrou no parque, erguendo os olhos para as copas nuas das árvores. O banco onde gostava de passar o intervalo do almoço estava ocupado por um mendigo de botas imundas, esparramado por sob um cobertor maltrapilho da cor e da textura do barro. Ensaiando seu enterro, pensou Haaroon, que sentou dois bancos adiante, depositando o precioso pacote no colo. Dali, a grande franja de céu estava parcialmente obscurecida pelos galhos de uma árvore gigantesca, mas ele ainda podia ver o bastante para manter sua vigília. Seus olhos seguiram por algum tempo os pardais voando em disparada. Quando olhou para baixo, viu com espanto que a luz do poste reluzia no halo da Virgem mesmo através do papel de embrulho claro. Também o espantou o fato de que ele, um homem nascido na província do Punjab, de um fazendeiro, estava sentado na cidade de Nova York com uma obra-prima pintada na Itália do século XV... Sentiu um súbito desejo de partir a pequena pintura ao meio e estremeceu. Para seus irmãos, uma coisa assim não teria nenhum valor, e uma onda de tristeza se apossou de Haaroon por causa de uma distância que não podia mais atravessar.

Como se para perturbá-lo de forma deliberada, um corvo desceu em diagonal, pousou, marchou pela grama e começou a grasnar para ele. Que aves mais agressivas e conspiradoras, tão maliciosamente inteligentes — parecia que se lembravam de quando ele atirou bolotas em algumas de suas companheiras para proteger um dos filhotes de falcão, e agora berravam iradas sempre que o encontravam. Haaroon agarrou o embrulho e ficou de pé, abanando o braço livre e gritando para o corvo: "Volte lá para o lugar de onde saiu!". O pássaro voou para longe, as penas negras das asas refletindo o azul do céu, e o mendigo no banco se mexeu sob a superfície marrom. Passado um momento, uma cabeleira desgrenhada apareceu, seguida de um rosto acabado.

"Idiota!"

"Desculpe", murmurou Haaroon, sério, sentando-se de novo.

O mendigo o olhou de esguelha de sua posição horizontal.

"O que você está procurando? Drones?"

"Não exatamente."

"Ontem eu vi um voar *direto* até aquela janela", disse o mendigo, apontando um dedo firme para um andar alto de um prédio do outro lado da rua, "e ficar ali por dois minutos, espiando."

"É mesmo?"

"Missão de espionagem", acrescentou o homem, apoiando-se num cotovelo.

O parque tinha começado a se encher de gente que ia praticar corrida logo cedo, e o mendigo ficou a observar as pessoas que passavam pela trilha.

"Se não são drones, então o que você está procurando?"

"Um falcão, na verdade."

"Você o perdeu. O safado. Já pegou um pombo esta manhã. Arrancou a cabeça dele com uma mordida."

"É mesmo?"

Mas o mendigo já tinha puxado o cobertor até o nariz.

Haaroon fechou o zíper do casaco até o pescoço e ficou observando o vento a carregar gentilmente as nuvens. Sabia que o falcão preferia esperar até a claridade ter tomado conta do céu antes de sair para caçar. Sentindo que começava a pegar no sono, piscou, cravando as unhas na palma da mão. Depois do turno da noite, costumava ir direto para a cama, e aos poucos a fadiga começou a vencê-lo, seus olhos fecharam e seu queixo caiu para a frente no peito.

Ele não devia ter dormido por muito tempo quando acordou sobressaltado e viu o peito branco do falcão pairando acima. O coração batendo forte, a cabeça jogada para trás, levantou-se num salto com um grito. Ah, a magnificência! Que beleza sob o céu! O porteiro mal podia acreditar em sua sorte. Voando numa corrente de ar, as asas do falcão estavam esticadas e quase paradas; era só a inclinação de seu corpo que o fazia girar, completando um círculo acima da copa das árvores. Então ele se deteve numa espera tensa, pairando, e atirou-se para baixo.

Haaroon correu na direção em que ele tinha descido, afastando os galhos chicoteantes em seu caminho até chegar à clareira de grama do outro lado das árvores. E ali, sob um raio de luz, estava a magnífica ave, ombros e pescoço curvados quase com ternura sobre a presa se debatendo em suas garras. Um momento depois, acabou. O corpo mole do rato pendia do bico do falcão, e a ave levantou voo, seu pesado bater de asas carregando-o para cima de novo.

Só depois que perdeu o falcão de vista foi que Haaroon baixou os olhos e se deu conta de que suas próprias mãos estavam vazias. Gritou mais uma vez. O coração batendo em disparada, ele correu de volta pelas árvores na direção do banco. Mas já podia ver que estava vazio. Sem querer acreditar, correu os dedos, desesperado, pelo assento de madeira, como se a Madona ainda pudesse estar brilhando ali, invisível.

Quando se virou, viu que o banco onde o mendigo estivera deitado também estava vazio, com exceção do cobertor marrom que pendia sem forma do assento. O porteiro gemeu, ergueu as mãos para a cabeça e puxou seus finos cabelos. Virando-se num círculo desesperado, esquadrinhou com o olhar as trilhas e árvores. Mas, senão pelos pardais, a imobilidade era total.

Para o deserto

Eu não fazia ideia de quanto tempo havia se passado desde que Schectman me deixara lá. No silêncio do deserto, à mercê de uma febre, perdi completamente a noção do tempo. Poderia ter sido uma semana ou dez dias, ou bem mais. Àquela altura, minha família talvez estivesse me procurando em total desespero. Meu pai teria sido o mais firme e infatigável na busca. Ele tem uma capacidade extraordinária de organizar e realizar coisas sob grande pressão, o meu pai; tem o que as pessoas costumam chamar de uma presença dominante e uma vontade de ferro. De imediato, teria entrado em contato telefônico com Shimon Peres, que, conhecido do meu avô meio século atrás, participou do casamento dos meus pais no Hilton e até me disse uma vez, diante de uma refeição cara, que havia lido meus livros e gostado, embora eu não estivesse inclinada a acreditar nele. Mas, apesar de todas essas tênues ligações, é difícil imaginar o que Shimon Peres poderia ter feito por meu pai, visto que já era então apenas um testa de ferro para o que sabia que havia se perdido.

Sim, decidi, meu pai teria sido o líder mais óbvio e irrefutável da equipe de busca, enquanto minha mãe, em sua angústia, teria sido desorganizada e em grande parte inútil. Com certeza ainda não teriam dito nada a meus filhos. Quanto a meu marido, eu realmente não tinha ideia de como ele teria reagido à notícia do meu desaparecimento: era bem possível que se sentisse confuso, e talvez até aliviado com a perspectiva de passar o resto da vida sem ter de aturar meu olhar cético.

Schectman havia dito que alguém viria até mim. As ordens que recebera foram de me deixar naquela cabana no deserto com a mala e o cachorro, e, no devido tempo, provavelmente depois de eu ter completado minha tarefa, alguém voltaria para me buscar. Não houve nenhuma menção direta à tarefa. Ele deve ter imaginado que eu sabia o que deveria fazer ali. Cuidadosamente, com o orgulho tímido e delicado de um noivo guiando a noiva em sua nova morada, ele me conduzira para dentro da casa e me mostrara a cozinha com seu fogão preto, a cama estreita coberta por um cobertor de lã tartan e, por fim, a mesa de trabalho junto da janela, em cujo parapeito duas ou três moscas haviam passado desta para a melhor. A casa era minúscula, quase cômica de tão pequena se comparada à vastidão que a pressionava de todos os lados. Na escrivaninha havia um pote de vidro com algumas canetas, uma pilha de papéis presa por uma pedra oval e lisa e uma velha máquina de escrever. Mas é hebraico, falei, agarrando desajeitada a sacola plástica com minha muda de roupa. Eu nunca tinha escrito nada numa máquina de escrever, e não precisava de uma, de modo que só posso supor que o motivo pelo qual apontei isso foi para sutilmente chamar a atenção de Schectman para a natureza problemática da situação como um todo. Mas ele manteve um ar indiferente, limitando-se a lançar um olhar avaliador para a máquina de escrever com, no máximo, o interesse de alguém que gosta de desmontar coisas mecânicas e deixá-las em pedacinhos.

Ele se ofereceu para me fazer um café, e fiquei encostada contra a parede com os braços cruzados, observando-o enquanto se movia pela cozinha. Ele não devia ter mais de vinte anos, mas manejava a chaleira e o fogão de um jeito que sugeria ter sido acostumado a fazer coisas para si próprio desde pequeno. A janela estava emoldurada com o tipo de renda branca que se associa a chalés alpinos, como se quem a tivesse pendurado esperasse olhar para flocos de neve cintilante caindo além. Mas só o que se podia ver era a paisagem escaldada e seca se estendendo em todas as direções, e o motorista fumando um cigarro, recostado no jipe.

Eu poderia ter recusado, ou gritado, ou então armado uma briga para que eles não me deixassem ali. Não podia ligar para ninguém, pois meu celular estava sem sinal. Mas tinha a impressão de que poderia ter apelado para eles, ou pelo menos para Schectman, que de tempos em tempos continuava a me olhar com seu sorriso gentil e triste, como se lamentasse ter de me deixar ali sozinha. Porém não objetei, nem mesmo reclamei; no máximo, indiquei que a máquina de escrever me era inútil. Talvez eu quisesse impressioná-lo com minha independência e meu profissionalismo. Ou não quisesse desiludi-lo da noção de talentos incalculáveis que, no momento em que ele fosse embora, seriam colocados em ação para o bem dos judeus. Ou talvez eu desconfiasse que já tinha ido longe demais e que não havia mais volta. Qualquer que fosse o caso, desde o momento em que Schectman estendeu a mão para me ajudar a subir no jipe, eu compactuara com tudo. Até onde me lembro, a única pergunta que fiz foi sobre Friedman.

Estava preocupada com ele, expliquei a Schectman, enquanto tomávamos nosso café. Queria saber aonde o tinham levado, e se ele estava bem. Mas Schectman não demonstrou nenhum sinal de reconhecimento à menção do nome de Friedman, e quando insisti, ele admitiu que jamais tinha ouvido falar em nenhum Friedman. Ao que parecia, tinha entrado já na metade da história, sem saber nada sobre o que havia acontecido antes de eu ficar sob sua responsabilidade, ou sobre o que aconteceria depois. Só o que ele sabia era sua parte, que envolvia me trazer de uma barreira na estrada fora de Jerusalém até a cabana no deserto, com a mala e o cachorro. Mas imagino que é assim que eles fazem as coisas no Exército, sem jamais revelar a história inteira a nenhum dos envolvidos. Nas Forças Armadas, toda a ideia de narrativa deve ser completamente diferente, pensei. Você aprende a ficar satisfeito com sua pequena peça, sem ter uma ideia real de como ela se encaixa, e nunca precisa se preocupar com o todo, pois em algum lugar alguém que sabe tudo pensou o assunto a fundo, esmiuçando-o até o último detalhe. A história existe, vai saber de onde ela saiu e para onde está indo, só o que você tem de fazer é se dedicar à sua parte, que pode polir até vê-la brilhar no que, do contrário, seria uma completa escuridão em volta. À luz desse modelo, realmente pareceu pura vaidade chegar a imaginar que alguém poderia ter ciência da coisa toda, e, enquanto considerava isso, por um momento também esqueci Friedman. Mas, quando flagrei Schectman me olhando por cima de sua xícara de café, todas as minhas preocupações voltaram com uma força que me pegou de surpresa. Eu teria dado muito para saber que Friedman estava bem. Convivi com ele por pouco tempo, mas naquele momento senti sua falta como havia sentido a falta de meu avô no último dia em que o vi vivo no hospital, quando me despedi e ele me chamou de volta, dizendo: "Volte, se puder". E então: "Vá, eu espero. Se não me ouvir, abra a porta". Parecia-me que Friedman estivera tentando me dizer coisas que eu fora lenta demais para entender.

Preciso saber o que aconteceu com ele, falei de novo para Schectman. Minha ansiedade deve ter ficado evidente, pois ele estendeu a mão e tocou meu ombro, dizendo para eu não me preocupar. Fui tomada de gratidão e quis acreditar nele. Deve ser assim que começa o vínculo que certos prisioneiros criam com seus captores, pensei: um pequeno e inesperado gesto de misericórdia gera o que só pode ser chamado de amor. Imaginei nós dois assistindo jogos de futebol na pequena televisão que Schectman me traria de presente de aniversário, que só conseguiríamos ver em árabe.

Você sabia que eu tenho filhos?, perguntei-lhe baixinho, querendo estender o momento de intimidade. Ele fez que não com um gesto de cabeça. Dois meninos, disse-lhe. O mais velho deve estar com quase metade da sua idade agora. E o mais novo?, perguntou ele, educado. Por algum motivo, não sei por quê, falei: "O mais novo provavelmente está junto da janela, esperando por mim neste exato momento".

Vi uma gota de escuridão escorrer pelos olhos de Schectman. Talvez eu estivesse tentando testá-lo, ver qual era seu sentimento verdadeiro. Mas quando baixei os olhos, vi que eram os meus próprios dedos que tremiam.

Bebemos o resto do café em silêncio, e então chegou a hora de ele ir. Schectman me ofereceu alguns cigarros, que eu aceitei, como teria feito com qualquer coisa que ele me oferecesse. Fiquei olhando da porta enquanto o soldado se acomodava no banco do passageiro, ao lado do motorista. Pude ver o jipe por um longo tempo, ficando cada vez menor até finalmente virar apenas uma nuvem de poeira, e quando até a nuvem desapareceu, entrei na casa.

Lavei as xícaras, deixando-as para secar na borda da pia, e dei um pouco mais de água para a cadela. Fui então para o outro único cômodo da casa e estudei com o olhar a mala ainda de pé junto da porta. Mas ainda não era o momento para ela, decidi. Em vez disso, voltei minha atenção para os poucos livros velhos nas prateleiras. Eram todos em hebraico, e tentei decifrar os títulos. Um deles chamou minha atenção. Chamava-se ישראל יערות — *Florestas de Israel* —, e dentro havia fotografias em preto e branco de lugares que sem dúvida não poderiam ficar em Israel: florestas selvagens onde ainda se tinha a chance de ser criado por lobos; bosques cerrados e escuros cobertos de neve. Fiquei olhando para as fotos por um longo tempo e, como não conseguisse entender as legendas, tive de me contentar com imaginar o que elas diziam; mas como não conseguisse imaginar muito bem o que poderiam dizer as legendas de fotografias de florestas que definitivamente não poderiam crescer em Israel e que tinham, no entanto, sido reunidas sob o título *Florestas de Israel*, fiquei livre para desfrutar da magia daquela discordância. Em uma das fotos, vi uma pequena lebre branca quase toda camuflada pela neve.

No closet havia algumas ferramentas enferrujadas, duas pás, o que parecia ser um balde de leite, um kit de primeiros socorros, alguns rolos de barbante, um cachecol de lã, uma mochila de lona e um par de chinelos de couro gasto nos calcanhares. Arranquei meus sapatos, calcei os chinelos e caminhei leve até o banheiro. A água da torneira saiu marrom, como se o próprio deserto estivesse vindo pelos canos, enquanto na cozinha a água que saía era apenas turva e amarga. Bebi de lá.

Depois que vi tudo o que havia para ver dentro, fui explorar o lado de fora. Numa das laterais da casa vi uma pequena mesa de piquenique talhada com marcas de faca, e nos fundos um poço de pedras coberto. Devia existir uma nascente subterrânea ou um aquífero, pois havia um monte de arbustos em volta da casa e três ou quatro árvores pequenas e espinhosas. Tamarisco, talvez, ou acácia. Logo a chuva chegaria ali, também, e um tapete verde cobriria o deserto, mas o solo ainda era seco e estéril, com exceção de alguns pontos solitários de vida. Vi um bom tanto de animais; a fonte de água deles devia estar perto. Havia íbex de chifres nas colinas, e uma família de pequenos antílopes que vinham comer os arbustos, e uma vez uma raposa do deserto com pelo âmbar, orelhas pontudas e um focinho magro passou correndo pela casa e parou para olhar pela porta aberta, como se tivesse a leve esperança de cumprimentar um conhecido. Mas, ao me ver, saiu em disparada de novo, sem querer se envolver. Havia um monte de ratos, também, que entravam e saíam a seu bel-prazer.

Só depois de investigar dentro e fora da casa eu me aproximei da mesa de trabalho. Aproximei-me casualmente, devo dizer, sem nenhum plano de fazer nada ali, quanto mais escrever. E foi só então, enquanto sentava na cadeira e colocava sem pensar os dedos no teclado da máquina de escrever, que me ocorreu que eu tinha sido levada à casa de Kafka. A casa onde ele tinha morado sozinho no fim de sua vida — morado e morrido pela segunda vez, nas condições mínimas que ansiava, confinado enfim somente àquilo que estava inquestionavelmente dentro dele próprio. Que era para cá que Friedman pretendia me trazer desde o início.

Logo depois disso, talvez até no dia seguinte, adoeci. Começou com uma onda de fraqueza e um peso nos membros do corpo, e de início achei que era só exaustão pela falta de sono. Passei a tarde toda deitada, olhando com indiferença, pela janela, o deserto a todo momento mudando na luz. Fiquei deitada imóvel, como se já estivesse exausta do que quer que iria enfrentar. Quando comecei a tremer, e uma leve dor se espalhou do meu crânio para os braços e pernas, achei que devia ser algo psicossomático, uma forma de evitar escrever, ou de confrontar o que eu realmente estava fazendo ali, ou de considerar de verdade o que no coração eu já sabia que viria. Eu não temia mais a dor física, mas temia, sim, a dor emocional — a minha própria, mas muito mais a que eu poderia infligir a meus filhos, da qual tudo em mim queria protegê-los o máximo de tempo possível. Para sempre, se eu pudesse. Mas, àquela altura, eu já começara a sentir que só podia postergar a dor dos meninos e que, quanto mais a adiasse, quanto mais o pai deles e eu continuássemos a sustentar uma forma na qual não mais acreditávamos, mais machucados ambos ficariam no fim. Sei que devo acrescentar que também temia a dor que meu marido sentiria e, por mais que fosse verdade, me parece difícil escrever esta frase agora. Nos anos que se seguiram, ele se comportou de maneiras que continuamente me chocavam, apesar de sua quase constância. Nos afastamos do casamento lado a lado, e embora mais tarde o sofrimento de ambos fosse enorme, acredito de fato que eu poderia ter continuado a nutrir um forte sentimento por ele a vida toda, pelo homem com quem tive meus filhos, que lhes devotara todo o seu amor, se ele não tivesse se tornado alguém que eu não conseguia mais reconhecer. Não só o seu rosto, que continuei a estudar com perplexidade por um longo tempo depois, mas todo seu ser. Acho que deve acontecer com frequência isso, quando alguém se separa de uma pessoa com quem esteve por um longo tempo, de aparecerem muitas coisas que tinham sido ocultas ou reprimidas pela presença do outro. Nos meses que se seguem ao término de um relacionamento, pode parecer que a pessoa cresce à velocidade da luz, como num documentário sobre a natureza em que semanas de filmagem passam em alta velocidade para mostrar uma planta desabrochando em questão de segundos, mas na verdade a pessoa esteve o tempo todo crescendo, sob a superfície, e é somente em sua nova liberdade, em sua estonteante solidão, que ela pode permitir que essas coisas subterrâneas desabrochem e venham à luz. Mas tinha havido tanta inibição e silêncio entre mim e meu marido que, quando nos separamos e cada um por fim se revelou sob uma luz e com um volume diferente, era impossível se sentir próximo da pessoa que apareceu. Talvez ele não quisesse nenhum tipo de proximidade, ou não pudesse, e não o culpo por isso. E agora, longe o bastante, do outro lado da mágoa, percebo que só sinto surpresa quando penso nele. Surpresa por termos, durante algum tempo, chegado a acreditar que estávamos caminhando na mesma direção.

Em que momento você sai de um casamento? Ao contrário do amor e da afeição, a promessa do tempo pode ser medida, de modo que casar com alguém é se ligar a outra pessoa para a vida toda. E agora penso que saí do meu ao sair do tempo, e essa era a única forma possível para mim, assim como não havia outro jeito senão fazer minha mala em meio à névoa da insônia. Desperta na cama de Kafka, saí da antiga ordem do tempo e entrei em outra. Do lado de fora da janela só havia tempo, e dentro também: a luz que atravessava o piso era o tempo, como também o eram o zum-zum do gerador, o estalo da lâmpada que trazia uma fraca iluminação para o quarto, o vento assobiando na quina da casa, tudo isso era apenas tempo arrastado de algum outro lugar e depositado aqui, tendo desistido de qualquer ligação com a sequência.

Tempos atrás, antes de me casar, li um livro sobre a antiga Grécia. Foi numa época em que estava particularmente interessada na Grécia, e fui para o Peloponeso com um namorado com quem vivi por um período no longo dedo da península de Mani, que se estende impertinente para dentro do mar, onde nós dois tentamos escrever, mas na maior parte do tempo apenas transávamos e brigávamos selvagemente em um minúsculo chalé infestado de ratos. O livro estava cheio de coisas fascinantes, e lembro que se aprofundava bastante nos termos gregos arcaicos para o tempo, que eram dois: *chronos*, que se refere ao tempo cronológico, e *kairós*, usado para indicar um período indeterminado

264

em que ocorre algo bastante significativo, um tempo que não é quantitativo, mas que tem em vez disso uma natureza permanente, contendo o que se poderia chamar de "o momento supremo". E enquanto jazia na cama de Kafka, parecia que se acumulava à minha volta esse tipo de tempo, e que, quando estivesse boa de novo, eu tentaria peneirá-lo todo para localizar o momento supremo em torno do qual a minha vida até então havia secretamente girado. Encontrar essa agulha no palheiro me parecia de uma importância urgente, já que supostamente o momento teria passado sem que eu fizesse a menor ideia do que ele havia oferecido. Fiquei convencida de que devia ter acontecido durante a minha infância, vindo como uma mariposa que voa em direção à luz, apenas para se chocar contra uma tela obtusa, uma tela recém-colocada lá por alguma responsabilidade incipiente do que se esperava de mim agora que eu tinha oito ou dez anos, enquanto antes eu vivia com todas as minhas janelas e portas escancaradas para a noite. Lembro que naquele livro que li no jardim da frente do chalé, enquanto na cozinha os ratos corriam pelas corrediças que sustentavam as prateleiras, e na sombra do jardim dos fundos o namorado escrevia páginas e mais páginas como se estivesse apenas passando o tempo inocente, esperando que eu encontrasse mais um motivo para extravasar minha fúria nele — naquele livro, aprendi também que na antiga arte da retórica o termo *kairós* se referia ao instante passageiro em que ocorre uma abertura que deve ser forçada a todo custo, com todas as forças que se tem caso se queira vencer alguma resistência restante. E agora eu entendia que, em minha ignorância, não fora capaz de agarrar ou mesmo de reconhecer esse instante, que — se eu tivesse tido a força necessária — poderia ter me permitido atravessar para aquele outro mundo que sempre senti que existia por baixo. Desatenta, perdi minha chance, e desde então meu único recurso foi tentar ir cavando com as unhas o meu caminho até lá.

Às vezes eu acreditava que aquela era a cama de Kafka, às vezes não. Às vezes penso que quase esquecia, alegremente, até quem era Kafka. Sua mala continuava junto da porta, mas em certos momentos eu não me lembrava mais de quem ela era, ou o que havia dentro, embora jamais tenha perdido a noção de que era muito importante, e de que, independentemente do que me acontecesse, eu não podia perdê-la. De que em algum lugar a vida de alguém, talvez até a minha própria, dependia dela. Às vezes eu chamava o cachorro de Kafka, já que o nome estava na ponta da língua, e porque usá-lo para a cadela parecia ser um súbito ato de lucidez. Ela atendia, também, embora já estivesse tão faminta, o pobre animal, que provavelmente teria respondido a qualquer coisa. Talvez fosse a fome que fizesse seus olhos brilharem de profunda inteligência. Dei para a cadela tudo o que podia encontrar no armário da cozinha. Acho que ela pensou que eu fazia um sacrifício maior do que realmente estava fazendo, e isso despertou sua lealdade. Mas quando adoeci não havia muita coisa na casa para comermos, com exceção de um grande estoque de um salgadinho com sabor de amendoim chamado Bamba. Quando ouvia o som familiar do pacote abrindo, ela vinha correndo. Grandes nuvens de poeira ou talvez de pele seca subiam quando ela se mexia, e coloquei na cabeça que isso, também, era uma forma de tempo, ou de qualquer tempo que ainda lhe restasse.

Às vezes eu falava com a cachorra. Longos monólogos, aos quais ela ouvia de orelhas erguidas enquanto devorava migalhas de salgadinho do meu bolso. Uma vez, já farta de Bamba, virei-me para ela e falei: "Por que você não come um sanduíche de carne?", que foi o que meu avô me disse em sua cama no hospital, pouco antes de me perguntar se já tinha morrido. Mas eu sabia que não estava morta; pelo contrário, havia momentos em que, doente, me sentia incrivelmente viva. Mais viva, acho, do que tinha me sentido desde criança. Alerta ao som de muitos tipos de vento, e ao inchaço e à contração da casa, às asas de uma mosca presa numa teia que ainda não tinha cedido, e à lenta e constante nota de luz solar tocando ao longo do piso. Eu sempre tinha sido um pouco selvagem nos meus hábitos, apesar de todo o capricho doméstico com que agira em contrário, mas deixada sozinha, embalada pela febre, desisti de lavar minhas roupas na pia e com frequência dormia durante o dia e acordava à noite sem me dar ao trabalho de escovar o cabelo ou varrer o chão, que aos poucos foi sendo coberto pela fina areia do deserto. Encontrei no closet um velho casaco de lã e passei a usá-lo, mesmo na cama. Quando a dor ficava insuportável, eu fixava os olhos em alguma pequena descoloração na parede ou no teto, ou numa mancha de sujeira na janela, e me forçava a olhar para esse minúsculo defeito com enorme intensidade, dedicando-lhe até o último pingo de concentração. Fosse como resultado disso, fosse da paciência que naturalmente se desenvolve de ficar sozinha e confinada à cama, aos poucos tomei consciência de que minha visão se aguçava, e depois de testar essa clareza estudando as fibras do cobertor que se erguiam feito os pelos na perna de um inseto, descobri que também podia usá-la em exames internos. Por um tempo, pareceu que eu só precisava brandir a lâmina da minha perspicácia para que o tema, qualquer que fosse, imediatamente se rendesse à minha dissecação. Mas nisso um pressentimento desagradável lançou uma sombra no resto, grosseiro e sem adornos, e era simplesmente isto: de que, durante a maior parte da vida, eu ficara emulando os pensamentos e as ações de outras pessoas. De que muito do que eu tinha feito ou dito espelhava o que se fazia ou dizia à minha volta. E de que, se continuasse assim, quaisquer chamas de uma vida brilhante que ainda queimavam em mim logo se apagariam. Quando eu era muito nova tinha sido diferente, mas eu mal conseguia recordar essa época, de tão fundo que estava enterrada. Minha única certeza era de que houve uma época em que eu olhava para as coisas do mundo sem precisar subordiná-las à ordem. Eu simplesmente via, fosse qual fosse a originalidade com que havia nascido, a totalidade das coisas, sem precisar lhes dar uma tradução humana. Eu jamais seria capaz de ver dessa forma de novo, sabia disso, mas, enquanto estava deitada ali, senti que falhara em cumprir a promessa da visão que tivera uma vez, antes de começar lentamente a aprender a olhar para tudo do modo como os outros olhavam, e a copiar as coisas que diziam e faziam, e a moldar minha vida a partir da deles, como se nenhum outro tipo de existência jamais tivesse me ocorrido.

Não duvido que fosse eu mesma o alvo da dissecação, porque em certos momentos a dor era extrema demais. Atravessava todo o meu corpo, até o âmago; somente em uma ocasião eu sentira algo assim. Mas, como disse, a dor física não me assusta mais. Parou de assustar depois que meu filho mais velho nasceu. Na noite antes de eu entrar em trabalho de parto, uma mulher veio à minha casa para me dar umas roupas de bebê de que não precisava mais, e, sentada no sofá, ela me disse que, em meio às dores do parto, a última coisa que quis foi ficar deitada de costas, sem sentir o corpo da cintura para baixo. Pelo contrário, a única abordagem concebível era poder se levantar e caminhar direto para a dor, enfrentá-la com todas as forças que tinha. Isso me pareceu tão natural que, quando minha bolsa estourou na noite seguinte e me vi no hospital, consumida pela dor, recusei tudo, recusei até a agulha intravenosa que insistiram em tentar enfiar no dorso da minha mão assim que cheguei, e durante as dezessete horas seguintes encarei a dor de dar à luz um bebê de 4,5 quilos pelo que sempre me pareceu uma passagem bastante estreita. Quando finalmente consegui falar de novo, tendo recobrado a consciência depois do sangue perdido com toda a dilaceração, e estava deitada estendida na cama, tentando juntar os filamentos estraçalhados da minha mente, eu disse para alguém que havia ligado, curioso para saber como tinha sido, que eu sentia como se tivesse encontrado a mim mesma em um vale escuro. Que tinha descido e me encontrado no vale do inferno. De modo que essa dor, esse esfolamento do eu ou o que quer que fosse que estivesse acontecendo comigo agora, não ia me derrubar. Essa dor, como se todo meu ser estivesse sendo arrancado do osso. Ou talvez eu não estivesse com medo da dor porque acreditava que minha doença, ou o que fosse, também era uma forma de saúde, a continuação de uma transformação já em andamento.

Deve ter sido durante o olho da tempestade de minha febre que me peguei a uns oitocentos metros da casa, sem a menor ideia de como tinha ido parar lá. Eu estava observando uma mancha no céu que achei ser uma águia circulando no alto. Ela gritava, e como se seu grito tivesse vindo de mim, eu subitamente senti que a pressão atrás de meus pulmões era alegria. Uma exultação selvagem do tipo que às vezes me atacava sem aviso na infância. Uma alegria tão poderosa que achei que meu peito poderia explodir. E então aconteceu, deve ter explodido com tudo, porque por um momento nada mais me continha. Fui aos céus e atravessei-o livremente. Não é esse o significado de êxtase, como os gregos pensavam? Naquele jardim na península de Mani, apaixonada e em fúria, eu tinha lido: "Ékstasis: sair de si mesmo". Mas, por mais que eu admirasse os gregos, no fim essa jamais poderia ser eu, e se você é um judeu no deserto se afastando de si mesmo, saindo da velha ordem, vai ser sempre um pouco diferente, não vai? *Lech lechá*, Deus disse a Abrão, que ainda não tinha se tornado Abraão: "Vá — saia de sua casa, da terra de seus pais, da terra em que nasceu, e vá para o lugar que vou lhe mostrar". Mas *Lech lechá* nunca quis dizer realmente sair da terra em que se nasceu e atravessar o rio para a terra desconhecida de Canaã. Ler dessa forma é perder a essência, na minha opinião, pois o que Deus exigia era muito mais difícil, era quase impossível: que Abrão saísse de si mesmo para que pudesse abrir espaço para o que Deus queria que ele fosse.

No olho da tempestade — não sei que outro nome lhe dar. Deve ter sido nesse momento também, durante aquele acesso de energia que veio do cessar da dor, que eu decidi arrastar a cama para fora da casa. Foi difícil fazer a cama passar pela porta. Tive de virá-la num ângulo de modo que a cabeceira passasse, e naturalmente ela emperrou e eu tive de sair pela janela e dar a volta até a frente para puxá-la. Enquanto eu puxava de maneira obsessiva, a cadela uivava dentro, correndo e farejando o outro lado da cama. Acho que ela pensou que minha intenção era prendê-la ali dentro e ir embora. Quando a cabeceira da cama subitamente se soltou, eu caí para trás e a cadela se atirou para fora da casa.

Arrastei a cama mais uns seis metros. Muito satisfeita, ajeitei os lençóis e o cobertor tartan e deitei sob o céu extraordinário. A cadela finalmente acalmou e deixou-se cair no chão pedregoso ao lado da cama. Apoiou o focinho na borda do colchão, esperando pra ver se eu ainda tinha algo mais a acrescentar. Deve ter tido uma ninhada uma vez, talvez várias, porque suas tetas pendiam soltas da barriga. Perguntei a mim mesma onde estariam seus filhotes. Perguntei a mim mesma se a cadela chegava a pensar neles. Talvez eu falasse com ela assim: como uma criatura que havia suportado as exigências físicas de dar vida ao mundo de outro, que tinha a história de dar a vida escrita em seu corpo desde a concepção, não tendo escolha, ao que parecia, senão cumprir seu papel. Que sentia a força extrema dessa lei se movendo através dela, e questionava se haveria alguma diferença entre isso e o amor. Com exceção desse assunto, não lembro mais qual era o tema das nossas conversas.

A tarde caía, o deserto tornava-se ocre e a temperatura estava perfeita enquanto eu observava umas nuvens rosadas passando no alto. Fiquei satisfeita com o resultado do meu trabalho. Tanto que, depois de algum tempo, decidi arrastar também o resto da mobília para fora. A poltrona de leitura, coberta com um pedaço velho de lona para esconder o assento rasgado, a escrivaninha e até a máquina de escrever, a pilha de papéis e o peso de pedra, que agora cumpriria a sua função, já que, sem ele, as páginas teriam sido espalhadas pelo vento. De início ficou parecendo uma espécie de bazar doméstico, o que definitivamente não era o que eu tinha em mente, então passei um bom tempo arrumando a bagunça a céu aberto na frente da casa, ajustando os espaços entre cada peça, buscando deixar tudo em um estado de perfeição inexprimível. Quando já estava quase perfeito mas não de todo, corri para a casa e voltei com os chinelos, que deixei ao lado da cama, e com *Florestas de Israel*, que coloquei na mesa de cabeceira.

Uma onda de exaustão me invadiu. Eu mal podia dar outro passo, e afundei no colchão. Não conseguia imaginar como havia encontrado forças para aquilo tudo. No entanto, deitada ali fora, senti-me próxima daquela plenitude que você percebe estar por baixo da superfície de tudo, invisível, como Kafka outrora escreveu, distante, mas não hostil, sem relutar, sem ser surda, e que, se chamarmos pelo nome certo, talvez venha.

Devo ter pegado no sono. Quando abri os olhos de novo, já era noite e eu tremia de frio, olhando para as estrelas ferozes. Enrolei-me melhor no velho cobertor de lã. Procurando as constelações, lembrei do dia em que o namorado e eu fomos de carro até a ponta do dedo torto de Mani, até o suposto portal do Submundo. Vidas antigas estão sempre retornando, mas, ao longo da década do meu casamento, aquele dia específico me voltou com mais frequência que outros, e agora tinha retornado de novo. Para poder ver dentro da pequena boca da caverna, eu tinha ficado de quatro e, ao fazê-lo, o namorado havia erguido meu vestido e montado em mim por trás. As lâminas altas da grama farfalhavam gentilmente ao vento, e, para não gritar, cravei os dentes no braço dele. Quando chegamos em casa, descobrimos que um rato tinha entrado e fritado no quadro elétrico, e naquela noite não tivemos escolha senão nos compadecermos um do outro no escuro. E agora, estirada de costas sob as estrelas, me ocorre que era isso que tinha estado por trás de toda a minha fúria grega: o momento abrupto em que a resistência dá lugar a um amor quase chocante. Não acredito ter conhecido um amor verdadeiro que não viesse com violência, e naquele momento, deitada sob o céu do deserto, soube que jamais confiaria de novo em nenhum amor que não viesse.

Eu estava fraca demais para arrastar qualquer coisa além da cama para dentro da casa. Deixei-a no meio do quarto, e descobri que dali podia ver o lado de fora pelas três janelas. O único livro em inglês que eu tinha era *Parábolas e paradoxos*, e depois de reler algumas vezes a seção sobre o paraíso, olhei pelas janelas e de súbito me ocorreu que havia me enganado sobre algo a respeito de Kafka, sem ter percebido o limiar que estava na origem de todos os outros em sua obra, aquele entre o paraíso e este mundo. Kafka disse uma vez que entendia melhor que ninguém a queda do homem. Esse sentimento vinha da crença de que a maior parte das pessoas se enganava ao achar que a expulsão do Jardim do Éden era uma punição por comer da Árvore do Conhecimento. Mas, aos olhos de Kafka, o exílio do paraíso era o resultado de não se ter comido da Árvore da Vida. Se tivéssemos comido daquela outra árvore que também ficava no meio do jardim, teríamos despertado para a presença do eterno dentro de nós, para aquilo que Kafka chamava "o indestrutível". As pessoas são praticamente iguais em sua capacidade de reconhecer o bem e o mal, escreveu ele; a diferença se dá depois desse conhecimento, quando precisam fazer um esforço para agir de acordo com isso. Mas como nos falta a capacidade de agir segundo nosso conhecimento moral, todos os nossos esforços perecem, e no fim só podemos nos destruir enquanto tentamos. Nada nos deixaria mais felizes do que anular o conhecimento que nos veio quando comemos no Jardim do Éden, mas, como somos incapazes de fazê-lo, criamos racionalizações, das quais o mundo agora está cheio. "É possível que todo o mundo visível", ponderou Kafka, "não seja nada mais do que a racionalização de um homem querendo descansar por um momento." E como? Fingindo que o conhecimento pode ser um fim em si mesmo. Nesse ínterim, continuamos desconsiderando a coisa eterna e indestrutível dentro de nós, assim como Adão e Eva fatalmente negligenciaram a Árvore da Vida. Continuamos desconsiderando, mesmo enquanto não conseguimos viver sem a crença de que está lá, sempre dentro de nós, seus ramos se estendendo para o alto e suas folhas desabrochando na luz. Nesse sentido, pode ser que o limiar entre o paraíso e este mundo seja ilusório, e que nunca tenhamos realmente deixado o paraíso, sugeriu Kafka. Nesse sentido, pode ser que estejamos lá agora mesmo sem saber.

Ficou claro que ninguém viria até mim. Talvez tivessem esquecido. Ou talvez quem quer que estivesse na posse da história toda houvesse sido mandado para longe ou morrido na guerra.

Kadish para a história toda. Eu não tinha nem tentado fazer a minha parte: a mala continuava intacta lá onde Schectman a deixara. Mas, não, isso não é totalmente verdade. Antes de adoecer, e às vezes durante a minha febre, pensei bastante na vida após a morte de Kafka. Imaginei seus jardins, acima de tudo. Talvez a esterilidade do deserto por todo lado tivesse me dado uma sede de exuberância, do cheiro carregado e quase nauseante de folhagens cerradas, mas volta e meia eu me via evocando suas trilhas perfumadas, tomadas pela agitação dos insetos, seus caramanchões, suas árvores frutíferas e suas videiras. E Kafka estava sempre no meio disso, trabalhando ou descansando, fazendo mistura de turfa ou cal, tocando botões duros, desemaranhando torrões de raiz, assistindo ao trabalho das abelhas enquanto continuava vestido igual a um agente funerário. Eu nunca o imaginava em roupas apropriadas para o trabalho ao ar livre ou o calor. Mesmo depois que minha visão de seus jardins se ajustou à realidade do que eu sabia que podia crescer ali, depois que os enchi de madressilvas e romãzeiras, eu ainda não conseguia imaginá-lo com nenhuma roupa além daquele terno grave. O terno, e às vezes aquele chapéu-coco que sempre pareceu pequeno demais para sua cabeça, como se o menor ventinho pudesse derrubá-lo. Se eu não conseguia aceitar plenamente a ideia de ele se livrando de suas roupas antigas, por mais inadequadas que fossem em sua nova vida, imagino que era porque não conseguia aceitar plenamente que Kafka teria preferido plantar uma árvore, aguar e fertilizar e podar, a organizar a luz por entre suas folhas, fazê-la atravessar trezentos anos em uma ou duas frases e matá-la por fim num furacão que acabou enchendo suas raízes de sal e a deixou à mercê do machado. Não conseguia aceitar, enfim, que ele desejava labutar sob as condições duras e limitadoras da natureza quando seus poderes se excediam a ponto de conseguir superá-las, formando algo que, em sua prosa, sempre alcançara a solidez do eterno.

Havia um dicionário hebraico na estante, e folheei suas páginas, tentando imaginar que, depois de sua morte, Kafka realmente fizera a travessia para o hebraico e passara a escrever naquelas letras antiquíssimas. Que o resultado da união entre Kafka e o hebraico era o que realmente estivera escondido esse tempo todo na fortaleza do apartamento de Eva Hoffe na rua Spinoza, protegido por uma grade dupla e por sua paranoia. Haveria algo como um último Kafka? Seria possível que o subtexto acobertado da disputa judicial em curso entre a Biblioteca Nacional de Israel e Eva Hoffe, agindo como representante de Brod, fosse na verdade isto: a luta para preservar o mito *versus* a luta para reivindicar Kafka, luta travada pelo Estado, que se considerava o representante e o auge da cultura judaica, e que dependia de uma superação da diáspora, da noção messiânica de que somente em Israel um judeu poderia ser um autêntico judeu? O sorriso sabedor que atravessou os lábios de Friedman naquele dia em que me deixou no apartamento de minha irmã me voltou de novo: "Acha que sua escrita pertence a você?". Só agora que Friedman se fora é que eu estava pronta para discutir com ele, dizer-lhe que a literatura jamais poderia ser empregada pelo sionismo, pois o sionismo se baseia num fim — da diáspora, do passado, da questão judaica —, enquanto a literatura se encontra na esfera do infinito, e aqueles que escrevem não têm esperança de um fim. Perguntaram uma vez em uma entrevista a Eva Hoffe o que, na opinião dela, Kafka teria achado daquilo tudo se estivesse vivo. "Kafka não teria durado dois minutos neste país", ela havia retrucado.

A cadela ficou me observando de seu canto enquanto eu levantava para recolocar o dicionário hebraico na estante. Ela ficara ali sentada durante toda a minha febre, ganindo apenas quando tinha de sair para se aliviar. Fora isso, ela não saiu do meu lado. Não vou esquecer tão cedo a expressão de seus olhos escuros e úmidos: como se ela entendesse o que eu mesma não entendia. Mas agora ela parecia saber que a febre tinha baixado, e começou a se esticar e a se mexer em volta, chegando até a balançar o rabo no chão, como se também sentisse que o tempo voltava para nós. Quando fui até a cozinha pegar um pouco de água para a cadela, vi-a sair pulando e correndo atrás de mim com uma nova energia, como se ao longo de minha febre ela tivesse rejuvenescido muitos anos. Não havia mais nada para comer, a cozinha estava vazia. Eu não tinha o menor interesse em descobrir como era morrer de fome, ou em assistir a cadela morrer. A noite toda eu tinha ouvido seu estômago revirar de fome.

A mala ainda estava esperando junto da porta. No momento em que coloquei os dedos na alça, a cadela começou a arfar de empolgação. Arrastei a mala pelo quarto vazio enquanto ela assistia. Era bem mais leve do que eu esperava. Tão leve que por um momento me perguntei se o exército não havia trazido a mala errada, ou se Friedman realmente chegara a tirar algo da rua Spinoza.

Enchi alguns frascos grandes de água e coloquei-os na mochila de lona mofada que tinha encontrado no closet. Eu ainda estava com o casaco que poderia ter sido de Kafka, mas, em vez de devolvê-lo para o cabide, abotoei-o até o pescoço. Então dei uma última olhadela em volta do quarto, que não parecia conter mais lembranças da época dele do que da minha. Fechei as finas cortinas, que pouco serviam para conter a luz. Kadish para Kafka. Que sua alma fique protegida no feixe da vida. Talvez ele tivesse vivido ali, algo que eu jamais poderia fazer. Meus filhos precisavam de mim, e eu precisava deles, e o tempo em que poderia ter vivido confinada àquilo que inquestionavelmente estava dentro de mim mesma havia passado no momento em que eles nasceram.

Abri a porta, e a cadela não hesitou. Correu uns vinte ou trinta metros à minha frente, depois virou-se para me esperar.

Parecia querer me mostrar que já sabia o caminho, e que eu poderia confiar nela para me guiar. A mobília continuava ali ao relento. Os chinelos estavam lado a lado no chão empoeirado para quem quer que aparecesse. Logo a chuva chegaria, caindo sobre tudo. Olhei para a casa, que parecia ainda menor do lado de fora.

A cadela corria adiante, alternando entre farejar o chão e se virar para mim para se certificar de que era seguida. Eu arrastava a mala atrás de mim pelo chão pedregoso. O que a princípio pareceu leve logo se tornou pesado, como sempre acontece. Se eu ficava muito para trás, a cadela se voltava e vinha correndo colar em mim, e quando eu parava e sentava no chão, ela gania e lambia meu rosto.

Caminhamos durante horas. O sol logo começou a se pôr a oeste, lançando nossas sombras para a frente do corpo. A pele da palma das minhas mãos ficou vermelha e cheia de bolhas, eu já não sentia mais os braços, e àquela altura minha crença na capacidade sobrenatural da cadela em me guiar já tinha sido praticamente suplantada pela exaustão e pelo medo de que morreria ali e jamais veria meus filhos de novo porque fora tola. Não foi sem uma certa repulsa de mim mesma que abandonei o trabalho de arrastar uma mala que eu temia estar vazia pelo chão de um deserto que outrora fora o fundo de um mar. A cadela olhou com pena para a mala por um momento, depois ergueu o focinho para o céu e farejou o ar, como se para demonstrar que já tinha outras preocupações em mente.

Era tarde quando alcançamos a estrada. Eu queria cair de joelhos e chorar no asfalto que alguém tinha se dado ao trabalho de colocar ali. Dividi o que restava da água com a cadela, e nos aconchegamos uma na outra para manter o calor. Dormi um sono intermitente. Deviam ser quase seis da manhã quando ouvimos o som crescente de um motor se aproximando do outro lado da colina. Levantei-me num salto. O táxi fez a curva rasgando o asfalto, e eu abanei os braços freneticamente para o motorista, que freou com tudo, veio lentamente até nós e baixou o vidro. Estávamos perdidas, expliquei, e em péssimo estado. Ele baixou o volume da música mizrahi tocando no rádio e sorriu, revelando um dente de ouro. Estava indo para Tel Aviv, falou. Respondi que esse era o nosso destino também. Ele lançou um olhar cético para a cadela, cujo corpo tinha ficado tenso e rígido. Ela parecia disposta a saltar e afundar os dentes na jugular dele, se preciso fosse. Não se parecia nem um pouco com um pastor, nem alemão nem de qualquer outro tipo, mas no fim Friedman tinha razão, era o que ela era. Um cachorro extraordinário; e pensar que eu quase a dei para a soldado. Depois que saí do hospital, tentei encontrá-la. Eu quase esperava que ela estivesse sentada aguardando por mim onde eu a tinha deixado, do lado de fora da entrada do pronto-socorro. Ela, porém, já devia ter partido há tempos quando recebi alta. Tinha feito sua parte e saíra em busca de seu mestre. Mais tarde também procurei por ele. Mas não havia rastro de Friedman. Nos escritórios da Universidade de Tel Aviv disseram-me não haver registro de nenhum Eliezer Friedman — ninguém com esse nome jamais trabalhara no departamento de literatura nem em qualquer outro departamento. Eu tinha perdido o cartão que ele me dera. Procurei nas listas telefônicas, mas, embora houvesse centenas de Friedman em Tel Aviv, nenhum se chamava Eliezer.

Lech Lechá

Quando as fotos de Gaza chegaram, não eram nem de destroços nem de chamas. A primeira era de um pé ao lado do que pareciam ser sacolas plásticas coloridas. A segunda era do mesmo pé, borrado. A terceira era só uma mancha de cores. E assim foi, até que a sexta foto terminou de carregar e surgiu na tela. Epstein viu-se mirando os olhos de uma criança. Um menino com não mais de oito ou nove anos; onze, se fosse considerar o modo como a desnutrição pode retardar o crescimento de uma criança. Seu rosto travesso estava sujo de terra, e por trás do arco das sobrancelhas seus olhos escuros brilhavam. Tinha a boca fechada, mas ao mesmo tempo parecia rir. Hipnotizado, Epstein demorou um minuto até perceber que a gola azul-marinho da qual saía o delicado pescoço do menino era dele, era do seu casaco. Imaginou o menino abrindo caminho pelo lixo, saltando sobre pneus e correndo por um beco com o casaco esfarrapado se arrastando atrás feito um manto. Então o rosto em sua tela foi abruptamente substituído por uma chamada de Schloss. Ele apertou o botão vermelho, mandando seu advogado para a caixa de mensagens, que já estava cheia.

Eram quatro da manhã. Epstein sentou no vaso, deixando a água quente do chuveiro levar embora o frio de seus ossos. O rolo de papel higiênico tinha de ficar do lado de fora da porta, mas, depois de fazer esse pequeno ajuste, ele tinha começado a apreciar a conveniência do chuveiro, com o assento pronto embaixo. Epstein se lavou, passando sabonete entre os dedos do pé como sua mãe o ensinara a fazer. O espelho em cima da pia ficou embaçado. Ele se ergueu e esfregou o vidro, e seus olhos apareceram sob seus dedos. Desaparecendo de novo sob o vapor, ele repetiu o gesto. Depois saiu atrás de suas roupas, tremendo de frio e deixando um rastro de pegadas molhadas pelo chão. Nu diante do espelho do guarda-roupa, Epstein viu suas finas pernas cheias de veias e as dobras de pele solta em volta da barriga. Dando um passo para trás, apressou-se em vestir suas roupas.

Enfiou sua edição dos Salmos na pasta, deu uma batidinha no bolso conferindo a carteira, enrolou um cachecol no pescoço e ficou parado um minuto no escuro, tentando lembrar se tinha esquecido alguma coisa. Então saiu, trancando o apartamento com duas voltas na chave. O táxi que havia chamado já estava esperando lá embaixo. Um gato entrou no foco de luz dos faróis e miou. Epstein sentou no banco do passageiro, e o motorista o cumprimentou; depois de um minuto em silêncio ligou a música mizrahi no rádio.

O produtor de locação encontrou-o de carro no lugar combinado, junto da estrada, numa parte do deserto perto de En--Gedi. As coisas estavam indo de mal a pior, relatou, passando a mão livre pelo cabelo fino. Epstein se importaria se ele fumasse? Epstein baixou o vidro da janela, e o cheiro sulfuroso do mar

Morto invadiu o carro. Como o orçamento estava apertado até a ajuda dele aparecer, a equipe teve de fazer concessões. Isso havia transformado o já mal-humorado e irascível diretor num tirano. O produtor de locação revelou que ele até passara a desprezá-lo. Sua única motivação sempre fora agradar os diretores para os quais trabalhava. O único retorno que ele queria de seu esforço, e das incontáveis horas de trabalho, era deixar o diretor feliz. Mas Dan era impossível. Nada era bom o bastante para ele. Se não fosse tão talentoso, ninguém o suportaria. Ele ficava uma fera por causa dos menores erros, e fazia questão de humilhar os responsáveis. Quando o diretor-assistente deixou Betsabeia ir embora, achando que ela já tinha encerrado sua parte naquele dia, Dan ameaçou cortar o pau dele. Quando simplesmente não encontraram as grevas de Golias, ele também subiu nas tamancas. "Golias tem quatro falas", gritou, "e uma delas é 'Tragam minhas grevas de bronze!' Então cadê as grevas dele, caralho?" Em menos de uma hora, a produção de objetos arranjou umas caneleiras e passou um spray dourado nelas, mas, embora parecessem bastante convincentes, Dan limitou-se a lançar um olhar para elas e atirou uma cadeira para longe. No dia seguinte, quando soube que os técnicos não tinham um carrinho de filmagem para uma cena de batalha, saiu furioso do set, e só se acalmou depois que Yael se trancou com ele na van por mais de uma hora. Mas, em vez de retornar pacificamente, voltou exigindo uma multidão maior de filisteus. Vendo que ele tinha acabado de despedir o produtor de elenco, e que não daria para esticar o orçamento para pagar mais figurantes, Eran — embora àquela altura quisesse matar Dan — tinha feito uma postagem no Facebook chamando voluntários, e pediu para seu primo famoso compartilhar com seus trezentos mil seguidores, insinuando vagamente que ele próprio talvez aparecesse.

E quantos apareceram?, perguntou Epstein.

O produtor de locação deu de ombros, atirou o cigarro para fora do carro e disse que saberiam disso no dia seguinte. A cena da batalha tinha sido adiada até eles conseguirem encontrar uma grua.

Quando chegaram ao set, o sol começava a nascer. Dan e Yael ainda estavam a caminho, vindos de um hotel num kibutz próximo, mas o diretor de fotografia já corria com os preparativos e queria começar o mais rápido possível, enquanto a luz continuava mágica. Eles deviam filmar três cenas de Davi no deserto, fugindo de Saul. Primeiro, Davi e seu bando de desajustados e foras da lei chegariam à casa do rico calebita Nabal, para exigir provisões em troca do fato de, sob a vigilância deles, nenhum mal ter sido causado aos pastores e às três mil ovelhas de Nabal. Depois disso, a cena da morte de Nabal e do momento em que sua esposa, Abigail, é forçada a se casar com Davi. Ao meio-dia, quando o sol estivesse forte demais para fazer o que quer que fosse, o diretor de fotografia queria filmar dentro da caverna, onde Davi corta escondido a ponta do manto de Saul enquanto o rei faz suas necessidades. Pouco antes do pôr do sol, eles filmariam uma última tomada do final do filme.

Davi, no trailer, fazia a maquiagem. Trinta ovelhas estavam a caminho, guiadas pelo pastor beduíno da equipe. Saul, que pareceu ansioso demais para Epstein, vadeava em volta já com o figurino, fazendo piada com os maquinistas. Ao lado de Epstein, Ainoã, ex-mulher de Saul, enrolava uma mecha de cabelo no dedo enquanto repetia suas falas em silêncio. Comentou que vinha tendo problemas. Epstein lhe perguntou por quê, e ela explicou que seu papel era um dos aspectos mais controversos do roteiro. Ela só é mencionada em duas situações na Bíblia toda: uma vez como esposa de Saul, mãe de Jônatas, e outra como esposa de Davi, com quem aparentemente já estava casada quando ele desposa Abigail. Mas em lugar algum se diz algo sobre como Davi roubou a mulher de Saul — o que equivalia a uma tentativa de golpe —, e que foi por isso que ele fugiu para o deserto e o motivo pelo qual Saul queria caçá-lo e matá-lo. Mas, visto que o objetivo do livro de Samuel era provar que a ascensão de Davi ao trono foi fruto da vontade divina, obviamente o autor bíblico não podia se aprofundar demais no fiasco com Ainoã, o que acabaria expondo Davi como o filho da puta sacana e ambicioso que realmente era. Mas eles também não podiam ignorar por completo o que todo mundo sabia na época. De modo que tiveram de enfiar discretamente o nome de Ainoã no texto — ah é, por falar nisso, Davi também tinha essa outra esposa, ops — e então passar por cima da história, assim como tiveram de fazer com o fato de Davi ter se juntado aos filisteus e provavelmente atacado mesmo as cidades de seu próprio povo em Judá, conforme relatou para Aquis. Mas Yael tinha outra visão, disse-lhe Ainoã. O Davi dela era um pouco mais próximo do Davi real, e seu roteiro também enfatizava os papéis das personagens femininas, o que era bom para Ainoã. Do contrário ela nem sequer estaria ali. Ainda assim, só tinha três falas na cena do casamento, então precisava transmitir muita coisa. Estendendo-lhe o roteiro, ela pediu para Epstein ajudá-la a ensaiar.

Depois de uma longa manhã, o grupo fez uma pausa para o almoço. Faltava filmar apenas a cena final ao entardecer. Mas, lá pelas três e meia, o ator que faria o Davi idoso ainda não tinha aparecido. Veio uma ligação no telefone via satélite: Zamir estava doente. Ele achou que não era nada e não quis cancelar, mas agora era alguma coisa. Mandava avisar que sentia muito e que estava no hospital Ichilov, onde fazia alguns exames. O diretor, exausto demais para voltar a gritar, derramou lentamente o resto de seu café no chão do deserto e se afastou, falando sozinho. O set já estava quase vazio. Os outros atores tinham voltado para o kibutz, e só um pequeno grupo havia ido de jipe para aquele lugar remoto. Yael se reuniu com o diretor de produção e o produtor. Um palmo mais alta que ambos, ela precisava curvar-se para manter as vozes dentro do círculo. Sob estresse, no caos do set, apenas Yael continuava imperturbável. Sem ela, Dan estaria perdido, e, entendendo isso, Epstein invejou um pouco menos a atenção que a moça lhe dedicava.

O diretor atirava pequenas pedras no pneu da van quando o pequeno círculo se desfez. Epstein, bebericando chá, ficou vendo Yael se aproximar dele. Era realmente uma bela visão. Ela não pôs a mão no ombro do diretor, não o paparicou nem chegou cheia de dedos para lhe falar, como os outros faziam. Apenas se postou ali, serena, feito uma rainha, esperando o diretor se recompor. Só então lhe dirigiu a palavra. Depois de algum tempo, ambos se viraram e olharam na direção de Epstein. Ele inclinou a cabeça para olhar o céu e tomou outro gole de chá.

A equipe tinha começado pelo fim, e duas semanas antes haviam filmado a cena em que Salomão se inclina sobre Davi para ouvir as últimas palavras do rei moribundo. Não restava mais nenhuma fala para o velho Davi: só uma longa tomada em que ele caminhava pelo deserto. Sendo assim, a perda do ator Zamir não precisava ser um desastre completo. A última cena devia ser filmada no crepúsculo, iluminada por tochas, tudo envolto em sombras. Epstein tinha quase a mesma altura e constituição de Zamir. Eles só precisavam encurtar a bainha do manto em um centímetro, dois no máximo. A figurinista se ajoelhou a seus pés, segurando a agulha com os lábios franzidos enquanto amarrava o fio. Mas quando todos deram um passo para trás a fim de admirar sua obra, concluíram que algo não estava bem. Epstein endireitou a pesada fivela do cinto enquanto Yael inclinava a cabeça na direção de Dan. Ele não parecia nem régio o bastante, nem caído o bastante, a costureira sussurrou, fazendo um ajuste rápido e irrelevante em sua manga. O produtor de objetos arranjou uma coroa. Mas acharam que o dourado brilhava demais, e usaram graxa de sapato para escurecê-la.

As tochas foram acesas. Só o que Epstein precisava fazer era caminhar entre duas fileiras delas na direção oposta à da câmera, e então continuar caminhando até o diretor gritar "corta". Mas, assim que começaram a rodar, o vento soprou e apagou metade das tochas. Foram reacendidas, mas um momento depois apagaram de novo. Haveria uma tempestade naquela noite, alguém disse. A chuva, quando finalmente chegava ao deserto, era sempre violenta: o diretor de produção conferiu seu celular Android e anunciou um alerta de inundação na região. Uma ova, disse Dan, verificando seu iPhone, não havia nada sobre inundações. Epstein ergueu os olhos para o céu de novo, mas não viu nenhuma nuvem. A primeira estrela já tinha aparecido. O vento estava forte, e nada que o técnico de iluminação fizesse mantinha as tochas acesas. O ar ficou carregado do cheiro de querosene. Teriam de filmar sem elas, argumentou o diretor de produção. Mas Dan se recusou a ceder. Sem as tochas, a cena era inútil.

Dan e o diretor de produção continuaram batendo boca. Logo o produtor entrou na discussão, seguido pelo diretor de fotografia, cuja luz rapidamente se esvaía. O vento soprava. Epstein ouviu Vivaldi em sua mente. Pensou em suas árvores, que mesmo então continuavam crescendo. A encosta da montanha não devia ficar muito longe dali. Será que já tinham começado a transportar as mudas? Ele tinha se perdido nas datas. Com certeza alguém o teria avisado, não? Pensou em ligar para Galit, mas seu telefone estava no bolso do casaco, que alguém do figurino havia levado junto com suas calças.

 O manto de lã começara a provocar coceira. Imersas na discussão, as pessoas não repararam quando ele se afastou da dupla fileira de tochas e encontrou sua pasta sob uma cadeira. Tirou o manto, deixou-o dobrado sobre o encosto e começou a subir o declive até o cume. Dali conseguiria ver. Por algum tempo ainda pôde ouvi-los discutindo. O vento soprou em seu cabelo, e ao erguer a mão para ajeitá-lo, Epstein percebeu que ainda usava a coroa manchada. Tirou-a e a colocou numa rocha antes de se virar e escorregar para dentro de um uádi escavado por milhares de anos de água, milhares de anos de vento. Se a chuva viesse, na ausência de florestas, a água desceria em cascata pelos declives e encheria o antigo leito do rio, carregando tudo consigo na direção do mar. A temperatura estava baixando. Epstein bem que queria ter seu casaco naquele momento. Melhor que o menino ficasse com ele. Sua respiração já estava pesada quando ele alcançou o cume. De lá de baixo, ouviu chamarem seu nome. Jules! Mas as vozes, ecoando na antiga rocha, voltavam sem ele: Judeus! Judeus! Judeus! Ele podia ver bem longe agora, até o Jordão. Quando ergueu os olhos, a estrela tinha sumido, e a lua estava encoberta por nuvens. Foi capaz de sentir o cheiro da tempestade vindo de Jerusalém.

 E então os filisteus surgiram, alcançando o cume do morro, uma massa agitada perturbando a luz e o ar. Alguns deles sabiam que eram filisteus, e outros sabiam apenas que eram parte de algo enorme, juntando-se por razões elementais, do modo como o oceano se junta para quebrar na praia.

Os filisteus ficaram parados, esperando. Prendendo a respiração. Um capacete caiu tilintando no chão. Uma bandeira vermelha tremulava com força ao vento, a seda rasgada. Um grande silêncio ressoava no vale. Mas nem sinal de Davi.

E então um filisteu ergueu o braço no alto e tirou uma foto com seu iPhone. "Cadê você?", escreveu, e, endireitando seu traje de batalha, apertou ENVIAR, mandando sua mensagem para as nuvens.

Já presente

A noite que passei no pronto-socorro pareceram três. A injeção de hidromorfona que a enfermeira finalmente me deu aliviou a dor e me deixou tonta. Nas horas que precederam isso, eu me aferrei ao rosto largo e belo de uma mulher etíope que ficou sentada com uma paciência silenciosa do outro lado da cortina aberta, embalando sua barriga grávida. Mas, depois que a agulha entrou e um formigamento se espalhou espinha acima e desceu até os dedos dos meus pés, precisei menos dela, e ela também deve ter deixado de precisar de mim, qualquer que tenha sido o alívio que meu rosto ofereceu à sua dor, porque depois de algum tempo ela se ergueu e se afastou, e essa foi a última vez que a vi. Nesse momento ela já devia ter um filho, e o filho um nome, enquanto eu não tenho mais meu vírus cujo nome jamais descobriram e desistiram de procurar.

Fosse como fosse, consegui perceber, pela janela do alto, que a noite cedia. Algo estava mudando dentro do hospital também, ou foi o que achei deitada de costas na maca. Uma espécie de calmaria tomara conta de tudo. O turno da noite havia acabado, e os médicos e enfermeiras que tinham passado a noite atendendo tantas emergências agora lavariam as mãos e voltariam para casa, mas não antes de informar seus substitutos, repassando prontuários em um balbucio de taquigrafia médica, quem devia receber o que e quando, até terem por fim completado todas as suas tarefas e estarem livres para vestir suas roupas de rua e transpor as portas automáticas, saindo para a manhã. Quem naquele hospital não queria ser liberado? Eu mesma pensei em desistir da espera interminável inúmeras vezes e escapar por aquelas portas. Cheguei a tentar uma vez, fugindo da maca com o cateter intravenoso ainda preso na veia do braço, mas não tinha ido muito longe pelo corredor quando a brusca enfermeira da triagem bloqueou meu caminho.

Em algum momento minha febre começou a subir de novo, e foi isso que finalmente chamou a atenção dos médicos. Na verdade, foi o árabe com o esfregão e o estetoscópio que percebeu meu estado. De onde eu estava, semioculta por uma cortina, podia ver o cubículo ocupado pela mulher etíope e o corredor que separava o espaço liminar dela e o meu, por onde os funcionários do hospital iam e vinham, assim como pacientes, e cada vez mais internos, do pronto-socorro, que passavam em cadeiras de rodas, macas e, de vez em quando, sobre suas próprias pernas. Lembro que o árabe passou e vi-o empurrando o comprido esfregão retangular que deixava um rastro úmido e brilhante para trás, feito uma lesma. Alguns minutos depois ele reapareceu, empurrando o esfregão na outra direção, e quando chegou a meu cubículo parou e olhou para dentro. Tinha olhos doces, de um castanho profundo, e parecia velho demais para aquele tipo de trabalho. Passado um momento, ele deixou o esfregão no chão e se aproximou de mim. Pensei que fosse tirar o estetoscópio do pescoço e usá-lo em mim, ou talvez essa fosse minha esperança, pois àquela altura eu estava precisando de um gesto de bondade. Mas em vez disso ele estendeu o braço e pôs o dorso da mão na minha testa e depois nas minhas bochechas, disse algo baixinho em sua língua e desapareceu, deixando o esfregão para trás para me indicar que voltaria. Quando o fez, foi com uma enfermeira que eu não tinha visto antes, esbelta e com a raiz grisalha aparecendo em seu cabelo loiro. Pensei que poderia ter mais chances com ela, então tentei de novo descrever o que havia acontecido comigo.

A enfermeira pôs uma das mãos em meu braço e virou-se para o computador da estação de trabalho móvel, deixando claro que tudo o que precisava saber viria não de mim, mas daquela outra fonte, mais confiável. Depois que se informou, virou-se e fez uma pergunta em hebraico para o auxiliar de enfermagem, à qual ele respondeu na afirmativa, aproveitando a oportunidade para entrar no cubículo e recuperar seu esfregão com a ponta suja e emaranhada, antes de se retirar para o corredor. E continuou parado ali, girando o cabo, distraído, com as mãos que usara para medir minha temperatura, e cuja precisão seria agora verificada com o termômetro em seu protetor de plástico descartável que a enfermeira enfiou debaixo da minha língua. O aparelhinho começou a apitar alto, e a enfermeira arrancou-o da minha boca com um olhar perturbado que logo se transformou em surpresa.

Ela saiu e voltou com um xarope amargo num copo de papel, depois desapareceu de novo, provavelmente para buscar um médico. Minha lembrança seguinte foi a do auxiliar, ainda parado no corredor, lançando um olhar furtivo em volta, primeiro para a esquerda e depois para a direita, até que, julgando que o terreno estava livre, aproximou-se de novo, apoiou o esfregão contra a parede e colocou novamente a mão em minha testa, dessa vez com a palma virada para baixo, para que eu pudesse sentir a frieza refrescante de sua pele. Olhando para seu rosto, pareceu-me que ele ouvia atentamente. Como se estivesse se esforçando para ouvir, não com o estetoscópio que continuava pendurado inerte em volta de seu pescoço, mas com a própria mão. Como se os instrumentos sensíveis de seus dedos frios pudessem ler minha mente. E embora eu soubesse que isso era impossível — que a lembrança que invoquei sob aquele toque ainda não tinha acontecido comigo —, ela continuou ali mesmo assim, imune à razão.

Com a mão fria do auxiliar em minha testa, lembrei de uma tarde no inverno seguinte, em que meu amante chegou em casa e entrou no quarto carregando sua bolsa. Tire a roupa, ele me disse. O dia estava claro, e fazia tanto frio lá fora que seus dedos tinham congelado dentro das luvas. Lembro que de onde eu estava podia ver os galhos nus do plátano, com seus frutos ainda pendendo, bem depois de sua estação ter passado. Puxei a blusa pela cabeça. Deixe as cortinas abertas, falei. Por um momento ele pareceu considerar isso. Então fechou-as mesmo assim, tirando em seguida quatro cordas pretas da bolsa. Eram lindas, pretas e sedosas, mas relativamente grossas, pois só uma faca afiada poderia cortá-las. A habilidade com a qual ele amarrou meus pulsos nas barras da cabeceira da cama me surpreendeu. O que você falou para eles quando comprou as cordas?, perguntei. Que ia amarrar alguém, respondeu. E sabe o que eles me perguntaram? Fiz que não com um gesto de cabeça. Uma mulher ou uma criança?, disse-me ele, correndo os dedos gelados pelos meus seios e descendo para as costelas, e girando delicadamente meu colar até chegar no fecho. O que você respondeu?, perguntei, tremendo. Os dois, sussurrou ele, e a gentileza com a qual me tocou e entendeu essa simples coisa me encheu de paz e me deu vontade de chorar.

Àquela altura a breve guerra de inverno já tinha acabado. Um único míssil havia atravessado a Cúpula de Ferro e matado um homem na esquina da rua Arlozorov com a Ben Ezra. A barreira fora rompida, um rasgo no céu, mas a realidade daquele outro mundo não chegou invadindo tudo. Houve apenas outro ataque violento em Gaza, e então, por fim, um frágil cessar-fogo. Depois que recebi alta do hospital, passei mais uma semana em Tel Aviv, monitorada pela dra. Geula Bartov, a pequenina e enérgica médica sob cujos cuidados fui colocada enquanto me recuperava. Como a febre vinha e passava de forma intermitente, a dra. Bartov foi firme sobre esperar para voar de volta a Nova York até eu estar sem febre por 48 horas e eles receberem o resultado da bateria de exames que tinham feito em mim. Ela achou estranho eu não parecer estar mais interessada em chegar ao fundo do que havia me infectado; interpretou isso como um sintoma e marcou-o como apatia.

A dor tinha passado, mas em sua esteira fiquei fraca e exausta, e ainda tinha bem pouco apetite. Meu pai não havia ligado para o Peres, mas sim para o seu primo Effie, que mandou a polícia ir até o apartamento de minha irmã e arrombar a porta, que eles deixaram pendurada em uma das dobradiças — pois estávamos em Israel, afinal. Alguém achou que isso era um convite para entrar no apartamento, arrancar a TV da parede e levá-la embora, mas não sem antes dar um amasso na cama e comer os pêssegos que eu tinha deixado na geladeira.

Falei para a minha família que tinha ido acampar no deserto para fazer pesquisa, havia ficado sem sinal de celular e acabara adoecendo. Por ora, pareceu suficiente o fato de eu estar bem, e eles não me pressionaram mais, embora meu pai tenha insistido em mandar Effie ver como eu estava. Por causa disso, vi-me presa numa discussão de duas horas com o segundo intruso a contornar a porta arrombada, este com um metro e cinquenta de absoluta teimosia. No fim, ficou claro que ele não poderia me levar à força para sua casa em Jerusalém, se eu não quisesse ir, a fim de convalescer sob os cuidados de Naama, de modo que Effie se contentou em me dar uma carona de volta para o Hilton. No caminho, pedi-lhe que me contasse tudo o que sabia sobre Friedman, mas parecia que, quanto mais ele falava, mais vagos ficavam os detalhes da amizade de ambos. Por fim, Effie mudou completamente de assunto, o que fez com que eu perguntasse a mim mesma quão bem ele tinha conhecido Friedman de fato.

Recebi um quarto no lado norte do hotel, com vista para a piscina abaixo e o mar a oeste, que eu prontamente fui cumprimentar, girando a cintura, conforme era preciso fazer. O gerente geral ligou para me dar as boas-vindas, e dessa vez a cesta de frutas que ele mandou se materializou de verdade, cheia das laranjas doces de Jafa chamadas shamouti, do árabe para "lâmpada". Ou ele havia esquecido sua desconfiança anterior, ou eu a tinha imaginado. Quando o vi na manhã seguinte a caminho do café da manhã, ele me saudou com um sorriso, o broche dourado brilhando na lapela, e quando meu passaporte foi devolvido por dois oficiais das Forças de Defesa de Israel, que o deixaram na recepção, ele mandou me entregarem num envelope do Hilton, junto com uma pequena caixa de chocolates.

Passei aqueles últimos dias em Israel deitada numa cadeira junto da piscina, ainda fraca. Minha mente parecia esvaziada, e eu não tinha concentração nem para ler, então fiquei assistindo o surfe ao longe ou vendo os poucos corajosos o bastante para nadar fora da temporada, a maioria idosos dando suas voltas lentas e repetitivas ao longo da piscina. Perguntei ao rapaz que cuidava dos guarda-sóis e das toalhas se Itzhak Perlman ainda vinha. Mas o coitado jamais tinha ouvido falar em Itzhak Perlman. Mantive meu telefone à mão, esperando que Friedman ainda pudesse ligar — "no nada", como Effie dissera naquela primeira vez —, mas ele jamais ligou. Embora a febre tivesse passado, meus sonhos permaneciam vívidos, e quando eu cochilava, Friedman com frequência aparecia neles, misturado com o que estivesse mais próximo. Os sonhos me deixavam esgotada, e eu teria preferido um sono sem sonhos, protegido das laborações da minha mente, mas no fim eu me sentia grata por qualquer tipo de sono. Ficava fora até tarde, depois que o rapaz já tinha tirado os colchonetes das cadeiras. Cinco horas no Mediterrâneo, que luz bonita, é fácil entender como impérios se ergueram e caíram nela, gregos e assírios, fenícios e cartagineses, romanos, bizantinos, otomanos.

Foi enquanto estava deitada lá, junto da piscina, que ergui os olhos por um momento para a monstruosidade do Hilton assomando acima, e, protegendo os olhos do sol, vi-o lá, numa sacada do décimo quinto ou décimo sexto andar. Ele era o único em todo o lado norte do prédio, e por um momento tive a sensação estranha de que estava prestes a realizar algum truque. Vinte anos antes, eu tinha saído do Lincoln Center e visto um pequeno amontoado de gente olhando para cima, para um prédio no qual todas as janelas dos últimos andares estavam apagadas, com exceção de uma. E ali, naquele retângulo iluminado, dava para ver um casal dançando lentamente. Talvez tenha sido apenas uma coincidência feliz o fato de todas as outras janelas estarem escuras, e talvez o casal não imaginasse que uma pequena multidão tinha se reunido embaixo para assistir. Mas havia algo de deliberado em seus movimentos que nos deixava com a forte sensação de que eles sabiam. Acho que talvez tenha sido isso que chamou minha atenção para o homem na sacada de seu quarto, no décimo quinto andar: um senso de concentração intencional e dramática que animava seu corpo enquanto ele se inclinava sobre a balaustrada. Fiquei fascinada e não consegui desviar os olhos. Senti que devia chamar o salva-vidas e alertá-lo, mas o que lhe diria?

Aconteceu muito rápido. Ele deslocou o peso do corpo para a frente, nas mãos, passando uma perna por cima do corrimão de metal. Uma mulher que saía da piscina gritou, e em questão de segundos o homem já tinha passado a outra perna por cima e estava pendurado na balaustrada, as pernas balançando sobre a queda de sessenta metros. Ele parecia, subitamente, cheio de um enorme potencial, como se todo o restante de sua vida tivesse se adiantado com tudo para dentro dele. Então saltou de braços abertos, como um pássaro.

Trinta e seis horas depois, o táxi que me levou do aeroporto JFK, em meio ao crepúsculo laranja corrosivo caindo sobre restaurantes de fast-food e agências funerárias, sobre igrejas batistas e hassídicos em Crown Heights caminhando rápido pela neve velha, por fim entrou na minha rua, e o motorista esperou enquanto eu subia os degraus da frente com minha mala. As luzes estavam acesas dentro da nossa casa. Pela janela da frente eu podia ver meus filhos brincando no chão, as cabeças curvadas sobre um jogo. Eles não me viram. E por um tempo eu também não me vi, sentada numa cadeira no canto, já presente.

Nota da autora

O título deste livro foi tirado dos seguintes versos de Dante, que me foram citados alguns anos atrás em uma longa viagem para Jerusalém:

A meio caminhar de nossa vida
fui me encontrar em uma selva escura:
estava a reta minha via perdida.

Isento aqui todos os que foram mencionados neste livro, incluindo Eliezer Friedman, de toda a responsabilidade. Se algum dia ele quiser entrar em contato comigo, sabe onde me encontrar.

ESTA OBRA FOI COMPOSTA POR ACOMTE EM ELECTRA E IMPRESSA PELA
RR DONNELLEY EM OFSETE SOBRE PAPEL PÓLEN SOFT DA SUZANO
PAPEL E CELULOSE PARA A EDITORA SCHWARCZ EM FEVEREIRO DE 2018

A marca FSC® é a garantia de que a madeira utilizada na fabricação do papel deste livro provém de florestas que foram gerenciadas de maneira ambientalmente correta, socialmente justa e economicamente viável, além de outras fontes de origem controlada.